*本书是黑龙江省社会科学界联合会经济发展重点研究课题外语专项“当代女性主义伦理学视野下福克纳小说失语的母亲群像研究”（WY2019026-B）和教育部中央高校自由探索精品文科重点支持项目“福克纳小说中失语的母亲群像研究”（3072019CFW1201）的阶段性研究成果。

福克纳导读

编　著：康　毅　王丽丽　岳铁艳
崔中原　逄　玥　李宝峰
张俊南　吴　旋　涂　鑫

哈尔滨工程大学出版社
Harbin Engineering University Press

内容简介

本书是福克纳作品的导读教程，涉及对相关文学关键词和文学批评理论的阐释，对福克纳作品的多角度分析，以及福克纳与部分中美作家的比较研究等内容。本书各章节的内容大致按照关键词、原文导读、原文选摘、拓展阅读四个部分展开。

本书可作为高等院校英语专业、外国文学专业师生的教材，亦可供外国文学研究者参考，还可供广大福克纳迷参阅。

图书在版编目(CIP)数据

福克纳导读 / 康毅等编著 .— 哈尔滨：哈尔滨工程大学出版社，2019.12

ISBN 978-7-5661-2540-8

Ⅰ. ①福… Ⅱ. ①康… Ⅲ. ①福克纳（Faulkner，William 1897-1962）—文学研究 Ⅳ. ①I712.065

中国版本图书馆 CIP 数据核字（2019）第 258815 号

选题策划 刘凯元
责任编辑 王俊一　于晓菁
封面设计 李海波

出版发行 哈尔滨工程大学出版社
社　　址 哈尔滨市南岗区南通大街 145 号
邮政编码 150001
发行电话 0451-82519328
传　　真 0451-82519699
经　　销 新华书店
印　　刷 北京中石油彩色印刷有限责任公司
开　　本 787 mm×960 mm　1/16
印　　张 13
字　　数 240 千字
版　　次 2019 年 12 月第 1 版
印　　次 2019 年 12 月第 1 次印刷
定　　价 56.00 元
http：//www.hrbeupress.com
E-mail：heupress@hrbeu.edu.cn

前　言

编著意味着一边编撰，一边创作。本书的编著者一边梳理千丝万缕的福克纳的资料，一边依据编著者自身的认知进行文学批评。前者要求编著者有时间进行资料检索、文献综述；后者则要求编著者掌握福克纳作品本身的发展脉络，而且能够将其作品与其他作家的作品进行比较研究，需要有扎实的文学理论基础，更需要有相应的学术视野和对学术动态的预估。于是，编著《福克纳导读》变得很不容易。除了一些与福克纳研究有关的博士论文，国内学界出版福克纳研究专著的学者主要集中在陶洁、肖明翰、朱振武等学术名家。于是，编著《福克纳导读》变得诚惶诚恐。幸运的是，从硕士学位论文课题到近几年黑龙江省哲学社科项目等的研究，福克纳研究这一选题在不同层面都受到了重视，这使得我们的研究有了一些基础、可行性和连续性。此外，美国东南密苏里州立大学福克纳研究中心前后两任主任及该大学出版社前后两任社长对我们的福克纳研究和福克纳作品翻译都给予了大力支持与鼓励。美国东南密苏里州立大学福克纳研究中心在其官方网站上积极地报道我们团队翻译*Faulkner and Morrison*一书的情况，这份来自福克纳家乡的信任赋予我们的研究更多的意义和使命，也使得我们这个青涩的学术团队敢于一步步、一点点地去探索未曾尝试过的领域。

编著一本导读而不是一本学术专著，是编著者指导英语语言文学专业（以下简称英语专业）学生毕业论文之后所做的慎重决定。无论是英语专业的本科生还是硕士研究生，在面对课业论文、学期论文、学位论文的时候，首先感到手足无措的是如何对文本进行分析而不是写成一篇读后感。其次，学生不清楚何为学术性，何为理论，对于用什么理论进入文本的阅读和分析很茫然。学术操练不是一朝一夕的事情，故而我们的团队产生了编著一本《福克纳导读》的想法，为的是指导英语专业的本科生和硕士研究生怀着问题意识进行日常阅读，并且积累相关的理论知识，尤其是当代西方文学理论，也期望能对教师们指导学生毕业论文有一些帮助。本书将英语专业的文学篇章选读与文学理论关键词阐释相结合，同时配以对某一问题、某一主题的导读分析，试图以单个篇章为案例示范文学文本批评解析的过程。对于英语专业的学生来说，他们长久以来以语言学习为先，并没有中文专业学生从本科阶段就进行文学理论、文艺批评理论专业课学习的经历，以至于他们往往沉浸于外国语言的海洋无法自拔，随着简·奥斯汀的小说笑，随着《呼啸山庄》的情节哭泣，缺乏“读进去”再“读出来”的意识，浪费了因年轻而可以富有鲜活的批判力的洞悉文学文本多样性的能力。英语专业的文学学习实在不应该止步于获得阅读文学的快感，文学的研习本应该更有助于培养学生的思辨、独立思考的能力，外国文学的专业学习应该更有助于拓展学生的国际视野和多维的思考能力。对于英语专业的教师来说，文学选读课程与修辞学、文论课程从来都是分置设立，选读课上总有讲不完的文本，文论课上总有无论怎样讲解都显得很抽象的理论知识。那么，在理论的观照下，文本阅读是否可以做到抽丝剥茧，以具体文本为例的理论讲解是否可以变得具象、容易理解，这也是本书尝试回答的问题。

正如查明建教授在《文汇报》上发表的文章指出的，“从严格意义上来说，英语专业不是学英语的专业，而是通过英语来学习人文学科领域知识、培养人文学科领域人才的专业。掌握英语语言技能，只是这个专业的最低要求，是进入专业学习的基本途径和必要准备，并非专业学习的核心任务，更不是专业学习的全部内容。”所以，无论是对于已经确定研究方向的英语专业硕士研究生，还是尚未确立未来人生职业目标的英语专业本科生，文学（或者说外国文学）的教育对于其日后的续航都非常重要。缺乏基本的人文学科知识结构，英语专业的学生即便修完了英语语言学也很难发挥专业人才的作用。

文学除了陪伴我们度过寂寞的时光，也陪伴我们追求自由，追求真理，认识已身。

编 著 者

2019年6月

目录

CONTENTS

第一章　绪　　论

第一节　研究背景

20世纪是人类历史上最矛盾、最复杂的时期，20世纪的小说家因作品凸显不同的侧面而受到更多的争议、批评和赞美，因此也有人称20世纪是文学的黄金时代。提到20世纪的美国文学，不能不提的是福克纳。1949年，诺贝尔奖评委会将诺贝尔文学奖颁给福克纳的理由是，“他为当代美国小说做出了强有力的和艺术上无与伦比的贡献”。《喧哗与骚动》中多视角叙事和意识流的写作手法影响了一代代青年作家。他被誉为英语世界中被研究程度仅次于莎士比亚的作家。然而，虽然对福克纳的研究如此火热，但是福克纳的作品并未得到广泛关注。1954年出版的《寓言》虽然获得普利策奖，但直到2017年才被翻译成中文。福克纳研究专家陶洁教授也曾指出，福克纳研究的局限在于研究主题的高度重复。

由此，我们在本书中努力完成两个任务。第一，引入多样的文学理论视角，拓展福克纳研究的文本，从而丰富福克纳研究的主题。《喧哗与骚动》是福克纳的重要著作，对其进行研究是毋庸置疑的，同时也要考察其他重要文本——《我弥留之际》被福克纳自己称为“力作”，《寓言》获得了美国文学领域最重要的奖项普利策奖，此外，本书对《熊》和《去吧，摩西》都有详细的分析。第二，引入比较研究的视角，拓展福克纳与中国现当代文学研究的契合点，拓展诺贝尔文学奖作家作品的互文性阅读，以期为国内福克纳研究注入新意。

本书尝试以具体问题引入经典作家和作品，包括文学理论关键词的导读。本书由三部分组成。第一部分为对福克纳及其作品的介绍——简要介绍福克纳的基本情况，以及其作品的发展脉络，着重阐释学界关注的若干关键词。第二部分为文本分析——以目前发展势头较猛的理论为视角重新挖掘经典文本，以期获得新发现，为读者或者研究者呈现一个更多维的福克纳小说世界。其中，精神分析、结构主义、当代女性主义伦理学的理论视角都是福克纳研究中的新鲜阐释工具，学界在这方面的研究并不多。第三部分为比较研究——以福克纳与莫里森、福克纳与海明威、福克纳与莫言、福克纳与沈从文为例，阐释作为白人的美国男性作家和作为黑人的美国女性作家以及中西作家作品之间的互文性张力。值得一提的是，国内学界很少有专门讨论福克纳与中西作家比较研究的著作，而在福克纳家乡的福克纳中心，每两年一度的国际福克纳年会都要将福克纳与另一位作家进行比较研究。在比较中，才更加凸显福克纳的文学特点，也更加有助于拓展福克纳的研究主题。

第二节 作品简介

作为美国南方文学流派（以下也称“南方文学”或“南方文艺复兴”）的杰出代表作家，福克纳一生共创作了19部长篇小说、120多部短篇小说。1924年，福克纳的第一部作品——诗集《云石牧神》（*The Marble Faun*）问世，但他自认为并不得志，因此转向创作小说。福克纳的第一部长篇小说《士兵的报酬》（*Soldier's Pay*，1926）与海明威等人的战争小说写作套路相似，得到作家舍伍德·安德森的帮助并出版。《蚊群》（*The Mosquitoes*，1927）出版后，销量不佳。此后，福克纳坚持自己的创作道路和写作手法，于1929年发表了两部重要作品《萨托里斯》（*Sartoris*）和《喧嚣与骚动》（*The Sound and the Fury*），开启了他著名的“约克纳帕塔法世系”，同时也标志着福克纳创作艺术上的飞跃。1929—1942年是福克纳创作的“伟大的中间阶段”，其重要作品包括中篇小说《去吧，摩西》（*Go Down, Moses*，1942）、《我弥留之际》（*As I Lay Dying*，1930）、《圣殿》（*Sanctuary*，1931）、《八月之光》（*Light in

August，1932）、《押沙龙，押沙龙！》（*Absalom*，*Absalom*!，1936）等。研究福克纳和南方文学的美国专家认为，“福克纳是南方文艺复兴的中流砥柱，他在1929—1942年的创作成就至今没有人可以媲美”[1]。在其十几部小说中，福克纳立足自己的家乡，对从美国南北战争（美国内战）结束到20世纪20年代这段历史时期中人们的思想行为变化、人类的内心冲突等进行全面、细致和生动的刻画。他不断创新，在世界文坛影响了一批又一批的作家、读者和研究专家。福克纳于1950年获得诺贝尔文学奖，其主要作品还包括《没被征服的》（*The Unvanquished*，1938）、《坟墓的闯入者》（*Intruder in the Dust*，1948）、《修女安魂曲》（*Requiem for a Nun*，1951）、《寓言》（*A Fable*，1954）、《掠夺者》（*The Reivers*，1962），以及包括《村子》（*The Hamlet*，1940）、《小镇》（*The Town*，1957）和《大宅》（*The Mansion*，1959）在内的“斯诺普斯三部曲”（Snopes trilogy）。

尽管经历了婚姻的不幸、亲人的逝去、生活的困窘，但是福克纳从未失去对文学创作的信心。在获得诺贝尔文学奖后，他不仅确立了自己在美国文坛的地位，而且也获得了东西方社会的美誉。福克纳的作品被翻译成中文、法文、日文、意大利文、俄文等多国文字，被广为传颂。在法国，福克纳的《押沙龙，押沙龙！》和《喧嚣与骚动》的受欢迎程度仅次于普鲁斯特的《追忆似水年华》与乔伊斯的《尤利西斯》。在日本，甚至有专门研究福克纳的学会和杂志。苏联学者巴里耶夫斯基认为，福克纳对现实主义的发展做出了重大贡献。“从大名鼎鼎的萨特、加缪到诺贝尔文学奖得主加西亚·马尔克斯，到当代中国著名作家莫言、余华等都不加避讳地赞颂福克纳和承认对他的借鉴。”[2]各国作家对福克纳的研究主要涉及形式主义批评、现代主义和后现代主义批评、文化批评、性别批评、读者反应批评等。从1974年开始，他家乡的密西西比大学每年都会举办不同主题的福克纳与约克纳帕塔法年会，与会的学者更是来自世界各地。该年会分享国内、国际对福克纳研究的体会，并出版论文集，从而进一步丰富及深化对福克纳的研究。

1 陶洁：《福克纳研究》，上海外语教育出版社，2013，第67页。
2 同上书，第305页。

在福克纳的作品备受英国和法国关注及认可的时候，20世纪30年代左右的美国还处于对他的批评阶段，鲜有人对他做深入、全面的研究或对他的某部作品进行细致的研究。1929年，美国作家伊芙琳·斯各特从道德寓意的角度发表了第一篇对福克纳的《喧嚣与骚动》的评论。1939年，康拉德·艾肯和乔治·马里恩·奥康纳（也译作乔治·马里恩·奥唐奈，不同学者对英文人名的翻译不尽相同，后文中对福克纳作品中人名的翻译亦是如此）等对福克纳的作品从表现形式到创作手法进行了评论。20世纪40年代，美国出现了对福克纳研究的正面评论。福克纳荣获诺贝尔文学奖后，美国的一些杂志开始大篇幅刊登福克纳的作品，美国还出现了研究福克纳的专著，如欧文·豪在1952年发表的《威廉·福克纳：批评研究》等。在福克纳逝世后的20年间，出现了不少与其相关的工具书，这使广大读者对福克纳的生平、写作风格、作品及其所描述的人物等都有了广泛的了解。20世纪70年代末期，对福克纳的研究已经颇具规模，其中既有对其全部小说的整体评论，也有对其某部小说的具体论述，还有对其多部小说的比较研究，其评论范围涉及主题、创作手法、人物剖析等。20世纪60、70年代，受民权和女权运动的影响，对福克纳的研究开始走向种族和女性批评，代表性作品有撒迪厄斯·戴维斯的《福克纳的"黑人"：艺术与南方语境》和敏洛斯·格温的《女性与福克纳：阅读（超越）性差异》等。很长时间内，新批评和形式主义批评对福克纳的研究产生了深远的影响，出现了很多将其小说或人物与神话故事相比较的文章。20世纪80年代后，对福克纳的批评开始多元化。后结构主义、文化批评、心理分析、女性主义、后殖民主义等理论经常被用来分析福克纳的作品，几乎是理论的出现同步于作品的分析。

相关研究者发现，在中国，福克纳的名字首次出现于1934年，随后一些学者对福克纳的几篇评论也并未引起广泛关注，直到其获得诺贝尔文学奖，福克纳及其作品才引起了中国读者和学者的注意。中华人民共和国成立后，李文俊组织翻译了福克纳的《一个寓言》《胜利》《打死狗》等作品。1980年出版的《福克纳评论集》帮助中国读者进一步了解了福克纳，其中一些评论经常被一些学者引用。此后10年间，中国学者们多对其主题思想、人物形象、象征手段、意识流和多角度叙事等进行分析与批判。20世纪90年代是中国学者研究福克纳及其作品的高潮。肖明翰的

《威廉·福克纳研究》从西方文化背景着手阐述美国南方社会历史、文化变迁对福克纳产生的影响。此外，他还从西方现代主义文学运动对福克纳的影响出发进行评论。美国南方社会的妇女和种族问题也是中国学者研究的焦点。例如，肖明翰、陶洁认为，福克纳笔下的女性多是美国“南方女性道德观的受害者”。福克纳对美国黑人的态度也是我国学者广泛关注的论题。石坚分析了《去吧，摩西》中的七篇故事，认为福克纳对南方（本书中“南方”指“美国南方”）的种族主义进行了无情的批判和揭露。进入21世纪以来，我国学者对福克纳的评论很多，批评方式也多样化，但论题仍主要集中于种族、性别、神话王国及女性主义分析等。还有一些学者另辟蹊径，例如朱振武的《威廉·福克纳小说的建筑理念》分析了福克纳对房屋的描写，总结出福克纳将建筑分为乡土类、现代类等六大类，以对建筑的描述将小说人物进行等级划分，以服务于对小说人物的细致刻画。他的另一篇文章《论福克纳小说创作的通俗意识》分析了福克纳在创作中运用幽默的描写方式以增强作品的趣味性，且在塑造人物形象方面也获得佳效。他的研究角度为国内学者的研究提供了更为开阔的视野。国内一些学者（如高奋、张曦等）分析了福克纳研究现状，他们普遍认为国内对福克纳的研究主要集中于他的个别作品及其现代主义手法，而对他的短篇小说及其继承的现实主义传统手法的研究较少。随着国内外合作及研究的深入，越来越多的人将福克纳其人其作与更为广泛的文学、哲学相关联，对福克纳的研究将更为全面、系统。

第三节　福克纳的约克郡

【关键词：约克郡】

1. 约克郡及约克纳帕塔法世系

约克纳帕塔法郡（Yoknapatawpha County，亦称约克纳帕塔法县，以下简称约克郡）是福克纳在美国南方密西西比州虚构出的一个场景，其绝大多数长、短篇小说中的故事发生于此。福克纳在这“邮票大小的地方”[1]，以从美国早期殖民者建立家园到美国南方社会衰落、资产阶级崛起这段时间的历史为背景，讲述了康普生、沙多里斯、麦卡斯琳、斯普洛斯等大家族的兴衰，揭露了奴隶制的罪恶、种植园主的腐败、宗教的迫害、女性受到的压迫等美国南方社会在工业化影响下所折射出来的一系列问题。“约克纳帕塔法世系”是一种以约克郡为文学创作核心而构建的文学模式，可以被看作一部美国南方社会的编年史。

“约克纳帕塔法”一词源于美国印第安契卡索语中的两个词汇“yokna”和“patawpha”，意指“分裂的土地”。这一名词既可指由塔拉哈奇河（Tallahatchie River）分隔开的种植园和山地一带的自然之貌，也可指由奴隶体系区分出的黑人与白人居住区。在福克纳的小说中，这一地区在美国内战前由斯普洛斯、康普生及萨德本家族统治。[2]福克纳在《押沙龙，押沙龙！》这部作品中为其绘制了一幅地图。“他在自己画的一张地图下面这样写道——有一万五千六百一十一个居民，散居在二千四百平方里土地上。”[3]福克纳在这片土地“塑造了各种各样的人物，有名有姓的600多个，而形象鲜明饱满的高达100人以上，包括南方常见的各个种族、各个阶层和各行各业”[4]，如庄园主、流浪汉、黑人妇女、白人种族主义分子、资本家等。这些人物在彼此的故事中相互关联，促进了这一世系小说的完整性和统一性。

马尔科姆·考利认为，福克纳像巴尔扎克将《人间喜剧》分成各大场景那样来创作他的约克纳帕塔法世系小说。福克纳主要从以下几个方面来讲述他的约克郡故事：种植园主及其后代、普通居民、白人、黑人，以及印第安人的故事，或者斯诺普斯、本特伦、麦卡斯琳等大家族随时代兴衰的故事。福克纳从人与自然、社会、历史等不同侧面展现了这方土地上社会的变迁。

---

1 陶洁：《福克纳研究》，上海外语教育出版社，2013，第190页。

2 “Yoknapatawpha County，”last modified May 9,2016,https://www.rem.routledge.com/articles/yoknapatawpha-county.

3 李文俊：《福克纳评论集》，中国社会科学出版社，1980，第26页。

4 陶洁：《福克纳研究》，上海外语教育出版社，2013，第188页。

2. 约克纳帕塔法世系中的代表作

在反映南方种植园制度的《押沙龙，押沙龙！》中，福克纳对于表现手法的运用及对南方蓄奴制种植园的无情批判远超《喧嚣与骚动》。《押沙龙，押沙龙！》主要讲述了穷白小子赛德潘不甘受人歧视，立志奋发图强，不惜采取一切手段跻身于南方种植园主行列。他先是同法国种植园主的女儿结婚，发现妻子血统不纯之后，抛弃妻儿，带着一批黑人奴隶回国开垦了一片土地，并与艾伦结婚，自此步入上流社会。不幸的是，艾伦在产下一子一女后过世。儿子亨利长大后打死了妹妹的未婚夫，随后逃亡。赛德潘因没有了后裔，与穷白人朱莉同居。朱莉生下一女却遭嫌弃，盛怒之下杀死了赛德潘，此后庄园起火，一家人全部被烧死。小说中，赛德潘的庄园是黑奴建起来的，后来他抛弃了有黑人血统的妻子，唆使儿子杀死了有黑人血统的哥哥，他本该遭受命运的报应。福克纳深刻地揭露了南方种植园经济必然走向衰亡，对黑奴制进行了无情的批判。此外，反映此类主题的作品还有《沙多里斯》《喧嚣与骚动》《献给艾米丽的玫瑰》等。

约克纳帕塔法世系还有一类故事以种族为主题，如《去吧，摩西》。小说主要讲述主人公艾萨克·麦卡斯林所属大家族的两个支系（白人支系和黑人支系）几代人围绕种族问题的悲剧命运。福克纳通过小说展示了受美国工业经济影响的南方社会的历史变迁，以及其原因和所带来的问题。在《去吧，摩西》首篇《话说当年》中，福克纳诠释了为白人苦苦工作的黑人生活状况，他们没有人身自由。在《灶火与炉床》中，福克纳出色地刻画了路喀斯·布钱普这一黑人形象。“他心灵深处保存着一个深受压迫的种族的尊严与骄傲。”[1]福克纳猛烈地抨击了黑人受压迫、受迫害的现实，高度赞扬了凭借自己的顽强毅力与聪明才智体面地生存下来的黑人代表，同时，他也暗示黑人们终将获得自由。在第三篇《大黑傻子》中，受种族压迫的黑人终于爆发，杀死了一个欺骗黑人多年的赌头，自己却被处死。这深刻地揭露了福克纳对种族剥削与压迫的批判，但受美国社会历史的制约，黑人也终将难逃悲剧命运。在接下来的几篇中，福克纳在描写黑暗的同时，也让黑人看到了光明。通过对人物的成功塑造，福克纳对黑人表达了无限的

1　李文俊：《福克纳评论集》，中国社会科学出版社，1980，第121页。

同情，并且明确指出，正是这一摧残人性的传统逐步导致了旧南方社会的衰亡。此外，此类作品还有《闯入坟墓者》《八月之光》等。

约克纳帕塔法世系还揭露了现实社会的罪恶斑斑。例如，在小说《圣殿》中，女大学生谭波儿遭受性无能又杀人无数的匪徒"金鱼眼"残暴强奸，后被送到妓院，她却沉溺其中，毫不反抗；父亲在谭波儿上法庭作证时却面无表情；教会与法庭只想快速了结案件，丝毫不想伸张正义；律师班波主持正义却遭到人们的怨恨。福克纳将小说中社会的冷漠、人与人之间的冷淡、人心的丑恶刻画得淋漓尽致。在他看来，"'恶'是无处不在的，连少女谭波儿这样一个庄严的'庙宇'（在原文里，谭波儿（Temple）有'庙宇'的意思），也并非'恶'所不能进去的'圣殿'"[1]。福克纳"斯诺普斯三部曲"中的弗莱姆·斯诺普斯精明、贪婪，为跻身上流社会不择手段，甚至连自己的妻子和其他亲人都不放过。福克纳向我们展示了一个现代人的堕落史。当然，福克纳的作品中也不乏对美好事物的歌颂，以及对人类真实情感的褒扬。他之所以写恶，是因为他想通过揭露社会的阴暗面来警示人们改正这些邪恶，让人们做些正能量的改变。

福克纳的"约克纳帕塔法世系"小说围绕其虚构的约克纳帕塔法郡发生的故事展开，向我们展示了美国南方社会经历第一次世界大战及经济危机洗礼后的历史变迁。他不仅表达出对南方社会风土人情及传统价值观的留恋与颂扬，也深刻地反思时代所折射的种族、宗教、女性等问题，揭示了存在种种弊端的南方社会必然走向衰败。福克纳在创造了一个神话王国、刻画了一个个饱满人物的同时，也向我们展现了美国南方社会的编年史，因此福克纳的"约克纳帕塔法世系"小说堪称美国文坛的瑰宝。

【拓展阅读】

［1］ 李文俊. 福克纳的神话[M]. 上海:上海译文出版社,2008.

［2］ 陶洁. 灯下西窗:美国文学和美国文化[M]. 北京:北京大学出版社,2004.

［3］ 虞建华. 美国文学辞典·作家与作品[M]. 上海:复旦大学出版社,2005.

1　李文俊：《约克纳帕塔法的心脏——福克纳六部重要作品辨析》，《国外文学》1985年第4期。

第四节 福克纳与美国南方文学

【关键词：美国南方文学】

受第一次世界大战及经济危机的影响，20世纪初期美国人民的生活苦不堪言，而生活在南方社会的人们更是雪上加霜。面对种族、阶级及宗教的压迫，人们举步维艰。然而，穷则思变，美国文学史步入了“南方文艺复兴”的重要时期。“它是南方文学传统同现代潮流特别是现代主义潮流在正经历着深刻变革的南方社会的特定环境中相撞击的产物。”[1]这种社会动荡和变革不断激励着美国南方社会文学作家们反思社会的现实、矛盾，以及人们内心焦躁而又激烈的思想冲突。他们擅长以本土幽默来刻画并呈现人物的复杂思想，表现对本土文化及传统的留恋，能够运用哥特式、现实主义、浪漫主义等艺术表现手法营造气氛，描写时代所造就的“畸形人生”。在此期间产生的各派南方作家代表主要有揭露南方贵族社会没落和社会中所弥漫的虚伪气息的Ellen Glasgow，主张回归到旧的生活方式的保守派作家Robert Penn Warren、Allen Tate等，思考种族、阶级及性别的Erskine Caldwell，以及描写黑人生活的Richard Wright和Zora Neale Hurston，等等。此外，还有一大批影响国际文坛的作家、诗人、学者及评论家。他们都有一个共同点：“扎根于家乡社区，尊重历史和传统，珍视个人主义，对工业文明、大政府和官僚主义深为怀疑，热爱南方的历史、文化和人民，对历史和记忆念念不忘”[2]。其中，作为美国南方文学最杰出的代表，福克纳“以其充满了神话色彩和古典史诗般的杰作高度浓缩了美国南方社会的兴衰史……把美国南方文学堂而皇之地引进了世界文学的神圣殿堂，并树起了一座辉煌、挺拔的纪念碑”[3]。

福克纳的作品堪称反映美国南方社会文化的百科全书。他的作品以南方为历史背景，运用意识流、浪漫主义、现实主义等写作手法，塑造了反映时代特点的典型人物。

---

1 肖明翰：《福克纳与美国南方文学传统》，《四川师范大学学报：哲学社会科学版》1996年第1期。

2 陶洁：《福克纳研究》，上海外语教育出版社，2013，第67页。

3 盛战捷：《美国南方文学的纪念碑——福克纳及其“神话王国”》，《北方论丛》1998年第5期。

1. 以南方社会为创作历史背景

福克纳大部分作品中的故事都发生在他笔下的“约克纳帕塔法郡”，该名字源于他的家乡密西西比州。其作品中的人物命运相互交错，反映了美国南方社会在20世纪初期的变化，讲述了各阶层人们的生活状况及思想变迁。在《坟墓里的旗帜》中，福克纳提到了生活在约克纳帕塔法郡杰弗生镇的沙多里斯家族四代人的沉浮，对旧南方历史、第一次世界大战后南方的现实和该时期的几代人进行了对比分析，表现出对传统观念和旧价值标准的留恋；《喧哗与骚动》以福克纳自己的家世为基础，描写了一个住在约克纳帕塔法郡的南方家族的衰落；《八月之光》通过描写生活在杰弗生镇的三代人的十天社会生活，揭示了人们心灵深处的真实情感。总之，作为南方作家，福克纳的多数作品都描写了南方社会的“过去”与“现在”。

2. 刻画反映社会现实的畸形人物

福克纳深受爱伦坡哥特式小说的影响，其小说中的美国南方社会充满了恐怖及怪诞的元素。小说《圣殿》中出生即性无能的“金鱼眼”，将女大学生谭波儿强奸并将其卖到一家妓院，并强迫其作伪证；《喧嚣与骚动》中发生兄妹畸恋的主人公昆丁与凯蒂；《献给艾米丽的玫瑰》中自私、残忍、偏执的父亲，以及在新婚之夜杀死自己爱人的可怖、自负的艾米丽小姐；《八月之光》中不明自己黑、白身份的乔·克里斯莫斯将一心收留他、照顾他的爱人杀死……福克纳笔下的畸形人物是当时工业化发展对南方社会传统生活方式和价值观的冲击的缩影。透过这些畸形人物，读者可以挖掘种族压迫、性别歧视、家庭关系破裂等南方社会普遍存在的一些问题。

3. 写作技巧的创新

美国南方作家在创作手法上敢于创新，如意识流创作、转换叙事视角等。福克纳在这方面有更多的独创性，特别是其意识流的叙事方法，使作品产生了强烈的艺术效果和感染力。福克纳在《喧笑与骚动》中首次使用意识流来揭示人物的思想变化。作者通过描写三个人物的意识流动和内心独白让读者深刻地体会事件的发生与发展。班吉的意识流动跳跃性极强，杂乱无章，这充分体现了一个白痴的混乱的思想状态；昆丁整日冥思苦想，极易触景生情，他的意识流动是对眼前情景的一连串浮想，流连于旧的南方社会传统，因其受过高等教育，所以描写其意识流动时用了一些长句和难词；杰生对任何事都漠不关心，只关心一己私利，他的意识流动多是一些唠唠叨叨的话语，因没有实质性的语言内容，所以此处的描写语言短而直接，这与人物自身庸俗的个性有关。[1]意识流手法的应用强有力地揭示了人物的精神状态，将人物鲜活地展现在读者面前。

除意识流外，福克纳也进一步推动了南方文学中浪漫主义和现实主义创作手法的发展。

尽管有些南方文学作品对社会的没落进行了无情的批判，但还有大量作品充斥着浪漫主义色彩。他们怀念南方的传统价值观，甚至奴隶制也被美化成一种恩赐。尽管福克纳在作品中对南方的种族、宗教和性别歧视进行了无情的批判，但他也不可避免地流露出对南方旧社会传统的迷恋。福克纳在《喧嚣与骚动》《我弥留之际》《八月之光》等作品中塑造了一系列浪漫主义者的形象，如“把过去理想化的希陶尔，崇拜家族荣誉的昆丁，把荒野当作偶像来顶礼膜拜的艾克”[2]，等等。福克纳对这些理想人物的刻画表现了他的浪漫主义情怀。

残酷的战争及经济萧条带来的消极影响使得南方作家们反思他们赖以生存并极度热爱的社会所存在的问题。“如果说一二个世纪以来，南方人主要是在同别人（北方）‘争吵’，那么一战以后他们则是在同自己‘争吵’。”[3]他们开始分析、批判社会问题产生的根源，其中，福克纳做得更加深入。在《押沙龙，押沙龙！》中，福克纳通过描写约克纳帕塔法郡的萨德本家族的兴起与衰落来阐述美国南方社会的历史演变及衰败的根源。在《去吧，摩西》《沙多里斯》等作品中，福克纳都无情地批判了种族主义、宗教对人们身心的迫害，深刻地思考了女性及其身份、地位和话语权等问题。福克纳阐述的美国南方社会问题产生的根源

1 刘加媚：《福克纳与美国南方文学》，《西安外国语学院学报》2001年第2期。

2 肖明翰：《福克纳与美国南方文学传统》，《四川师范大学学报：哲学社会科学版》1996年第1期。

3 同上。

深刻地表明了他作为一名现实主义作家的态度。

上文仅仅涉及福克纳与美国南方文学相互交融的个别方面，尚为冰山一角。我们要想深入地了解福克纳，就要把福克纳放入美国南方文学的传统中，深入地考察其对福克纳作品的影响；同时，对福克纳进行深入的研究后会发现他对美国南方传统文学的继承和发扬，进而加深对他的认识。

【拓展阅读】

［1］ 潘小松. 福克纳:美国南方文学的巨匠[M]. 长春:长春出版社,1995.

［2］ 虞建华. 历史与小说的异同:现实的南方与福克纳的南方传奇[J]. 英美文学研究论丛,2006（1）:103–118.

第五节　斯诺普斯三部曲

【关键词："斯诺普斯三部曲"（Snopes trilogy）】

1. "斯诺普斯三部曲"的诞生

（1）诞生背景

威廉姆·J·库伯（William J. Cooper）和托马斯·E·特瑞尔（Thomas E. Terrill）以美国南北战争为分水岭，在《美国南方历史》（*The American South:A History*，1991）一书中将美国南方分为三个阶段：战前的旧南方、内战后的新南方，以及第二次世界大战后的现代南方。"斯诺普斯三部曲"创作于新南方向现代南方过渡的时期。福克纳作为出身于南方的传统贵族，在旧南方向现代南方的转变中深刻地体会到南方社会的变迁。从小受南方文化熏陶的福克纳，有着作为传统南方贵族的文化自豪和对南方土地的眷恋，但是他同时清醒地认识到南方传统社会分崩离析进程的不可逆，而逐渐兴起和发展的北方工商业的入侵加速了这一进程。“约翰·马修斯指出：从他20世纪20年代早期对‘约克纳帕塔法县’的朦胧的构思开始，福克纳就认识到必须重视这个关键的转型：穷苦白人从租赁制的穷途末路中崛起，进入新兴中产阶级的行列。”[1]于是福克纳将作品的重心从揭露南方的种种问题转移到对南方人身份转型的探寻上。”“斯诺普斯三部曲”既不是描写南方传统庄园贵族的衰落，也不是将重心放在揭露北方工商主义、消费文化对南方的侵蚀上，而是福克纳对南方人在新时代背景下身份转型的思考。

（2）主要内容

“斯诺普斯三部曲”由《村子》（*The Hamlet*）、《小镇》（*The Town*）和《大宅》（*The Mansion*）三部作品构成，是福克纳创作生涯中唯一的三部曲，也是创作周期最长的著作。“斯诺普斯三部曲”始于福克纳早年有关斯诺普斯家族的随笔和一些构思，历经几十年，终于成就了“斯诺普斯三部曲”的第一部——《村子》。《村子》的完成对福克纳的创作生涯具有重要意义，是福克纳本人最为满意的作品。福克纳曾因此骄傲地宣称：“凭上帝起誓，我是美国最好的作家。”[2]目前，“斯诺普斯三部曲”中仅有《村子》在我国被翻译出版，而其他两本仍然未被翻译成中文。“斯诺普斯三部曲”围绕南方工商业代表人物弗雷姆·斯诺普斯，讲述了其通过敲诈、欺骗、勒索等手段，成功地从身无分文的穷人转型为工商业中产阶级，但是由于其唯利是图、六亲不认的人格及种种恶行的积累，最终自食恶果，死在同族人枪下的故事。“作为福克纳笔下的著名生意人形象之一，弗莱姆·斯诺普斯对于物质财富的追逐隐喻了物质主义盛行的20世纪上半叶的美国梦和文化精神。他的发迹与衰败是美国文学传统中美国梦破灭主题的又一重要范本。”[3]而“斯诺普斯”一词也因此融入美国社会，用以描述那些为了目的不择手段的政客和商人。

（3）创作特点

福克纳在“斯诺普斯三部曲”的创作中流露出与以往大为不同的创作风格——没有过多地使用意识流等实验性质的写作技法，相反，他把更多的笔墨用

1　曾军山：《论斯诺普斯三部曲对南方人身份转型的探寻》，《衡阳师范学院学报》2016年第5期。

2　福克纳：《村子》，张月译，北京燕山出版社，2015，第2页。

3　韩启群：《“物的文学生命”：重读福克纳笔下的生意人弗莱姆•斯诺普斯》，《外国语文》2019年第1期。

在了对社会、政治、经济尤其是自然景观等方面的细节描写上，比如南方木材工业兴起所带来的环境、人文变化，以及北方工业新兴消费文化符号（汽车、咖啡店、酒店等）的入侵，这些无一不在反映南方传统的日益衰退和以北方消费文化为主导的社会变革。因此，有评论家宣称福克纳后期作品的艺术价值不如从前，但是随着文化研究领域新理论的导入，对“斯诺普斯三部曲”的研究也呈现出更多新的视角。除此之外，福克纳在作品中大量使用南方方言，无疑也给阅读者和翻译者增加了难度。

2. 斯诺普斯主义和南方人身份的追寻

“在福克纳的神话中，若从精神境界来划分，存在着两个不同的世界：一个是沙多里斯的世界；一个是斯诺普斯的世界。在他所有成功的作品中，他都细致地发掘着这两个世界。”[1]乔治·马里恩·奥唐奈在《福克纳的神话》中如此写道。沙多里斯代表的是南方传统势力，而斯诺普斯则代表反传统势力。评论界根据弗雷姆·斯诺普斯及其家族开创了“斯诺普斯主义”一词，用来专门指代那些自私自利、利益至上、破坏社会风气的人物。也就是说，斯诺普斯主义并不是特指斯诺普斯家族成员，因为该家族里也有恪守道德传统、努力奋斗的家族成员（如《小镇》中的厄尔父子，他们诚实守信，珍爱家人，积极参与社区建设，最终通过个人劳动赢得了财富和社区成员的尊重），而那些非斯诺普斯家族成员却因与弗雷姆·斯诺普斯之流沆瀣一气而被称为斯诺普斯主义。斯诺普斯与传统的康普生世家、沙多里斯世家、赛德潘世家等代表旧南方社会的阶级是完全不同的。“斯诺普斯在南北战争中不属于任何一方。他们只是力求从战争中得到利益的另一派。斯诺普斯也就是实利主义的意思。‘斯诺普斯是战争中游击队的子孙，在南北战争中，游击队不属于任何一方。’”[2]福克纳正是通过这种对比不断地警示人们警惕斯诺普斯主义，同时不要忘记对南方传统美德的继承，只有将其作为资本主义工商业发展的奠基石，南方才能完成真正的转型。

1　奥唐奈：《福克纳的神话》，李文俊译，上海译文出版社，2008，第2页。
2　张湄玲：《浅析福克纳小说中的沙多里斯与斯诺普斯主题》，《开封教育学院学报》2012年第1期。

3. 我国“斯诺普斯三部曲”的研究现状

对于“斯诺普斯三部曲”的研究，国外在研究著述和期刊论文方面都颇有成就，而我国并没有达到同等的重视程度。从研究内容来看，我国对“斯诺普斯三部曲”的研究主要体现在对各类福克纳传记的整体介绍上。“斯诺普斯三部曲”中只有第一部《村子》的译本于2001年由百花文艺出版社出版。相关期刊论文则很大程度上集中在对《村子》的研究上，如《<村子>：南方传统精神的挽歌》《<村子>的失落》等。从研究视角来看，我国对“斯诺普斯三部曲”的研究主要集中在对作品人物的研究上。其中不乏解构主义研究、物质文化批评、新历史主义解读等新视角，比如韩启群、杨颖的《“花园里的机器”——论福克纳后期作品斯诺普斯三部曲中的汽车景观书写》通过分析福克纳后期小说中对景观的大量细节描写，研究了其对特定历史现实的深层思考和艺术再现。曾军山在《论斯诺普斯三部曲与南方骑士文化的互文性》中指出，“斯诺普斯三部曲”一方面吸收了南方骑士文化元素，另一方面则改写了“南方种植园小说”所建立起来的南方骑士形象。谌晓明在《解构主义视角下的斯诺普斯三部曲》中指出，“斯诺普斯三部曲以其语言符号的延异、替补和隐喻性，文本的传播与消散性，生存状态的颠覆与消解性等解构之维，揭示了福克纳从早期的重在写实到后期的重在写意，从中期的耽于实验到晚期的挥洒自如，从早期的现实主义、中期的现代主义到后期的后现代主义萌芽的创作思想转变。”[1]但是从总体来看，这类期刊论文的数量还远远不够；就作者而言，大多数论文都出自曾军山、韩启群等人。我们可以明显感觉到，我国在对“斯诺普斯三部曲”的研究上既缺乏新的研究视角，也缺乏新的主题引入。

1 谌晓明：《解构主义视角下的斯诺普斯三部曲》，《长春工业大学学报：社会科学版》2014年第5期。

第六节　福克纳与诺贝尔文学奖

【关键词：诺贝尔文学奖】

1.诺贝尔文学奖

诺贝尔奖（The Nobel Prize）是以瑞典的著名化学家、硝化甘油炸药的发明人阿尔弗雷德·贝恩哈德·诺贝尔（Alfred Bernhard Nobel）的部分遗产作为基金于1895年创立的奖项，授予"一年来对人类做出最大贡献的人"。诺贝尔奖最初分设物理、化学、生理学或医学、文学、和平五个奖项，于1901年首次颁发。

诺贝尔文学奖是最具世界影响力的文学大奖。诺贝尔文学奖自1901年创立至今，百余年来给世界文学之林不断注入活力，历届获奖作品在时间的沉淀和历史的检阅中成为世界文学史上的珍贵财富。其设立不仅体现了基金设立人诺贝尔先生对文学的高度热爱，更体现了他的卓越见识与广博胸襟，以及促进世界文学发展、倡导文学为全人类服务的伟大构想。

诺贝尔在遗嘱中提到：文学奖应颁给具有"理想"倾向的最杰出作品，"理想"二字无疑经过了他的深思熟虑与反复斟酌，既简洁明了又意味深长。理想是文学的灵魂，是人类奋斗的目标，赋予生存以意义。理想是面对世界、面对人生的态度，是改造自我与世界的力量，是人类进步的阶梯，是创造力的源泉……诺贝尔的文学理想与其人道主义、科学主义思想一脉相承。他的理想联通了世界文学与人类共通的理想，诺贝尔奖评委会遵循诺贝尔的遗愿，注重作品的价值，将高尚、纯洁的理想作为评选的标准。

诺贝尔文学奖从创立之初就确立其鲜明的理想主义旗帜，超越种族、性别与文化壁垒，它多年来向世界展现的包容性和权威性是有目共睹的。从20世纪初的西方中心主义到20世纪80年代第三世界的逐渐崛起，从"冷战"后多极化格局的正式建立到20世纪90年代世界全球化进程的加速推进，随着时代精神的演变和社会形态的日新月异，瑞典文学院紧跟时代步伐，顺应时代与社会的变迁，不断丰富和扩充原有的理想倾向的内涵，对作品的评价与解读逐渐向民族精神、人道主义、自由、文化和文明等更广阔的领域拓展。诺贝尔文学奖也逐渐由欧洲放眼世界，接纳了不同的声音和元素，跨越了国界、洲界，由欧洲文学奖逐渐成为国际性、世界性的文学大奖，越来越多的非英语文化、非英语作家及国家受到关注，虽然英语语种和欧美国家仍占主导地位，但是其全球化的趋势越来越明显，成为不可阻挡的时代潮流。时代在改变，人类要繁衍，“地球村”促进了人与人之间、国与国之间的合作与交流，各国文学的相互交流与渗透，不同国家作家的相互影响和借鉴，使诺贝尔文学奖设立的初心得以发扬光大，使理想主义精神在漫长的坚持中得以获得新生。

百余年来，诺贝尔文学理想由最初的诺贝尔的个人理想逐渐发展为世界文学的共同理想。诺贝尔文学奖一直坚守“探究文学本体”的初心，已经成为最具世界影响力的话语符号。诺贝尔文学奖以其评选结果的节奏性和评选标准的动态性，向世人展现了人类文学史世界性的脉动，其自身的现实意义已不只是有益于人类文学事业的繁荣与进步，更重要的是，它不断挖掘文学本体及其内涵，使得文学这一主要依靠纸质媒介传播的艺术形式在岁月的变迁中时刻保持旺盛的生命力。[1]

2.福克纳与诺贝尔文学奖

福克纳凭借其高超的写作技巧和其作品对人类的关怀成为享誉世界的作家，是美国南方文学的代表。1950年，福克纳终于以其不凡的成就成为1949年诺贝尔文学奖得主，其获奖原因是其“对当代美国小说做出了强有力的和艺术上无与伦比的贡献”。在颁奖辞中，瑞典皇家科学院院士赫尔斯多来姆对福克纳在小说形式、艺术技巧上所进行的孜孜不倦、卓有成效的探索和创新做了高度的评价。他指出：“在20世纪的小说家中，福克纳是一位伟大的小说技巧实验家——可与乔依斯媲美，且有过之而无不及。他的小说很少有两部是雷同的，他仿佛要借着他那持续不断的创新，来达到小说艺术的广袤境地。”

福克纳在获得诺贝尔文学奖之前已在美国有了一定的知名度，欧洲的文学巨匠们对福克纳也有很高的评价。1939年，法国哲学家萨特在《新法兰西评论》上

1　邵天泽：《文学理想的坚守——诺贝尔文学奖评选标准内涵》，《黑龙江省社会主义学院学报》2017年第9期。

发表了《福克纳小说中的时间》，从时间的哲学角度评论了《喧哗与骚动》。波伏瓦、加缪，还有老一代的纪德与马尔罗，都很重视福克纳的创作活动。[1]英国很早就出版了福克纳作品的英文版。

瑞典皇家科学院在考虑1948年诺贝尔文学奖人选时就已经将福克纳列入名单，但投票结果是十五人赞成，三票反对，因为诺贝尔文学奖需要评委会全票通过才有效，因此福克纳未能得奖。福克纳也听到了相关的信息。他在1950年2月20日写给女友威廉斯的信里提到："关于诺贝尔奖的事我一点也不清楚，听到谣传倒已有三年了，也有一点害怕。这种事是不好拒绝的，这样做是对别人的一种没必要的侮辱。可是我不想要它，我宁可跟德莱塞和舍伍德·安德森呆在同一个鸽子洞里，而不愿跟辛克莱·刘易斯以及那位中国通布克太太挤在一起。"

1950年，福克纳与罗素一起被宣布为诺贝尔文学奖获得者。福克纳是1949年的获奖者，而罗素是当年的获奖者。当记者问福克纳有什么感想时他说，他感到很荣幸，但不想去斯德哥尔摩参加颁奖仪式，"路太远了。我是本地的一个农夫，我抽不出空来。"后来，在美国驻瑞典大使、美国国务院及福克纳家乡名流施加的压力下，福克纳的太太提出，哪怕是为了让他们十七岁的女儿吉尔有机会见见世面，福克纳也应该去。最后，福克纳只好同意。

1950年12月10日，福克纳在瑞典领奖并发表了演说，但由于他离麦克风太远，加上他典型的美国南方口音和语速，几乎没有人听懂他的讲话，直到第二天演说辞见报，人们才体会到其中深刻的思想和厚重的感染力。要真正地走近福克纳，除了必须逐篇研读他的作品以外，还一定要阅读他那篇著名的领奖演说辞。从这段不长的文字中，不仅可以看到福克纳本人对于他"为什么而写作"的说明，更能够发现他的小说具有巨大魅力和影响力的原因。

以下便是福克纳领取诺贝尔文学奖时的演说辞：

我感到这份奖并非授予我这个人而是授予我的劳作——那是深陷在人类精神的痛苦与汗水中的一辈子的劳作，之所以劳作，不是为了荣誉，更不是为了利

1　李文俊：《福克纳传》，新世界出版社，2003，第151页。

润，而是想从人类精神的材料中创造出某种过去未曾有过的东西。因此，这份奖仅仅是交托给我保管罢了。将这份奖的金钱部分贡献到与其出处目标、用意相符的用项上去，这并不困难。但我很希望在荣誉方面也如此做，通过将现在的这一时刻化作高耸入云的山峰，这样，我从这里发出的声音便可以为已献身于同一痛苦与艰辛的劳作的青年男女听到，他们当中已经有这样的人，某一天他必定会站立在此刻我所站之处。

我们今天的悲剧是，人们怀有一种普遍、广泛的恐惧，这种恐惧已持续如此长久，对它的存在我们甚至都能够容忍了。至于心灵方面的问题，都已经不再有人操心了。大家担忧的唯一问题是：我什么时候被炸死？正因为如此，现今写作的青年男女已经忘记人心与它自身相冲突的问题了，而优秀的作品只能从这样的问题中产生出来，因为只有这样的问题才值得写，才值得为之痛苦和劳累。

青年作家必须重新学会这些。他必须让自己懂得，所有事情中最卑劣的就是感到恐惧；他还必须让自己知道要永远忘掉恐惧，占领他工作室全部空间的只能是远古以来就存在的关于心灵的普遍真实与真理，缺少了这一点，任何故事都是转瞬即逝、注定要灭亡的——关爱、荣誉、怜悯、尊严、同情和牺牲，这些就是普遍的真理。除非他这样做，否则他便会在诅咒之下工作。因为他写的不是爱意而是情欲，在他所描写的挫败里没有人会丧失任何有价值的东西，他写胜利，那里面却没有希望，而且，最糟糕的是没有怜悯和同情。他哀伤，却不为普遍的实质问题哀伤，也不留下任何伤疤。他写的不是心灵，而是腺体。

除非他重新学会这些，不然的话，他写作时就仿佛是置身于人类末日的厄运中，观看着这末日的来临。我拒绝接受“人类末日会来临”的观点。说这样的话是再容易不过的了，说什么“人反正会一代代存活下去的，因为他会忍受”；还说什么“当丧钟敲响，钟声从夕阳染红的平静海面上孤悬的最后一块不足道的礁石那儿消失时，即使在那时，也还有一个声音，即他那不绝如缕的声音依然在絮絮细语”。这样的说法我是绝对不能接受的。我相信人类不仅仅会存活，他还能越活越好。他是不朽的，并非因为生物中唯独他具有永不枯竭的声音，而是因为他有灵魂，有能够同情、牺牲和忍耐的精神。诗人、作家的职责就是写这些东西。作家的特殊权利就是帮助人坚持活下去，依靠鼓舞人心，依靠让他记住，勇气、尊严、希望、自豪、同情、怜悯和牺牲，这些是人类历史上的光荣。诗人的声音不必仅仅是人的记录，它可以成为帮助人类忍耐与获胜的那些支柱和栋梁中的一个。[1]

这篇演说辞被当时的媒体广泛转载，受到大家的热烈欢迎，迄今仍然被认为是较为出色的诺贝尔文学奖演说辞之一。在演说辞中，福克纳不仅谈到了作家的责任，也谈到了他对未来和世界的看法，那些认为他是悲观的虚无主义者的人读过他的演说辞之后对他也彻底改观。

获得诺贝尔文学奖后，福克纳仍然笔耕不辍，其荣誉也接踵而来。1950年，他将历年所写的短篇小说整理出版，并在1951年获得了美国国家图书奖。同年，法国政府为了表彰他对文学艺术所做的贡献，决定授予他“荣誉军团勋章”。1954年，他完成了《寓言》（*A Fable*,1954）的写作。1955年，《寓言》获得美国国家图书奖。从1956年起，福克纳被弗吉尼亚大学聘为住校作家。福克纳还出版了“斯诺普斯三部曲”中的后两部小说——《小镇》（*The Town*，1957）与《大宅》（*The Mansion*，1959）。除此之外，他还出版了《修女安魂曲》（*Requiem for a Nun*,1951）、《掠夺者》（*The Reiers*,1962）等书。作为作家，福克纳在获得诺贝尔文学奖以后的十多年里，发表了五部长篇小说、一部短篇小说集和一部散文。除了《寓言》外，他的其他作品仍然以虚构的约克纳帕塔法县为背景。例如，《小镇》与《大宅》是斯普诺斯的《村子》的续篇；《修女安魂曲》是早年《圣殿》的续集。此外，《掠夺者》是福克纳在20世纪40年代就想写的故事。至于《寓言》，福克纳已经写了多年，并自认为是鸿篇巨制。

获得诺贝尔文学奖之后的福克纳已经成为美国的一位文化名人，但有学者认为，福克纳的后期作品的成就远不如早期作品，而事实上，还没有哪位作家像福克纳一样，在获得诺贝尔文学奖后还继续努力写作并出版多部作品。考利曾这样评价福克纳：“他比美国及其他任何一个国家的作家在保持自己的题材方面都做得更为出色。”[2]瑞典学者谢对福克纳后期作品的评价是比较典型的：“福克

1 李文俊：《福克纳传》，新世界出版社，2003，第153-154页。

2 Malcolm Cowley, “Faulkner: A Reconsideration,” *Saturday Review*, no.6(1966):26.

纳的主题多年来一直很稳定，他的主题和道德方面关注的问题跟以前没有太多差异。他仍如从前那样愤世嫉俗和愤愤不平，也许更加特立独行，更加保守，但仍一如既往地宽容大度，不持偏见。”[1]福克纳晚年的作品常常以早年的作品为基础，但在重复的同时又有变化和更新，互文性很强。福克纳重复已经被人们熟知的情节、场景和叙述并非仅仅为了重复素材，而是为了使后期的作品增加新的含义。[2]

福克纳一生创作了多部具有实验性写作手法的现代主义长篇小说和短篇小说，为现代主义写作和世界文学做出了巨大的贡献。福克纳不仅深刻地反映了社会历史，而且是一位现代意识很强的作家。他描写了现代社会中人与人的沟通和疏远，人如何追求、保持自己的“人性”；揭示了西方社会中人性扭曲与异化的问题。福克纳是挖掘与表现人的内心世界的高手。在许多情况下，他是通过表现人物的内心活动来塑造人物与表现时代精神的。他还根据自己对现代哲学、现代心理学及人的更深层的理解，形成了一种独特的认知生活的眼光，并根据这种独特的眼光相应地创造与采用了一系列新的小说技法，帮助他充分表现出现代人与现代生活的复杂性。

在对文学语言的运用与创作上，福克纳也堪称大师。读者在其作品中不仅可以体会到美国南方文学传统中的浪漫主义气息、浓厚的历史感、崇高的悲剧力量和沉重的清教主义观念，还可以感受到他对旧南方社会秩序的批判和眷恋之情交织在一起产生的矛盾与困惑。福克纳的伟大之处就在于，他将自身浓烈的情感态度和深刻的思想灌注在小说的文体形式层面，吸收、继承传统语言形式，并对现代语言形式进行探索和实践。在创作的过程中，福克纳对小说形式与创作手法进行了卓越的实验和创新，丰富了小说的文体艺术，同时奠定了福克纳20世纪现代主义文学大师的地位。

1 Hans H.Skei,“William Faulkner’s Late Career:Repetition,Variation,Renewal,” in *After the Nobel Prize* (Kyoto:Yamaguchi Publishing House,1987),pp.247-258.

2 陶洁：《福克纳研究》，上海外语教学出版社，2013，第161页。

【拓展阅读】

［1］ 蔡毅.渴盼辉煌:诺贝尔文学奖与当代中国文学发展方向[M].北京:中国社会科学出版社,2003.

［2］ 刘建刚.诺贝尔奖获奖者演说[M].上海:世界图书出版公司,2002.

第二章　多维视角下的福克纳小说重释

第一节　哥特与《献给艾米丽的玫瑰》

【关键词：哥特】

“哥特小说”（gothic novel）又译作“哥特式小说”，是18世纪末英国小说体裁之一。“哥特”作为跨学科概念，在文化渊源上最早出自欧洲中世纪（以下简称中世纪）日耳曼民族的一个部落名称（Goth）；从建筑风格上讲，其指称一种起源于12世纪末法国北部为文艺复兴思想家们所不喜欢的中世纪建筑风格，其于13世纪至15世纪盛行于西欧各地，主要用于教堂和城堡等建筑。[1]“哥特”一词与文学联系在一起具有偶然性。从文学界来看，英国小说家贺拉斯·瓦尔普（Horace Walpole，1717—1797）的《奥特龙多堡》（*The Castle of Otranto*）被称为世界文学史上的第一部哥特小说，也是英国文学中的一部传世佳作，同时它标志着一个新的文学体裁的诞生。由此“哥特”一词开始了它的文学之旅。

哥特小说盛行于19世纪初期，有些小说家模仿沃波尔，以中世纪为故事背景；有些作家则以天主教国家（尤其是意大利和西班牙）为故事背景。其故事场景往往是布满地牢暗道和滑板机关的幽暗城堡。典型的哥特式故事描写的是

1　王晓姝：《哥特之魂——哥特传统在美国小说中的嬗变》，知识产权出版社，2010，第1页。

纯洁的女主人公遭受残忍而淫荡的恶棍的折磨，并且大量运用鬼魂、幽灵及其他恐怖、离奇的情节。这类小说的主要目的是通过描写各种神秘和恐怖的现象渲染一种阴森、令人恐惧的气氛。从词源上讲，“gothic”指“非常古老的，中古的”，而“novel”源于拉丁语词根“novellus”，意为“新的，有新意的”。“追古”与“求新”致使哥特小说难以被定义。[1]

《简明大不列颠百科全书》定义哥特小说是一种欧洲浪漫主义小说形式，充斥着中古时期的神秘与恐怖。此类小说常以带有地下通道、黑暗碉堡、隐藏活动门的城堡和寺院为背景，其情节中常伴有鬼魂、疯狂、暴怒、迷信及报复等。其流行始于1765年贺拉斯·瓦尔普的《奥特龙多堡》，并在18世纪90年代达到极盛。安拉德克利夫的《乌多芙堡之谜》及《意大利人》属于哥特小说中的典范。马修·刘易斯的《僧人》给英国哥特带来了更加恐怖的元素。哥特式特征在以往许多作家的作品中都有体现，且仍出现在数以千计的当代作品中。[2]

《哥伦比亚百科全书》定义哥特小说是一种流行于18世纪末至19世纪初的英国小说文类，又称“哥特罗曼司”。这类小说讲述一个个神秘的故事，通常伴有超自然现象和令人恐惧的场景，并多以中古时期的废墟或闹鬼的城堡为背景。[3]这一文类的影响可在柯勒律治、坡、勃朗蒂姐妹等作家的作品中找到。20世纪60年代，所谓的“哥特小说”在英国、美国大肆流行。在18世纪以来出现的文学传统之中，哥特传统可谓最为持久。尽管人们对哥特式恐怖的喜好时强时弱，哥特小说在文学史上的地位也经历了起起落落，哥特式创作特征也随当代读者阅读品位的变化而演变，但是哥特传统始终存在于英美文学中。尽管对哥特小说的定义一直引来不断的争议，对哥特小说的界定也很难达成一致，但哥特文学的一些传统特征使其明显区别于其他文类，这些哥特式特征——哥特式要素、哥特式结构、哥特式意象、哥特式人物等构成了文学中的“哥特传统”。[4]

《奥特龙多堡》虽奠定了英美文学中的“哥特传统”，它的创作却是“反传统的”“革命性的”。在瓦尔普笔下，象征着中古时期“野蛮”“未开化”的

---

1 王晓姝：《哥特之魂——哥特传统在美国小说中的嬗变》，知识产权出版社，2010，第2页。
2 同上书，第4页。
3 同上。
4 同上书，第6页。

"哥特式"第一次被赋予了浪漫主义和理想主义的光环，其对哥特式场景的营造和哥特式人物的刻画引起了读者的同情心与恐惧感，并由此引发了读者对人性和世界的理性思考。[1]从起源于18世纪中期的英国哥特小说，到德国的哥特罗曼司，到兴起于18世纪末美国文学中的哥特传统，到19世纪的理性主义哥特、心理哥特、女性哥特、后殖民主义哥特，到20世纪的恐怖哥特、言情哥特、吸血鬼哥特以至后现代主义哥特，"哥特"的长线贯穿了欧美文学的各个阶段，"哥特式"是跨时空、世界性的。其并非历史上一种固定的小说类型，而是自18世纪以来的一种泛恐怖小说形式。这种小说形式一直延续至今，不仅包括历史上已经获得公认的哥特小说，还包括19世纪和20世纪的灵异小说、恐怖小说，甚至部分恐怖性经典小说。福克纳的哥特短篇《献给艾米丽的玫瑰》（*A Rose for Emily*，1931）被公认为南方哥特小说的典范。故事讲述了在南方杰弗生小镇，一位贵族老处女因爱生恨，毒杀情人，终身与尸首相伴隐居生活的悲剧。这个没落的南方小镇是无法接受变革的美国南方社会的缩影，这个故事是唱给美国南方的一曲挽歌。[2]

在笔者看来，哥特小说是一个开放的文类，对哥特小说的界定也是个开放的体系，很难达成定论。但是，在过分窄化与过分泛化间寻找一个交融点，避免概念上的激进与极端，无疑是一种理智与科学的态度。首先，历史上公认的主要哥特作家的哥特作品应成为哥特文学研究的主要研究对象；其次，一些英美小说家的很多经典作品都隐含着浓重的哥特成分或哥特范式、哥特风格、哥特创作手法等，这些哥特传统给这些作品加上了"哥特式标签"，不论文类学家称其为"哥特小说"还是"哥特式创作"，它们都是世界哥特文学的样本、子嗣，都应成为哥特文学的研究对象。[3]

【原文导读】

《献给艾米丽的玫瑰》这部小说以福克纳笔下著名的约克纳帕塔法郡的杰弗

1　王晓姝：《哥特之魂——哥特传统在美国小说中的嬗变》，知识产权出版社，2010，第7页。

2　同上书，第90页。

3　同上书，第6页。

生小镇为背景，塑造了一个美国南方另类、怪异、精神抑郁、性格畸形的女人形象——主人公艾米丽小姐是一个不愿接受世事变迁的古怪女人。身为南方没落贵族的后代，艾米丽一直顽固地恪守着南方贵族所特有的那份骄傲、自尊，她拒绝缴税，拒绝安装门牌号码，警察来到她家中时她也是无动于衷、态度冷漠。从这部作品的字里行间中，我们能深刻地体会到艾米丽的性格：守旧、变态、精神异常、与世隔绝。[1]严格地说，这部小说中的哥特成分不是目的，而是手段。福克纳不仅仅是要写一部哥特小说，而且要用哥特手法所特有的艺术效果服务于他的创作，服务于他对南方历史、南方旧制度的发展和瓦解的探索，以及对南方陈旧的传统文化和观念的追怀，来表现过去时代的阴影怎样控制其所处时代社会中恪守旧南方传统的飘零人物的命运。

1. 阴森、恐怖的背景

首先，福克纳用艾米丽小姐的葬礼作为《献给艾米丽的玫瑰》这部短篇小说的开篇，他用精炼的篇幅和一系列具有神秘气息的语句来营造一种哥特小说惯有的阴暗、萧条、恐怖的效果，并通过对周围环境的渲染给读者造成心理上的压抑，而这种压抑在对读者神经进行不断刺激的同时也使读者产生一种读下去一探究竟的强烈愿望。[2]"When Miss Emily Grierson died, our whole town went to her funeral: the men through a sort of respectful affection for a fallen monument, the women mostly out of curiosity to see the inside of her house, which no one save an old man-servant—a combined gardener and cook—had seen in at least ten years. "这个开场为小说定下了阴郁的调子，并营造出一种恐怖而神秘的气氛。而且这样一个阴森、肃穆的葬礼不仅吸引当地人想要看看她住宅的内部情况，也让读者倒吸一口凉气——死亡总是让人感到恐惧，同时也带着好奇心很想知道谁是艾米丽小姐，艾米丽是怎么死去的，她又经历了什么。作者很巧妙地设计了这样一个具有哥特式风格、十分悬秘的引子，留给我们的除了悬念还是悬念。

---

1 赵华威：《丰碑的倒塌和府邸的崩溃——从哥特小说的模式分析〈厄舍府崩塌记〉和〈给艾米丽小姐的玫瑰〉的相似之处》，《佳木斯大学社会科学学报》2007年第3期。

2 同上。

其次，福克纳也为我们简单地勾勒出艾米丽的古屋。“It was a big，squarish frame house that had once been white，decorated with cupolas and spires and scrolled balconies in the heavily lightsome style of the seventies，set on what had once been our most select street. But garages and cotton gins had encroached and obliterated even the august names of that neighborhood；only Miss Emily’s house was left，lifting its stubborn and coquettish decay above the cotton wagons and the gasoline pumps—an eyesore among eyesores.”“那是一幢过去漆成白色的四方形大木屋，坐落在当年一条最考究的街道上，还装点着有19 世纪70 年代风味的圆形屋顶、尖塔和涡形花纹的阳台，带有浓厚的轻盈气息。可是汽车间和轧棉机之类的东西侵犯了这一带庄严的名字，把它们涂抹得一干二净。只有艾米丽小姐的屋子岿然独存，四周簇拥着棉花车和汽油泵。房子虽已破败，却还是执拗不驯，装模作样，真是丑中之丑。”《献给艾米丽的玫瑰》所述故事发生在一个小镇，尽管这所房子具有哥特式风格，但是位置不在野外，这通常符合美国风格的哥特式环境。[1]同时，艾米丽小姐在这种凄凉、阴郁的环境中跃入我们的视野，我们也能小觑一下女主人公的秉性和习性。 在美国南方哥特环境中，哥特小说逐渐将读者带入角色的内心深处，以消除他们的恐惧、忧郁、挣扎和矛盾。艾米丽小姐常年生活于狭小、阴暗的房间，足不出户，只与一个黑人男仆有接触，几乎与外界失去所有联系。这栋旧宅如此破败、阴森，就像一具巨大的棺材，生活在里面的主人公同样可怕。由于长期与世隔绝，艾米丽的外表本身就让读者倒吸一口凉气：她的身架矮小，给人一种臃肿、肥大的感觉；她看上去像长久泡在死水中的一具死尸，肿胀发白，眼睛像煤球，面孔像僵硬的面团。这些文字夸张而生动地展现了一个行尸走肉的形象，这和古鬼一般的老宅倒是相得益彰。读者未了解大概故事，眼前已呈现出一幅令人毛骨悚然的画面。

2. 死亡主题

哥特式小说以恐怖著称，而人类最大的恐惧莫过于死亡。死亡是福克纳小说

1 齐天蛮：《<献给艾米丽的玫瑰>的哥特式风格》，硕士学位论文，吉林大学，2007，第12页。

中典型的情节之一。在《献给艾米丽的玫瑰》这部短篇小说中，作者先后记述了三个人的死亡，分别是艾米丽父亲的去世、巴伦被谋杀和艾米丽的寿终正寝。[1]故事从葬礼开始，并以葬礼结束，死亡是贯穿始终的主调。

艾米丽父亲的去世是一种自然死亡，代表整个南方最繁荣、最昌盛时期的谢幕；艾米丽的寿终正寝看似是一个完满的结局，而她度过的则是守旧、固执、变态、畸形的一生，她一辈子守着南方旧传统的繁文缛节，不愿接受现代社会的制度条约，最终逃脱不了被历史前进步伐重重碾压的悲剧人生，她的死亡也代表南方旧制度的土崩瓦解；艾米丽变态、畸形的爱意促使她最终毒杀了情人巴伦以期能与之永远相伴，在与情人的干尸相伴40年后，她死去了，是作为一座丰碑而倒塌的，代表南方古老传统、价值观念、生活方式的彻底灭亡和消失；而死于毒杀的巴伦则是南北方新旧制度冲突的牺牲品，这两种社会矛盾不是个人力量所能调和的。巴伦来自资本主义发达的北方，代表拥有机器的新生的资产阶级力量，他思想自由，玩世不恭，视婚姻如儿戏，“because Homer himself had remarked—he liked men，and it was known that he drank with the younger men in the Elks' Club — that he was not a marrying man.”（*A Rose for Emily*，IV）“他本人说过，他无意于成家。”由于巴伦对艾米丽的吸引，高贵且骄傲、自尊的她准备不顾一切屈尊嫁给这个拿“日工资”的北方工人，这时巴伦却抛弃了她。在艾米丽的让步和妥协无果时，因爱生恨，她用砒霜毒死了巴伦，这样畸形、残忍、极为变态的悲剧结局是我们常人所无法料想的。

“死亡”在小说中也反映了作者的时间观。艾米丽父亲之死带走的美好过去，巴伦之死留住的不定的现在，艾米丽之死展现的无期待的未来，无不证明了时间是不可战胜的。[2]

3. 怪诞角色

在对《献给艾米丽的玫瑰》众多人物的描写之中，对一人的描写能明显体现出哥特式叙述方法的独特之处，这就是与艾米丽相依、相伴数十年之久的黑人男

1　齐天蛮：《〈献给艾米丽的玫瑰〉的哥特式风格》，硕士学位论文，吉林大学，2007，第4页。

2　同上书，第6页。

仆——托比。通篇，福克纳对这名男仆的描述总是细若游丝般不时闪现，且每次的描写仅限于短短几句，但又有多处描写，这个人物看似无足轻重、可有可无，但他的存在仿佛幽灵一般，萦绕在整篇小说的各个章节，也像挥散不掉的影子一般，笼罩在古宅的各个角落，不时出现。他甚至没有说过一句话，对故事情节的发展也没有起到什么作用，但福克纳多次提到了他：

"which no one save an old man-servant—a combined gardener and cook—had seen in at least ten years."（*A Rose for Emily*，I）

"They were admitted by the old Negro into a dim hall from which a stairway mounted into still more shadow."（*A Rose for Emily*，I）

"and the only sign of life about the place was the Negro man—a young man then—going in and out with a market basket."（*A Rose for Emily*，II）

"A neighbor saw the Negro man admit him at the kitchen door at dusk one evening."（*A Rose for Emily*，I）

"Daily，monthly，yearly we watched the Negro grow grayer and more stooped，going in and out with the market basket."（*A Rose for Emily*，IV）

"We did not even know she was sick；we had long since given up trying to get any information from the Negro He talked to no one，probably not even to her，for his voice had grown harsh and rusty，as if from disuse."（*A Rose for Emily*，IV）

"and then he disappeared. He walked right through the house and out the back and was not seen again."（*A Rose for Emily*，V）

这个年老的男仆是十多年来与艾米丽有接触的唯一一个人，但他们两人之间似乎也没什么交际。福克纳的确花了心思，巧妙地将悬念设置于此，读者不禁会疑惑：他究竟是什么样的人物，他为什么消失，他去了哪里，他与艾米丽又有怎样的联系？托比有的只是沉默和顺从，作为一位黑人男仆，他毫无存在感，甚至没有一个人看见他。但在艾米丽的父亲死后，托比容忍精神失常又傲慢的女主人，毫无怨言地服侍和陪伴她，忠心耿耿地保守可怕的秘密，忠实地维护她南方淑女典范的形象。托比守候着蓄奴制时期的纪念碑——高贵的艾米丽小姐，如影随形的托比影射出艾米丽是父权社会制和南方传统的奴隶。[1]

小说的女主人公艾米丽小姐具有十分扭曲的性格，文中说道："Thus she passed from generation to generation—dear，inescapable，impervious，tranquil，and perverse.（她就这样度过了一代又一代——高贵、宁静、无法逃避、无法接近、怪僻乖张。）"（*A Rose for Emily*，IV）艾米丽是一个有着极强恋父情结的人，父亲死后，她拒绝埋葬，甚至不承认父亲的去世。她那有着贵族血统的父亲曾经手舞棍棒把每一个前来向她表达情意的男人赶走，她不得不接受沦落为一个老处女的悲惨命运，正是艾米丽父亲简单、粗暴的干涉和阻碍，导致艾米丽形成了独特、变态的性格。[2]而父亲又是他的精神支柱，她疯狂地迷恋和崇拜他。艾米丽对父亲的依赖是因为母爱的缺失和父亲专横的控制，而她对父亲和巴伦尸体的依恋则是其恋父情结的写照。

从不同的角度解读《献给艾米丽的玫瑰》这部小说的哥特风格，我们可以感受到福克纳的"南方情结"。正如福克纳自己说过的，"我爱南方，也憎恨它。这里有些东西我根本不喜欢，但是我生在这里，这是我的家。由此，我愿意继续维护它，即使是怀着憎恨。"[3]作者通过这一朵玫瑰花，流露了南方人那秘而不宣的爱恨交织的怀旧之情！"献给艾米丽的玫瑰"，默诵这一句式，我们宛如瞥见福克纳在深秋的落叶时节，手捧鲜花，摘下礼帽站在艾米丽的墓前凭吊。意味深长的篇名道出了作者福克纳对艾米丽这个人物的迷恋与惋惜的复杂情愫，反映了他内心深处对业已湮灭的南方传统的追怀，以及对其故土爱恨交织的复杂情怀。哥特式特征和手法使《献给艾米丽的玫瑰》散发动人心魄的艺术魅力，这种艺术魅力不会因时代的变迁而消退，就像雕刻在大理石上的玫瑰，它有着永恒的纪念意义。[4]

1 齐天蛮：《<献给艾米丽的玫瑰>的哥特式风格》，硕士学位论文，吉林大学，2007，第12页。

2 赵华威：《丰碑的倒塌和府邸的崩溃——从哥特小说的模式分析<厄舍府崩塌记>和<给艾米丽小姐的玫瑰>的相似之处》，《佳木斯大学社会科学学报》2007年第3期。

3 史志康：《美国文学背景概观》，上海外语教育出版社，1998，第16页。

4 齐天蛮：《<献给艾米丽的玫瑰>的哥特式风格》，硕士学位论文，吉林大学，2007，第23页。

【原文选摘】

A Rose For Emily[1]

William Faulkner

I

When Miss Emily Grierson died, our whole town went to her funeral: the men through a sort of respectful affection for a fallen monument, the women mostly out of curiosity to see the inside of her house, which no one save an old man-servant—a combined gardener and cook—had seen in at least ten years.

It was a big, squarish frame house that had once been white, decorated with cupolas and spires and scrolled balconies in the heavily lightsome style of the seventies, set on what had once been our most select street. But garages and cotton gins had encroached and obliterated even the august names of that neighborhood; only Miss Emily's house was left, lifting its stubborn and coquettish decay above the cotton wagons and the gasoline pumps-an eyesore among eyesores. And now Miss Emily had gone to join the representatives of those august names where they lay in the cedar-bemused cemetery among the ranked and anonymous graves of Union and Confederate soldiers who fell at the battle of Jefferson.

Alive, Miss Emily had been a tradition, a duty, and a care; a sort of hereditary obligation upon the town, dating from that day in 1894 when Colonel Sartoris, the mayor—he who fathered the edict that no Negro woman should appear on the streets without an apron-remitted her taxes, the dispensation dating from the death of her father on into perpetuity. Not that Miss Emily would have accepted charity. Colonel Sartoris invented an involved tale to the effect that Miss Emily's father had loaned money to the town, which the town, as a matter of business, preferred this way of repaying. Only a man of Colonel Sartoris' generation and thought could have invented

1 摘自：William Faulkner, *A Rose For Emily* (Logan:Perfection Learning,1990).

it, and only a woman could have believed it.

When the next generation, with its more modern ideas, became mayors and aldermen, this arrangement created some little dissatisfaction. On the first of the year they mailed her a tax notice. February came, and there was no reply. They wrote her a formal letter, asking her to call at the sheriff's office at her convenience. A week later the mayor wrote her himself, offering to call or to send his car for her, and received in reply a note on paper of an archaic shape, in a thin, flowing calligraphy in faded ink, to the effect that she no longer went out at all. The tax notice was also enclosed, without comment.

They called a special meeting of the Board of Aldermen. A deputation waited upon her, knocked at the door through which no visitor had passed since she ceased giving china-painting lessons eight or ten years earlier. They were admitted by the old Negro into a dim hall from which a stairway mounted into still more shadow. It smelled of dust and disuse—a close, dank smell. The Negro led them into the parlor. It was furnished in heavy, leather-covered furniture. When the Negro opened the blinds of one window, they could see that the leather was cracked; and when they sat down, a faint dust rose sluggishly about their thighs, spinning with slow motes in the single sun-ray. On a tarnished gilt easel before the fireplace stood a crayon portrait of Miss Emily's father.

They rose when she entered—a small, fat woman in black, with a thin gold chain descending to her waist and vanishing into her belt, leaning on an ebony cane with a tarnished gold head. Her skeleton was small and spare; perhaps that was why what would have been merely plumpness in another was obesity in her. She looked bloated, like a body long submerged in motionless water, and of that pallid hue. Her eyes, lost in the fatty ridges of her face, looked like two small pieces of coal pressed into a lump of dough as they moved from one face to another while the visitors stated their errand.

She did not ask them to sit. She just stood in the door and listened quietly until the spokesman came to a stumbling halt. Then they could hear the invisible watch ticking at the end of the gold chain.

Her voice was dry and cold. "I have no taxes in Jefferson. Colonel Sartoris explained it to me. Perhaps one of you can gain access to the city records and satisfy yourselves."

"But we have. We are the city authorities, Miss Emily. Didn't you get a notice from the sheriff, signed by him?"

"I received a paper, yes, "Miss Emily said, "Perhaps he considers himself the sheriff... I have no taxes in Jefferson."

"But there is nothing on the books to show that, you see We must go by the..."

"See Colonel Sartoris. I have no taxes in Jefferson."

"But, Miss Emily..."

"See Colonel Sartoris." (Colonel Sartoris had been dead almost ten years.) "I have no taxes in Jefferson. Tobe!"The Negro appeared. "Show these gentlemen out."

V

The Negro met the first of the ladies at the front door and let them in, with their hushed, sibilant voices and their quick, curious glances, and then he disappeared. He walked right through the house and out the back and was not seen again. The two female cousins came at once. They held the funeral on the second day, with the town coming to look at Miss Emily beneath a mass of bought flowers, with the crayon face of her father musing profoundly above the bier and the ladies sibilant and macabre; and the very old men—some in their brushed Confederate uniforms—on the porch and the lawn, talking of Miss Emily as if she had been a contemporary of theirs, believing that they had danced with her and courted her perhaps, confusing time with its mathematical progression, as the old do, to whom all the past is not a diminishing road but, instead, a huge meadow which no winter ever quite touches, divided from them now by the narrow bottle-neck of the most recent decade of years.

Already we knew that there was one room in that region above stairs which no one had seen in forty years, and which would have to be forced. They waited until Miss Emily was decently in the ground before they opened it.

The violence of breaking down the door seemed to fill this room with pervading dust. A thin, acrid pall as of the tomb seemed to lie everywhere upon this room decked and furnished as for a bridal: upon the valance curtains of faded rose color, upon the rose-shaded lights, upon the dressing table, upon the delicate array of crystal and the man's toilet things backed with tarnished silver, silver so tarnished that the monogram was obscured. Among them lay a collar and tie, as if they had just been removed, which, lifted, left upon the surface a pale crescent in the dust. Upon a chair hung the suit, carefully folded; beneath it the two mute shoes and the discarded socks.

The man himself lay in the bed.

For a long while we just stood there, looking down at the profound and fleshless grin. The body had apparently once lain in the attitude of an embrace, but now the long sleep that outlasts love, that conquers even the grimace of love, had cuckolded him. What was left of him, rotted beneath what was left of the nightshirt, had become inextricable from the bed in which he lay; and upon him and upon the pillow beside him lay that even coating of the patient and biding dust.

Then we noticed that in the second pillow was the indentation of a head. One of us lifted something from it, and leaning forward, that faint and invisible dust dry and acrid in the nostrils, we saw a long strand of iron-gray hair.

【拓展阅读】

[1] WILLIAM F. A Rose For Emily[M]. Logan:Perfection Learning,1990.
[2] 齐天蛮.《献给艾米莉的玫瑰》的哥特式风格[D]. 长春:吉林大学,2007.
[3] 张东梅.哥特视角下的《献给艾米丽的玫瑰》解析[D]. 济南:山东师范大学,2015.

[4] 赵华威.丰碑的倒塌和府邸的崩溃:从哥特小说的模式分析《厄舍府崩塌记》和《给艾米丽小姐的玫瑰》的相似之处[J].佳木斯大学社会科学学报,2007(3):75–77.

第二节 意识流与《喧哗与骚动》

【关键词：意识流】

1. 意识流理论

意识流严格来说不是一个理论流派，而是一种创作手法。[1]从广义上看，它可以追溯到18世纪欧洲小说中的心理描写传统，如从塞缪尔·理查逊到亨利·詹姆斯对回忆、思想、情感过程的翔实备至的描写。从特定意义上而言，意识流则是指自20世纪初叶开始，一批小说家撤出传统小说中作者自我的介入，致力于描绘人物的无意识活动。

在文学上，“意识流”一词用来特指一种叙事模式。这种模式摆脱叙述者的干预，再现人物心理活动过程的整个轨迹与持续流动。在这一流动的过程中，人的感觉、认知与意识的或半意识的思想、回忆、期望、感情及琐碎的联想融合在一起。[2]意识流作为一种叙事手法，曾经相当风行，它对于拓展文学描述的范围、增强文学的表现力起到了重要作用。

威廉·詹姆斯（1842—1910）是美国哲学家和心理学家。“意识流”在他的著作《心理学原理》（1890）中率先被提出。《心理学原理》第8章和第9章的内容曾以“论内省心理学所忽略的几个问题”为题，被刊于1884年的《心灵》杂志。其中有一段必为意识流批评家转述的话：“意识并不表现为零零碎碎的片段。譬如，像‘一连串’或‘一系列’等词，都不似原先说的那样合适。意识并不是片段的衔

1 朱立元：《当代西方文艺理论:第3版》，华东师范大学出版社，2014，第61页。
2 艾布拉姆斯：《文学术语词典》，吴松江译，北京大学出版社，2009，第597页。

接，而是流动的。用‘河’或‘流’的比喻来描述他是最自然不过的了。此后再谈到它的时候，我们就称它为思想流、意识流或主观生活流吧。”[1]上文为“意识流”的出典，威廉·詹姆斯所谓的意识流是指原始的、混沌的感觉流和主观思想流。[2]

2. 意识流与文学

在《心理学原理》之后，威廉·詹姆斯未对意识流理论做进一步的探讨，但是较他晚一年出生的小说家亨利·詹姆斯在一定程度上弥补了兄长的缺憾。亨利·詹姆斯的小说被认为开创了一种心理现实主义。亨利·詹姆斯写于1884年的《小说艺术》一文提出，现实只存在于观察者的印象之中，而不是观察者不曾认识到的事实。这是将艺术家有意识的自我当作经验的最终范域，将现实主义的基础从外部世界转移到艺术家的内心世界。正是这一年，威廉·詹姆斯首次提出了“意识流”这一概念。这两兄弟对意识流文学产生的影响，从理论到实践可谓有异曲同工之妙。文学界的“意识流”一词最初是由梅·辛克莱于1918年评论英国女小说家道罗茜·理查生的《心路历程》时提出的。道罗茜·理查生的《心路历程》共12卷，从1915年至1938年出版完成，其描写重心完全放在女主人公的内心感受上。

从塞缪尔·理查逊到亨利·詹姆斯，直至当今的众多小说家，其作品都有描写自我反思的长篇段落，在这些段落中，作者详细地记录了人物的意识流动。例如，在亨利·詹姆斯的小说《贵妇人的画像》中，作者用整个第42章来描述伊莎贝尔的记忆过程、思维过程和情感过程。再往前追溯，1888年，名不见经传的法国作家艾都瓦·杜雅丹创作了一篇名为《月桂树被砍倒了》的短篇小说，尽管小说相当粗糙，但其也被认为是意识流，因为作者一直力求按照中心人物意识上受到的影响来展现故事中的情景与事件。

自20世纪20年代开始，意识流这一手法得到了完善。詹姆斯·乔伊斯（1882—1941）于1922年在杂志上连载的小说《尤利西斯》经以庞德为首的一些巴黎先锋派团体相助出版后，他成为意识流文学中的泰斗。《尤利西斯》吸收了

1　詹姆斯：《心理学原理》，田平译，中国城市出版社，2003，第237页。

2　朱立元：《当代西方文艺理论:第3版》，华东师范大学出版社，2014，第61页。

传统小说中已有的作者退出、内心独白等艺术手法，发展了许多不同的意识流叙事技巧，使意识流小说趋于成熟。

弗吉尼亚·沃尔夫（1882—1941）是英国现代意识流小说的代表作家之一。从1919年发表短篇小说《墙上的斑点》起，弗吉尼亚·沃尔夫就开始进行意识流小说的创作试验，在其日后的《达罗卫夫人》《到灯塔去》《波浪》三部作品中，这种意识流试验臻于圆熟。沃尔夫指出，生活不是对称的，生活始终是包围着我们意识的半透明的光晕，故而小说家的使命就应是如实传达这一变化多端的、尚欠认识的和尚欠探讨的根本精神，不管他的表现会多么脱离常规，多么错综复杂。[1]显而易见，沃尔夫倡导的是一种心理的真实。

作为西方现代文学史上的一种文学现象，意识流手法的创造和试验不仅通过其文学艺术实践活动创造了令人耳目一新的艺术成就，而且从小说艺术方法论的角度对以后的小说创作产生了深远的影响。

【原文导读】

福克纳是20世纪美国杰出的小说家之一，也是英美意识流小说的杰出代表。出版于1929年的《喧哗与骚动》（*The Sound and the Fury*，也译作《喧哗与躁动》）是福克纳第一部有才思的成熟作品。[2]该书名出自莎士比亚悲剧《麦克白》中有名的台词：“人生如痴人说梦，充满着喧哗与躁动，却没有任何意义。”

故事发生在杰弗生镇的康普生家族。这是一个曾经显赫一时的家族，该家族原来广有田地，黑奴成群，如今只剩下一栋破败的宅子，黑用人也只剩下老婆婆迪尔西。一家之主康普生先生算是个律师，但不见他接洽业务，整天醉醺醺地发些愤世嫉俗的空论，把悲观、失望的情绪传染给性格原本就软弱的大儿子昆丁。康普生太太整天无病呻吟，时时不忘其自封的南方大家闺秀的身份，家中没有一人能从她那里得到爱和温暖。这对夫妇一共孕育了4个孩子——哥哥昆丁、妹妹凯蒂、大弟杰生和小弟班吉。班吉有智力缺陷，虽然已经33岁，却只有3岁儿童的智力。小说的情节就从班吉那凌乱而琐碎的回忆中展开。

1　潘小松：《福克纳全传》，长春出版社，2014，第63页。

2　李文俊：《威廉·福克纳》，人民文学出版社，2010，第16页。

小说的第一章是“一九二八年四月七日”，一般称为“班吉的部分”，其通过智障弟弟的原始意识流动来描写凯蒂的童年及康普生家族1928年时的颓败景象。第二章是“一九一零年九月二日”，称为“昆丁的部分”。其通过作为哈佛大学学生的大哥昆丁的所见、所闻、所忆和所思描写少女凯蒂的轻佻与匆匆出嫁的不得已。她所在的家庭是那样的冰冷与缺乏爱，使得她不得不冲出家门。家族的没落本来就在昆丁的思想上投下一层阴影，妹妹的堕落与自己的无力保护都使他无意留恋人间。他的叙述是没有结尾的，因为就在那一天，他投河自尽了。第三章是“一九二八年四月六日”，称为“杰生的部分”。杰生是凯蒂的大弟弟，他顺应资本主义发展潮流，但是也丧失了基本的人性。他姐姐的不光彩行为影响了其前程，他是怀着憎恨讲述凯蒂及其私生女小昆丁的事的，可是他对她们的诋毁恰恰暴露了自己的丑陋灵魂，令人发指。最后一章是“一九二八年四月八日”，称为“迪尔西的部分”。迪尔西是康普生家的黑人女佣，她从小生活在康普生家，目睹了这个家族由盛而衰的全过程。她是班吉、凯蒂和小昆丁的保护者，当杰生殴打他们时，她第一个站出来挡住他的胳膊。她常常训斥杰生，杰生是个种族歧视者，但迪尔西从来不怕。

《喧哗与骚动》的故事并不复杂，但叙事手法却错综复杂，福克纳运用了多种现代派的手法来呈现他的故事。福克纳采用了多角度的叙事方法，即福克纳从多个人物各自的角度把同一个故事叙述多次。小说中，三兄弟各讲一遍自己的故事，随后又用“全能视角”，以迪尔西为主线讲剩下的故事。小说表现的是时空形态上的变异，是非常态的，因此一开始让人很难跟进故事，甚至难以厘清思路。

作者先从班吉的角度讲述康普生家孩子的童年；然后从昆丁的角度讲述康普生家孩子的青年时代的生活情况，主要是凯蒂的沉沦；接着又从杰生的角度叙述他当家后的情况，将凯蒂的女儿小昆丁的故事引述出来；最后从迪尔西的角度讲述当前发生的事情，即小昆丁出走，迪尔西以悲痛的心情参加教堂的复活节礼拜。四个故事看似杂乱无章，实际上都在讲一个故事，即康普生家族的故事，确切地说是三个人对以凯蒂为中心的家庭秘密的内心独白。作者将过去、现在、将来的故事以空间并列的形式，以不同当事人的口吻呈现在读者面前，从而实现对事件、人物的全方位描述。

《喧哗与骚动》的另一个突出的特点是运用了意识流的写作方法。正如福克纳所说的，“我可以像上帝一样把这些人调来调去，不受空间的限制，不受时间的限制。”小说的前三章都采用内心独白的形式，即用一个又一个意识的呈现来叙述故事与刻画人物。在叙述者的头脑里，一个思绪跳到另一个思绪，将无数零碎、分散、孤立的回忆、印象与意识活动交织成一幅完整的图画。福克纳把现代主义手法中的意识流和自由联想运用得尽善尽美。尽管小说所描述的只是物理时间上的四天，但它却全面而深刻地揭示了一个大家族几十年的兴衰过程。

作品的第一章是全书的中心，由班吉叙述。在描写班吉的心理活动时，福克纳显示出他卓越的叙事才能。班吉是个象征性人物，他的智力只相当于3岁的孩子，但他对事物的印象却最客观。读者从班吉的“叙述”（其实不如说“反应”）中逐渐认识了这一家的成员与有关人物，感受到一个大家庭的没落气氛。在这灰色的背景中，唯有凯蒂这个小姑娘是个亮点。以下是班吉眼中的一幅生动的景象：

凯蒂走来了。接着她跑起来了，她的书包在背后一跳一跳，晃到这边又晃到那边。

“嗨，班吉。”凯蒂说。她打开铁门走进来，就弯下身子。

凯蒂身上有一股树的香味。“你是来接我的吧，”她说，“你是来等凯蒂的吧。你怎么让他两只手冻成这样，威尔？”

“我是叫他把手放在兜里的，”威尔说，“他喜欢抓住铁门。”

“你是来接凯蒂的吧，”她说，一边搓我的手，“什么事，你想告诉凯蒂什么呀？”

凯蒂有一股树的香味，当她说我们这就要睡着了的时候，她也有这种香味。

班吉的思维里充满了一个个类似的画面。它们不按时间顺序排列，完全因班吉意识的转移而出现与消失。这样的场景转移发生了一百多次。

在第一章中，班吉的意识流主要是围绕凯蒂对他的爱，以及这种爱的最终丧失这一主题线索而展开的。班吉因得不到真正的母爱，就把所有的感情和依赖全部寄托在姐姐身上，带有强烈的恋姐情结，渴望她能永久地陪伴自己。虽然班吉没有语言和思维能力，但凭着本能和直觉，他逐渐感觉到心爱的姐姐终有一天要离他而去。他独特的感知标准就是体验凯蒂身上是否有“树的香味”，因为在他的潜意识里，树是最自然、最古朴的，树香象征着一个纯朴、无邪的少女，这在小说中表现得真切感人。首先，凯蒂十四岁那年第一次穿上成人的衣服，并且身上洒满香水，当她像往常一样走近班吉时，不料他一反常态，不停躲闪并放声大哭，因为他已感受到姐姐的巨大的变化，她再也不是先前那个天真、朴实的姐姐了，但凯蒂洗完澡出来后，班吉立刻安静下来，因为“凯蒂又像树一样香了”。其次，随着年龄的增长和性的成熟，凯蒂对班吉的手足之情在不知不觉中或多或少地被男女之爱所冲淡，尽管她本人并不愿如此。一天，姐弟俩在荡秋千时，班吉突然哭闹起来，因为此时凯蒂的情人查理出现了，班吉潜意识里感到这个男人将夺走姐姐，当查理强行亲吻凯蒂时，班吉哭得愈发厉害了，此时的凯蒂也因此对自己的所作所为感到羞愧。回家后，“凯蒂拿了厨房里的肥皂到水池边使劲搓洗她的嘴。凯蒂又像树一样香了”。最后，凯蒂第一次失身后回到家里，班吉即刻闻到她身上的巨大变化，立即放声大哭，同时“拽住了她的衣裙”，拼命地把她往洗澡间推，想让她洗去不贞，恢复往日的树香，然而这只是他一厢情愿，旧日的凯蒂已不复存在了，在情感上，班吉最终还是失去了姐姐，成了感情上的孤儿。

班吉的思维是不自觉的、无条理的，他只能够凭感官进行不自觉的联想，在他的脑海里大量出现的是视觉、听觉、嗅觉等造成的意象。小说的情节犹如一个个被剪断的电影片段，以“蒙太奇”的手法得以呈现。例如，班吉跟照顾他的黑人孩子勒斯特在一起时，他的衣服被栅栏勾住了，勒斯特说了他，他就想起小时候凯蒂带他去为舅舅送情书时衣服被钉子勾住的情景，又想起当时凯蒂让他把手放在兜里免得着凉，从而联想到他想出门等凯蒂时母亲与舅舅的态度。

在第二章中，昆丁的部分虽然只是记录了他自杀那天的活动，但是福克纳通过意识流的应用，描写凯蒂的沉沦与昆丁的绝望，讲述了一个近乎完整的故事。昆丁智力上是个正常人，又是哈佛大学学生，他的思维空间与活动范围自然比班吉开阔。这就有利于在更深层次上探索康普生家人的性格与灵魂。通过昆丁的意识流，福克纳并未费太多的笔墨，无须临摹人物的外在形貌，康普生家人的性格与灵魂便得到了鲜明的刻画。

昆丁，一个抑郁且即将自杀的人，其精神世界业已丧失平衡，这种心理状况决定了其“意识流”的个性特征——大量的自由联想的突然中断及随之而来的快节奏的场景转移，使得当日的所见所闻、各种印象、回忆、期望、感情及偶然的联想交错地汇集在意识流动中，持续不断地流淌。他既要考虑自杀的准备工作，又要想象自己死后的情景，还要时时刻刻触景生情，想起促使自己走上绝路的伤心事，如母亲的冷漠，妹妹的失身，以及父亲那些虚无主义的哲学。因此他的意识流并不是一条，而是几种思绪交织在一起同时进行，过去和现在的时序更是纠结不清。意识流在这一部分的应用可谓恰到好处。

在第三章中，我们可以看到十八年后康普生家族更为衰败的灰色图景。杰生在三兄弟中排行老二，他认为是凯蒂的行为破坏了自己的前程，便把仇恨都集中在凯蒂的私生女小昆丁身上。杰生是个偏执的虐待狂兼复仇狂，因此作者用意识流来表现其卑鄙、龌龊的内心是极其恰当的。

在这部分中，杰生的“意识流”可以说来了一个突变，除了间或的跳跃式联想之外，基本上是有逻辑、合理性的自觉意识。这个典型的拜金主义者，讲起故事来就像一个子儿、一个子儿地数铜钱似的，平淡、冷静、刻薄、高度凝练化。他的戏剧性独白撩开了这个旧世家真实景况的一角：气息奄奄、苟延残喘，最后的崩溃就在顷刻之间。在这部分中，意识流的运用显得更加直截了当，很少有场景的穿插。与班吉和昆丁的部分相比，杰生的意识活动更加明了、清晰。

《喧哗与骚动》用与所需表达内容相一致的独特而新颖的艺术形式，塑造了鲜活的艺术形象。它在写法和语言运用上都有所创新，因此能历久弥新，直到今天仍受到重视。

【原文选摘】

The Sound and the Fury

William Faulkner

Through the fence，between the curling flower spaces，I could see them hitting. They were coming toward where the flag was and I went along the fence. Luster was hunting in the grass by the flower tree. They took the flag out, and they were hitting. Then they put the flag back and they went to the table, and he hit and the other hit. Then they went on, and I went along the fence. Luster came away from the flower tree and we went along the fence and they stopped and we stopped and I looked through the fence while Luster was hunting in the grass.

"Here, caddie. "He hit. They went away across the pasture. I held to the fence and watched them going away.

"Listen at you, now. "Luster said. "Aint you something, thirty three years old, going on that way. After I done went all the way to town to buy you that cake. Hush up that moaning. Aint you going to help me find that quarter so I can go to the show tonight. "

They were hitting little, across the pasture. I went back along the fence to where the flag was. It flapped on the bright grass and the trees.

"Come on. "Luster said. "We done looked there. They aint no more coming right now. Les go down to the branch and find that quarter before them niggers finds it. "

It was red, flapping on the pasture. Then there was a bird slanting and tilting on it. Luster threw. The flag f lapped on the bright grass and the trees. I held to the fence.

"Shut up that moaning. "Luster said. "I cant make them come if they aint coming, can I. If you don't hush up, Mammy aint going to have no birthday for you. If you don't hush, you know what I going to do. I going to eat that cake all up. Eat them candles, too. Eat all them thirty three candles. Come on, les go down to the branch. I got to find my quarter. Maybe we can find one of the balls. Here they is. Way over yonder. See. "He came to the fence and pointed his arm. "See them. They aint coming back here no more. Come on. "

We went along the fence and came to the garden fence, where our shadows were. My shadow was higher than Luster's on the fence. We came to the broken place and went through it.

"Wait a minute. "Luster said. "You snagged on that nail again. Can't you never crawl through here without snagging on that nail. "

Caddy uncaught me and we crawled through. Uncle Maury said to not let anybody see us, so we better stoop over, Caddy said. Stoop over, Benjy. Like this, see. We stooped over and crossed the garden, where the flowers rasped and rattled against us. The ground was hard. We climbed the fence, where the pigs were grunting and snuffing. I expect they're sorry because one of them got killed today, Caddy said. The ground was hard, churned and knotted. Keep your hands in your pockets, Caddy said. Or they'll get froze. You don't want your hands froze on Christmas, do you.

"It's too cold out there. "Versh said. "You don't want to go outdoors. "

"What is it now. "Mother said.

"He wants to go outdoors. "Versh said.

"Let him go. "Uncle Maury said.

"It's too cold. "Mother said. "He'd better stay in. Benjamin. Stop that, now. "

"It won't hurt him. "Uncle Maury said.

"You, Benjamin. "Mother said. "If you don't be good, you'll have to go to the kitchen. "

"Mammy say keep him out the kitchen today. "Versh said. "She say she got all that cooking to get done. "

"Let him go, Caroline. "Uncle Maury said. "You'll worry yourself sick over him. "

"I know it. "Mother said. "It's a judgment on me. I sometimes wonder. "

"I know, I know. "Uncle Maury said. "You must keep your strength up. I'll make you a toddy. "

"It just upsets me that much more. "Mother said. "Don't you know it does. "

"You'll feel better. "Uncle Maury said. "Wrap him up good, boy, and take him out for a while. "

Uncle Maury went away. Versh went away.

"Please hush. "Mother said. "We're trying to get you out as fast as we can. I don't want you to get sick. "

Versh put my overshoes and overcoat on and we took my cap and went out. Uncle Maury was putting the bottle away in the sideboard in the dining room.

“Keep him out about half an hour, boy. ”Uncle Maury said. “Keep him in the yard, now. ”

“Yes, sir. ”Versh said. “We don’t never let him get off the place. ”

We went out doors. The sun was cold and bright.

“Where you heading for. ”Versh said. “You don’t think you going to town, does you. ”We went through the rattling leaves. The gate was cold. “You better keep them hands in your pockets. ”Versh said. “You get them froze onto that gate, then what you do. Whyn’t you wait for them in the house. ”He put my hands into my pockets. I could hear him rattling in the leaves. I could smell the cold. The gate was cold.

“Here some hickey nuts. Whooey. Git up that tree. Look here at this squirl, Benjy. ”I couldn’t feel the gate at all, but I could smell the bright cold. “You better put them hands back in your pockets. ”

Caddy was walking. Then she was running, her book satchel swinging and jouncing behind her.

“Hello, Benjy. ”Caddy said. She opened the gate and came in and stooped down. Caddy smelled like leaves. “Did you come to meet me. ”she said. “Did you come to meet Caddy. What did you let him get his hands so cold for, Versh. ”“I told him to keep them in his pockets. ”Versh said. “Holding on to that ahun gate. ”

“Did you come to meet Caddy. ”she said, rubbing my hands. “What is it. What are you trying to tell Caddy. ”Caddy smelled like trees and like when she says we were asleep.

What are you moaning about, Luster said. You can watch them again when we get to the branch. Here. Here’s you a jimson weed. He gave me the flower. We went through the fence, into the lot.

“What is it. ”Caddy said. “What are you trying to tell Caddy. Did they send him out, Versh. ”

“Couldn’t keep him in. ”Versh said. “He kept on until they let him go and he come right straight down here, looking through the gate. ”

“What is it. ”Caddy said. “Did you think it would be Christmas when I came home from school. Is that what you thought. Christmas is the day after tomorrow. Santy Claus, Benjy. Santy Claus. Come on, let’s run to the house and get warm. ”She took my hand and we ran through the bright rustling leaves. We ran up the steps and out of the bright cold, into the dark cold. Uncle Maury was putting the bottle back in the side board. He called Caddy. Caddy said,

“Take him in to the fire, Versh. Go with Versh. ”she said. “I’ll come in a minute. ”

We went to the fire. Mother said,

“Is he cold, Versh. ”

“Nome. ”Versh said.

“Take his overcoat and overshoes off. ”Mother said. “How many times do I have to tell you not to bring him into the house with his overshoes on.

“Yessum. ”Versh said. “Hold still, now. ”He took my overshoes off and unbuttoned my coat. Caddy said,

“Wait, Versh. Cant he go out again, Mother. I want him to go with me.

“You’d better leave him here. ”Uncle Maury said. “He’s been out enough today. ”

“I think you’d both better stay in. ”Mother said. “It’s getting colder, Dilsey says. ”

“Oh, Mother. ”Caddy said.

“Nonsense. ”Uncle Maury said. “She’s been in school all day. She needs the fresh air. Run along, Candace. ”

“Let him go, Mother. ”Caddy said. “Please. You know he’ll cry. ”

“Then why did you mention it before him. ”Mother said. “Why did you come in here. To give him some excuse to worry me again. You’ve been out enough today. I think you’d better sit down here and play with him. ”

“Let them go, Caroline. ”Uncle Maury said. “A little cold wont hurt them. Remember, you’ve got to keep your strength up.

"I know. "Mother said. "Nobody knows how I dread Christmas. Nobody knows. I am not one of those women who can stand things. I wish for Jason's and the children's sakes I was stronger. "

"You must do the best you can and not let them worry you. "Uncle Maury said. "Run along. you two. But don't stay out long, now. Your mother will worry. "

"Yes, sir. "Caddy said. "Come on, Benjy. We're going out doors again. "She buttoned my coat and we went toward the door.

"Are you going to take that baby out without his overshoes. "Mother said. "Do you want to make him sick, with the house full of company. "

"I forgot. "Caddy said. "I thought he had them on. "We went back. "You must think. "Mother said. Hold still now Versh said. He put my overshoes on. "Someday I'll be gone, and you'll have to think for him. "Now stomp Versh said. "Come here and kiss Mother, Benjamin. "

Caddy took me to Mother's chair and Mother took my face in her hands and then she held me against her.

"My poor baby. "she said. She let me go. "You and Versh take good care of him, honey. "

"Yessum. "Caddy said. We went out. Caddy said,

"You needn't go, Versh. I'll keep him for a while. "

"All right. "Versh said. "I aint going out in that cold for no fun. "He went on and we stopped in the hall and Caddy knelt and put her arms around me and her cold bright face against mine. She smelled like trees.

"You're not a poor baby. Are you. Are you. You've got your Caddy. Haven't you got your Caddy. "

【拓展阅读】

[1] 赵志卓. 诺贝尔文学奖经典导读[M]. 北京:中国华侨出版社,2016.

[2] 肖明翰. 大家族的没落:福克纳和巴金家庭小说比较研究[M]. 桂林:广西师范

大学出版社,1994.

第三节　多角度叙事与《我弥留之际》

【关键词：多角度叙事】

视角原是绘画艺术中的一个术语，后被文学领域借鉴。在叙述学研究中，人们普遍接受的观点有两类：一类是卢伯克、布斯、杨义、申丹等所称的视点或视角；另一类是热拉尔·热奈特和米特·巴尔所称的聚焦。但无论是视角还是聚焦，这两派都把注意力放在了“角度”上面。角度的含义十分复杂，罗钢先生在其《叙事学导论》中提出，角度至少包含三层意义：首先是字面的意思，即透过个人的眼光去看；其次是比喻的意义，即透过一个人的世界观（包括意识形态、价值体系）去看；最后是转义，即从某人的利益立场去看。因此，不能单纯地把视角看成透过某人的眼光去看，要考虑视角所承载的多重文化内涵。[1]随着西方叙事学理论的兴起，人们在叙事类文学研究中越来越关注视角研究的重要性。在叙述视角的众多分类中，法国学者热奈的三分法（无聚焦或零聚焦叙事、内聚焦叙事、外聚焦叙事）被广泛接受。而我国学者申丹将其划分为零视角、内视角、第一人称外视角和第三人称视角。[2]

多角度叙事可分为三类。第一类是叠加式。每人讲述一个方面，形成有效补充，互相补白，叠加达成，在多人的共同努力下，事件逐渐丰满、完整、清晰起来。第二类是聚焦式。针对同一个事件，诸多人各执一词，意见越多，真相往往越难被发现。这个时候，真相也许并不重要，重要的只是艺术的效果，还有对人性的深刻揭示。这种人性的真实流露超越了风俗、习惯，成为人类共通的真理，给我们强烈的震撼。还有一类就是在对同一个事件的叙述过程中，叙述视角不断

1　罗钢：《叙事学导论》，云南人民出版社，1994，第4页。
2　申丹：《叙述学与小说文体学研究》，北京大学出版社，2004，第218页。

变化，而故事依然按照正常的逻辑循序渐进地发展。

作为美国20世纪杰出的作家，福克纳的小说多描绘南方价值体系，其作品以“多角度”叙事而著称。福克纳认为，“间接叙述能更加饱含激情；最高明的办法，莫若表现树枝的姿态与阴影，而让心灵去创造那棵树。”其代表作品《喧哗与骚动》《我弥留之际》和《押沙龙，押沙龙！》通常选取一位核心人物或一核心事件，让家族的不同成员来叙述，同时小说也会安排这个家族以外的成员或作者自身来对整个家族进行聚焦。根据叙述者与被叙述者的血缘亲疏、远近关系，可划分三种视角形态：核心人物视角、亲属层视角和局外人视角。这种形态以同心圆状展开，使叙述层次显得更为清晰。

《我弥留之际》被视为一次冒险的写作“技术壮举”，内心独白、多角度叙述和意识流手法贯穿始终。该小说分为59节，分别由15个叙述者讲述，最多的由一个叙述者讲述19节，最少的由7个叙述者各讲述1节。这些章节长的不过几页，最短的只有一句话，5个字。尽管该小说包含59节，而且它们所表现的观点经常互相矛盾，但始终有一个中心把它们联系在一起，那就是艾迪·本德伦的死亡，以及将其遗体从这个家庭居住地运送到40英里外的杰弗生镇去埋葬的旅程。

作者尝试从本德伦家人和外人两个视角展开多重叙事，这样，“作者给读者提供了两个相对的立场和两种不同看法的同时，给读者留下一定余地和想象空间，读者还可以保留自己的观点，采取自己的立场，未必一定要与其中的一种苟同，那么，读者自己做出的判断和反应便形成第三个视角。”[1]采用这种多视角的第一人称叙述方法的最明显的效果就是，故事中人物的个性特点可以通过多层叙述逐渐变得丰满、清晰。随着本德伦一家的行程，叙述视角不断变换，故事人物逐个登场，他们讲述各自的内心世界——无论是积极的还是消极的，可靠的还是不可靠的，无意的还是有意的，人物形象逐渐鲜明。 叙述视角不停变换，就出现了对同一人物的不同观察角度，导致不同叙述者对同一事物的看法截然不同甚至相互冲突。本德伦一家的旅程甚至可以被看作福克纳使用多角度叙述方式来刻画人物性格的一个过程。第一人称内视角有助于刻画人物形象，多角度第一人

1　丁向东：《<我弥留之际>的意识流和多重叙事技巧》，《名作欣赏》2015年第6期。

称内视角还可强化小说主题。这种多视角叙述恰恰就是为了增强弥漫在小说中的孤独感和异化感。每个聚焦人物向读者吐露他们内心的所思所想，对身边的人发表自己的看法，却唯独没有彼此交流，仅有的交流也给读者不知所云的感觉，他们的内心对身边的亲人是封闭的。本德伦一家都生活在各自封闭的内心世界里。在该小说中如果不采用这种多角度的第一人称内视角，而采用第三人称全知视角，那么人物的孤独感、无助感恐怕无法被揭示得如此清晰而又让人窒息。通过视角轮番转换的叙述形式，福克纳淋漓尽致地表现了现代人因无法交流而陷入的深深的孤独感。当语言的交流变得困难时，他们只有在作为叙述者时才有机会表达自己的真实感受，才会宣泄自己郁积已久的苦闷。

福克纳在另一部小说《喧哗与骚动》中同样采用了这种人物多角度叙述的方法，由三个人物来叙述同一件事，最后再由全知的第三人称叙述者解释事件的来龙去脉。读《喧哗与骚动》的过程就是一个从含混到清晰的过程。而《我弥留之际》整本小说只由各个人物的意识流动串联而成，缺少权威的叙事者，整个故事读起来混乱、模糊甚至支离破碎。有批评家甚至认为这部小说“只可以读却不能去理解；可以体验却不能阐释；可以感受却不能去分析”，而它的成功之处又恰在于这种模糊、晦涩。[1]在该小说里，作者将叙事视角和叙述声音都交给第一人称叙事者，叙述更为私人化，众多叙述者不同角度的叙述又使故事主题更为不确定。《我弥留之际》也是一个主人公（在这里是一个群体、一个家庭）的历险，是探讨人类种种经验的悲喜剧。本德伦一家不仅仅是美国南方的穷苦农民，他们在一定意义上是全人类的象征，他们的弱点和缺点是普通人身上的弱点与缺点，他们的状态也是人类的普遍状态。

【原文导读】

《我弥留之际》共59节，每节都是一个人物的意识流或者内心独白。叙述者有15位，他们在不同的场合从不同的角度讲述故事，发表感想和追溯往事，各节之间相互呼应。15个人的自我独白由内心独白、引述的对话与对行动的叙述组

1 王涛：《福克纳小说多重视角叙述及其意识形态》，硕士学位论文，闽南师范大学，2014，第6页。

成。在这15个人中，家人有7个：父亲安斯（3节）、母亲艾迪（1节）、大儿子卡什（5节）、二儿子达尔（19节）、三儿子朱厄尔（1节）、女儿杜威·德尔（4节），以及小儿子瓦达曼（10节）。其余的叙述者是邻居弗农·塔尔（6节）、科拉·塔尔夫妇（3节）、医生皮保迪（2节）、牧师惠特菲尔德（艾迪的情人）（1节）、药剂师莫斯利（1节）、药店小伙计麦高恩（1节），以及邻居萨姆森与阿姆斯蒂（各1节）。描写艾迪的段落虽然只有一节，但她这个人物在整个故事中却是个轴心。她就像车轮的车轴，而别的人物都只是车辐与轮圈。在整个叙事过程中，根据人物关系可将叙事角度分为三个层面：①核心人物角度，即艾迪的自述。②艾迪的丈夫安斯及其5个子女的叙述，我们称之为艾迪的亲属层角度（二者统一为本德伦家庭内的叙事者——第一人称内聚焦或内视角）。从艾迪弥留之际的叙述部分我们可以了解到她以前的故事，从孩子们的叙述里我们可以看到父母在不同孩子心中的不同形象。每个家庭成员都各怀鬼胎，从中读者也能了解到他们对于长途送葬所抱有的不同动机和态度，意识到送葬行为的庄严和送葬过程的艰难。③邻里对他们的观察和感知，我们称之为局外人角度（本德伦家庭以外的叙事者——第一人称外聚焦或外视角）。这些叙述者给小说带来一种客观感。没有他们，我们将过多地沉浸在不寻常的本德伦世界中。外部叙事者提示我们本德伦一家的不同，使我们感知到他们真实的世界，并对这家人产生不同的反应。

1. 核心人物角度

作为核心人物的艾迪，一出场就病入膏肓。她是这个家庭的主妇，5个子女的母亲，她不仅是这个家庭的中心，而且在生前死后都控制着他们。小说的名字《我弥留之际》中的“我”指的就是她。这个题目充分表现了她在该小说中的中心位置。她的叙述首先将角度定位在自己年轻时的生活状态上。由于深受父亲虚无主义的影响，她不能建立起积极的生活观，不能同别人建立正常的人际关系，然而这并没能麻木她想生活、想同别人一道生活的本能。正是这种虚无主义思想和渴望生活的本能之间不可调和的矛盾造成了其孤独的、绝望的变态心理。当她看到经常出现在自己任教的学校的安斯时，她认为自己需要一位丈夫来摆脱困境，于是答应了安斯的求婚。但是，她婚后发现婚姻对改变自己的状态毫无作用。当她生下大儿子卡什时，曾片刻认为自己可能被改变了；而当生下达尔时，丈夫安斯就在她心里死去了。在她眼中，安斯欺骗了她。为了报复安斯，她与牧师偷情并生下了朱厄尔，最后为了补偿安斯，又为他生下了杜威·德尔和瓦达曼。最终，她认为她可以离开自己厌恶的世界了。在艾迪自叙的语气中，强势与孤独并存，她挑战了男权（父权）社会的权威。艾迪的叙事角度带有对传统社会意识形态的反抗，我们可以发现她对基督教教规的消极抵抗，其信仰从上帝转移到人身上。

2. 亲属层角度

艾迪的丈夫安斯的叙述共出现了3次。在3次叙述中，他的角度始终定位在自己的命运上。他看着垂死的艾迪，想到了门前的路。他认为一切不幸的根源就在于路。由于路，他们一家人能和外界接触，外界也能找到他们，人应该是静止的。皮保迪医生的出现证实了他的想法：因为医生通过这条路找到他们家，他又要为艾迪付诊费。狭隘的思想和吝啬的男人形象跃然纸上。大儿子卡什的叙述共5次，其中有3次是琢磨如何打造更好的棺材。受其木匠身份和家庭人际关系的影响，在送葬途中，他更关注的是棺材本身而不是母亲的尸体。达尔无疑是全书中最重要的叙述者，由他叙述的部分有19节，小说中大部分重要事件都是通过达尔的视角展现在读者面前的。这是一种明显的视角越界现象。而采用视角越界，突然从内视角转变为全知视角，可以避免感情因素的侵扰，从而更客观、更全面地记录一个家庭在悲剧发生时的景象。该小说叙事视角的巧妙运用，可以说是叙事视角运用与小说思想内容完美结合的典范。

由于其他几个子女在一个没有正常人际关系的家庭中长大，因此其所作所为均不可理喻。不难发现，众多亲属层的叙述角度是不同的，不同人的叙述表现出不同的欲望和需求。

3. 局外人角度

在该小说的59节中，有16节是局外人叙述的。15个叙述者中有 8 个是本德仑家庭之外的邻居、乡亲和目击者们。他们目击了本德伦家族夫妻背叛、兄弟反目、尔虞我诈、你死我活的病态家庭关系，以及送葬过程。为艾迪送葬这一核心事件使本德伦一家受到了四面八方的关注。通过邻居的视角，我们看到了一个由十分怪异的人组成的怪异的家庭。小说第二部分出现的叙事者是本德伦家的邻居科拉·塔尔，她共叙述了3个片段；科拉·塔尔的丈夫弗农·塔尔先生叙述得最多，共有6个片段；医生皮保迪叙述了两个片段；其余 5 个人物各叙述一个片段，其中包括牧师惠特菲尔德（艾迪的情人，朱厄尔的生父），前后收留本德伦一家在他们的农场过夜的两位农民山逊和阿姆斯迪德，反对堕胎的药剂师莫斯利和冒充医生并诱奸杜威·德尔的坏家伙麦高恩。从本德伦家的邻居塔尔一家（弗农、科拉夫妇及他们的两个女儿凯特和欧拉）的叙述中可以看出安斯是个懒惰、自私的家伙，而在他们眼中，艾迪是个勤劳、能干、会贴补家用的家庭主妇；从医生皮保迪的叙述中可以看出安斯的吝啬和冷酷；从其他人的叙述里，读者也可以感觉到艾迪作为母亲对家庭的付出和恪尽职守，以及安斯作为父亲的失职和作为丈夫的失信。在邻居眼中，安斯是懦弱、自私的，卡什是踏实、稳重的，达尔是冷漠、理智的，朱厄尔是暴躁的，杜威·德尔是怪异的，瓦达曼是可怜的。在本德伦家庭以外的人看来，送艾迪的棺材回故乡安葬一事是非常滑稽、荒谬、愚蠢的。这些邻居们的叙述和本德伦一家的叙述既相互印证又相互冲突，使小说衍生出更多意义。

一个有趣的现象是，小说里本德伦一家的内心独白采用的都是现在时（除了最后分别由杜威·德尔和卡什叙述的两部分），而本德伦家以外叙述者的叙述采用的都是过去时。这些处于故事中心外的叙述者，显然扮演了本德伦一家不幸遭遇的见证者。叙述中过去时的应用实际上印证了弗农、科拉等人都处于故事之外，同时暗示了他们的叙述只是一种回忆，是一种回顾性的视角。不同于第三人称外聚焦的是，第一人称外聚焦的叙述一般都带有主观色彩，对事物的评断常有偏见。而作者将自己抽身于小说之外，由角色自己讲述故事，让读者参与到故事当中，自行确定每种关系的确切属性及特定事件的内涵，洞悉并探究所有角色的内心思维，自行确立角色的所属类型，同时从多重视角观察每个事件。例如，当棺材掉落水中时，几种不同的叙述使我们从不同视角进行观察：从瓦达曼那里，我们听到的是他母亲是条鱼在河里游泳；从卡什那里，我们听到的是棺木不平衡；而从安斯那里，我们听到的是那只是在他得到假牙前必须隐忍的又一个负重。此种叙事结构将读者拉入小说并成为叙事的一部分。

通过不同层面、各个角度的叙述，此篇小说不仅描绘了家庭成员之间的欲望之争，也揭示了社会中的种族问题、权利问题和人与人之间的不平等问题。正是因为运用了多角度叙事模式并通过一个家庭展现出那个时代的社会百态，福克纳的《我弥留之际》才成为他本人最满意的作品并在世界文学史上占有一席之地。虽然其“叙事技巧创新增加了作品的难度，他的叙述试验对于读者是一种智力的挑战，非凝神静气用头脑思索不能领悟其叙述的妙处，但是读者通过耐心研究或者反复细读克服困难后，会发现他的技巧在传统叙事技巧框架内提升了这些叙事技巧的表现力，给阅读带来更深刻、更知性的快感”。[1]

【原文选摘】

As I Lay Dying[2]

William Faulkner

（Section 1） Darl

Jewel and I come up from the field, following the path in single file. Although I am fifteen feet ahead of him, anyone watching us from the cotton-house can see Jewel's frayed and broken straw hat a full head above my own.

The path runs straight as a plumb-line, worn smooth by feet and baked brick-hard by July, between the green rows of laid-by cotton, to the cotton-house in the center of the field, where it turns and circles the cotton-house at four soft right angles and goes on across the field again, worn so by feet in fading precision.

The cotton-house is of rough logs, from between which the chinking has long fallen. Square, with a broken roof set at a single pitch, it leans in empty and shimmering dilapidation in the sunlight, a single broad window in two opposite walls

1 王涛：《福克纳小说多重视角叙述及其意识形态》，硕士学位论文，闽南师范大学，2014，第14页。

2 William Faulkner, *As I Lay Dying* (London:Penguin Books,1988), p.134.

giving onto the approaches of the path. When we reach it I turn and follow the path which circles the house. Jewel, fifteen feet behind me, looking straight ahead, steps in a single stride through the window. Still staring straight ahead, his pale eyes like wood set into his wooden face, he crosses the floor in four strides with the rigid gravity of a cigar store Indian dressed in patched overalls and endued with life from the hips down, and steps in a single stride through the opposite window and into the path again just as I come around the corner. In single file and five feet apart and Jewel now in front, we go on up the path toward the foot of the bluff.

Tull's wagon stands beside the spring, hitched to the rail, the reins wrapped about the seat stanchion. In the wagon bed are two chairs. Jewel stops at the spring and takes the gourd from the willow branch and drinks. I pass him and mount the path, beginning to hear Cash's saw.

When I reach the top he has quit sawing. Standing in a litter of chips, he is fitting two of the boards together. Between the shadow spaces they are yellow as gold, like soft gold, bearing on their flanks in smooth undulations the marks of the adze blade: a good carpenter, Cash is. He holds the two planks on the trestle, fitted along the edges in a quarter of the finished box. He kneels and squints along the edge of them, then he lowers them and takes up the adze. A good carpenter. Addie Bundren could not want a better one, better box to lie in. It will give her confidence and comfort. I go on to the house, followed by the   Chuck   Chuck   Chuck   of the adze.

(Section 40) Addie

In the afternoon when school was out and the last one had left with his little dirty snuffling nose, instead of going home I would go down the hill to the spring where I could be quiet and hate them. It would he quiet there then, with the water bubbling up and away and the sun slanting quiet in the trees and the quiet smelling of damp and rotting leaves and new earth; especially in the early spring, for it was worst then.

I could just remember how my father used to say that the reason for living was to get ready to stay dead a long time And when I would have to look at them day after day, each with his and her secret and selfish thought, and blood strange to each other blood and strange to mine, and think that this seemed to be the only way I could get ready to stay dead, I would hate my father for having ever planted me. I would look forward to the times when they faulted, so I could whip them. When the switch fell I could feel it upon my flesh; when it welted and ridged it was my blood that ran, and I would think with each blow of the switch: Now you are aware of me, now I am something in your secret and selfish life, who have marked your blood with my own for ever and ever.

And so I took Anse. I saw him pass the school house three or four times before I learned that he was driving four miles out of his way to do it. I noticed then how he was beginning to hump—a tall man and young—so that he looked already like a tall bird hunched in the cold weather, on the wagon seat He would pass the school house, the wagon creaking slow, his head turning slow to watch the door of the school house as the wagon passed, until he went on around the curve and out of sight. One day I went to the door and stood there when he passed. When he saw me he looked quickly away and did not look back again.

In the early spring it was worst. Sometimes I thought that I could not bear it, lying in bed at night, with the wild geese going north and their honking coming faint and high and wild out of the wild darkness, and during the day it would seem as though I couldn't wait for the last one to go so I could go down to the spring. And so when I looked up that day and saw Anse standing there in his Sunday clothes, turning his hat round and round in his hands, I said: "If you've got any women folks, why in the world don't they make you get your hair cut?"

"I ain't got none, "he said. Then he said suddenly, driving his eyes at me like two hounds in a strange yard: "That's what I come to see you about."

"And make you hold your shoulders up, "I said. "You haven't got any? But you've got a house. They tell me you've got a house and a good farm. And you live there alone, doing for yourself, do you?"He just looked at me, turning the hat in his hands. "A new house, "I said. "Are you going to get married?"

And he said again, holding his eyes to mine: "That's what I come to see you about."

Later he told me, "I ain't got no people. So that wont be no worry to you. I don't reckon you can say the same."

"No. I have people. In Jefferson."

His face fell a little. "Well, I got a little property. I'm forehanded; I got a good honest name. I know how town folks are, but maybe when they talk to me..."

"They might listen, "I said. "But they'll be hard to talk to. "He was watching my face. "They're in the cemetery."

"But your living kin, "he said. "They'll be different."

"Will they?"I said. "I don't know. I never had any other kind."

So I took Anse. And when I knew that I had Cash, I knew that living was terrible and that this was the answer to it. That was when I learned that words are no good; that words don't ever fit even what they are trying to say at. When he was born I knew that motherhood was invented by someone who had to have a word for it because the ones that had the children didn't care whether there was a word for it or not. I knew that fear was invented by someone that had never had the fear; pride, who never had the pride. I knew that it had been, not that they had dirty noses, but that we had had to use one another by words like spiders dangling by their mouths from a beam, swinging and twisting and never touching, and that only through the blows of die switch could my blood and their blood flow as one stream. I knew that it had been, not that my aloneness had to be violated over and over each day, but that it had never been violated until Cash came. Not even by Anse in the nights.

...

【拓展阅读】

[1] IRVING H. William Faulkner:A Critical Study[M]. Chicago and London:The University of Chicago Press,1975.

[2] LELAND H C. William Faulkner:Critical Collection[M]. Detroit : Gale Research Company,1982.

[3] WILLIAM F. As I Lay Dying（The Corrected Text）[M]. New York:New York Vintage,1990.

[4] 申丹. 叙述学与小说文体学研究[M]. 北京:北京大学出版社,2004.

[5] 朱宾忠. 福克纳与莫言比较研究[D]. 武汉:武汉大学,2005.

第四节　女性主义与《圣殿》

【关键词：女性主义批评】

正如乔纳森·卡勒曾经指出的，“像女人一样解读”，或像非裔美国人一样解读，或在其他任何“主体位置”上来解读会让一切发生改变，令人震惊。身份批评带来了相当重大的实际效用。[1]

“feminism”（女性主义）一词来源于法语“feminisme”，由夏尔·傅立叶于19世纪90年代在英语中首次使用。[2]我国学界最初将其翻译为女权主义。21世纪以来，主张男女权益平等开始转向追求男女差异，提倡女性抒写、女性言说、女性主体，国内学界逐渐将其翻译为女性主义和女性主义文学批评。

女性主义文学批评诞生于20世纪60年代末70年代初的欧美，是西方女权主义运动高涨并深入到文化、文学领域的成果，因而有着较为鲜明的政治倾向。

1　弗莱：《耶鲁大学公开课:文学理论》，吕黎译，北京联合出版公司，2017，第286页。

2　关桂云：《文学术语》，中国社会科学出版社，2017，第86页。

其研究对象包括妇女形象、女性创作、女性阅读等。“它要求以一种女性的视角对文学作品进行全新的解读，对男性文学歪曲妇女形象进行了猛烈批判；它努力发掘不同于男性的女性文学传统，重评文学史；它探讨文学中的女性意识，研究女性特有的写作，提倡一种女权主义写作方式。”[1]女性主义文学批评之所以自诞生以来便焕发着先锋批判精神，是因为它自身不断地发展、改造，融合、吸收了新马克思主义、精神分析、解构主义、新历史主义等当代西方理论思潮。虽然其理论内部有多种女性主义理论思潮的矛盾交织，但总体上增强了对父权中心的批判性。

一般来说，按照时间排列，有以下三次女性主义运动。

第一次发生于19世纪末到20世纪初。其中，最具里程碑意义的两部著作是弗吉尼亚·伍尔夫的《一间自己的房间》和西蒙·波伏瓦的《第二性》。前者被认为是现代女性主义批评的里程碑；后者被认为是女性的圣经。伍尔夫是著名的意识流作家。其于1929年出版的作品提出妇女写作的空间，意在说女人应该努力成为经济、思想独立的女人。伍尔夫还提出了雌雄共体的概念。波伏瓦的“女人不是天生的，而是后来成为的”成为经典论断。

第二次发生于20世纪60年代到20世纪80年代。期间，女性主义运动蓬勃发展。凯特·米丽特的《性政治》（1969）、伊莱恩·肖沃尔特的《她们自己的文学：从勃朗蒂到莱辛的英国女性小说家》（1977）及桑德拉·吉尔伯特和苏珊·格巴合著的《阁楼上的疯女人：女作家与19世纪的文学想象》（1979）都是影响力较大的作品。

第三次发生于20世纪90年代至今。其中，代表人物为美国黑人女作家丽贝卡·沃克。第三次女性主义运动主要运用后结构主义和后殖民主义关注多种族、多元文化、多元价值等女性问题。此时，以伊利格瑞为代表的法国当代女性引领着女性主义发展的新趋势。

在福克纳所生存的时代，妇女具有十分特殊的社会地位。美国南方文化强调白人的优越感、女人的卑微和贵族世家的强势等思想。女性在白人社会里就是

1　朱立元：《当代西方文艺理论：第3版》，华东师范大学出版社，2014，第288页。

矛盾的存在。一方面，她们被看成一切美德的化身；另一方面，她们被归为一切罪恶的根源。表面上看，男性时刻对女性落落大方、彬彬有礼；实际上，女性在以男权为核心的社会体系下，没有自己的特定地位，失去了话语权。生活在这种社会背景下的女性要对男性绝对顺从、服从。首先，植根于时代，福克纳在其文学创作中自然会带着南方社会对女性根深蒂固的道德观去书写女性。其次，福克纳的情感经历迫使他在作品中不断反思女人问题。在小说《圣殿》中，他对南方父权社会下女人的命运表现出极大的同情，同时对父权中心思想进行了深刻的揭露和批判。小说中，18岁女大学生谭波儿在与同伴参加酒会的路上撞毁了车子，躲到了一伙凶残的私酒贩子的藏身之处，他们的头头"金鱼眼"将谭波儿残忍强奸，后将其送到孟菲斯的一家妓院。通篇，谭波儿被视为性工具而存在，毫无身份和地位可言，从上流社会的人到底层没有文化的私酒贩子乃至普通百姓都对她的"性"感兴趣。家庭教育中母亲这一重要角色的缺失是福克纳对以父权为中心的南方社会的真实写照。在遇到危险时，谭波儿念叨的是"我的父亲是个法官"。她的周围似乎都是男人。在作伪证时，盘问她的是个冷酷无情的男人；将她带出法庭的是她的父亲和四个兄弟；在小说结尾，最终陪伴她的仍是对她没有任何情感流露的父亲。[1]此外，在父权社会统治中，女性不仅在行为活动和思想意识等方面被剥夺了主动权，而且其话语权也被无情地剥夺了。在《圣殿》中，女主人公谭波儿的自述及反抗性的言语不是没有得到回应就是得不到人们的信任。综上所述，谭波儿的地位和话语权受到父权制思想的迫害，在一个充满暴力又毫无真情的世界里，她注定是社会的产物，同时也注定了自己的悲剧命运。著名的福克纳研究专家李文俊指出："这（《圣殿》）是一份关于人类命中注定到处找不到家更不要说找到圣殿的宣告书。"[2]

【原文导读】

伊利格瑞的性差异理论认为，女性不该作为男性的他者而存在，相反应该被视为具有自身他性的主体存在。应该承认女性与男性的差异，遵从两性在差异

1 陶洁：《福克纳研究》，上海外语教育出版社，2013，第209页。
2 李文俊：《福克纳传》，新世界出版社，2003，第47页。

基础上的平等，而非锁定于一个主体、一个性别、一个文化——这便是基于伊利格瑞的“非一之性”理论。同时，女人应该走出父权制语言的禁锢，摆脱一切强加在女人身上的属性，建立性别差异的言说，即女性言说体系。长久以来，女性一直习惯于保持沉默或遵从父权话语，伊利格瑞认为应该转变西方社会的话语方式和人们固有的意识形态，让女性主动参与言说，建立“女人话”策略，从而从根本上改变女性受压迫、受残害的被动、客体地位，建立和谐共存的两性主体文化，构建男女关系健康发展的新模式。

《圣殿》不仅为福克纳带来了巨大的商业价值，同时也吸引了广大评论家们的热切关注。福克纳在这部小说中阐述了女性的生存状态，对女性被压迫和毫无身份、地位的社会现象进行了批判。

1. 对父权制文化的质疑与颠覆

在父权制社会中，男性历来处于至高无上的地位。上到人们笃信、崇拜的上帝，下到一个微小的社会角色，甚至是人们日常交流的话语都体现了以男性为中心、男性优先的原则。而另一性——女性则被看成男人的“反射镜”，男人的主体性地位透过女性的客体化反射得以淋漓尽致地彰显。在两性共存的社会中，男性对女性具有绝对的占有地位，其主要表现形式就是男性对女性身体的征服。《圣殿》中的男性人物几乎都以不同的形式被“阉割”。罪魁祸首的“金鱼眼”是老法国人宅院的权力中心，是父权制文化的典型代表人物，然而他身材矮小，自出生之日起就被剥夺了象征男性权利的能力——性无能。即使是在谭波儿遭受他的残暴强奸，身体受损还未恢复时，“still without making any sound he entered and shut the door and shot the bolt and came toward the bed”，他仍想着去征服她的身体，来证明他至高无上的男性身份。这样一个父权制文化的代表人物却是一个没有性能力的心理变态者，也深刻地揭露了作者对压迫、蹂躏、摧残女性的父权制文化的质疑及批判。此外，小说中伸张正义、维护公道的理想主义者霍拉斯律师性格柔弱，这就注定了他难以肩负使命而成就大事。霍拉斯的妹妹娜西莎极力反对他帮助含冤入狱的戈德温一家，背后怂恿法官阻碍其在法庭辩护中获胜，再加之以谭波儿的伪证，他眼睁睁地看着邪恶战胜了正义。女人的背叛使他绝望，而软弱的性格又迫使他听从妹妹的安排，重新回到了他难以忍受的生活中。此外，戈德温嗜酒成性，在关键时刻毫无责任感，抛弃身陷囹圄的谭波儿；法官们不体恤民情，缺乏正义感。通观整篇小说，《圣殿》中男性角色人格的某一（些）方面都被不同程度地“阉割”，男性至高无上的地位受到质疑，福克纳对这些被“阉割”了的男性的刻画则是对父权制文化赤裸裸的颠覆。

2. 对女性主体地位缺失的描写

《圣殿》的女主人公谭波儿自幼丧母，信奉清教教义、教规且具有一定势力的法官父亲把女性的贞洁和家庭的荣誉凌驾于一切之上。他希望他的女儿能够言听计从、恪守妇道，他想顺理成章地将她培养成南方社会的一名淑女。谭波儿就这样一直生活在没有母亲关爱、受父亲思想禁锢的家庭环境中。母女沟通的缺失使谭波儿通向母性榜样教育的通道受阻，这种母-女谱系的阉割和父权思想的束缚使她在成长过程中愈发叛逆，价值观扭曲。在被送到妓院后，她仍然想通过诱惑和俘虏男性来满足自己的虚荣心。

Then I’m not here，she thought. This is not me. Then I’m at school. I have a date tonight with... thinking of the student with whom she had the date. But she couldn’t remember who it would be. She kept the dates written down in her Latin ’pony’，so she didn’t have to bother about who it was. She’d just dress，and after a while somebody would call for her. So I better get up and dress，she said.

谭波儿轻佻的行为举止反而进一步加强了她女性客体化的地位，无形之中把自己定义为男性的他者身份。在家庭关系中，她也毫无地位可言。在逻各斯中心主义同一性的影响下，她被父权思想所左右，早已失去了自我，因此一直生活在“郁郁寡欢、满怀不满、愁苦悲怆”的情感世界中而无法自拔。“压抑”性的父权制文化造就了一个悲催、凄惨而又为人同情的女性人物。父权制统治下的女性永远作为客体、男性的他者而存在。透过谭波儿的遭遇，我们可以深刻地感受到父权制统治下的女性所受的压迫、痛苦与折磨。

her back with his elbow. "Brace yourself," he said. "Come on, now."

Before they came to the tree they passed the woman. She stood beside the road, carrying the child, the hem of her dress folded back over its face, and she looked at them quietly from beneath the faded sunbonnet, flicking swiftly in and out of Temple's vision without any motion, any sign.

When they reached the tree Popeye swung the car out of the road and drove it crashing into the undergrowth and through the prone tree-top and back into the road again in a running popping of cane-stalks like musketry along a trench, without any diminution of speed. Beside the tree Gowan's car lay on its side. Temple looked vaguely and stupidly at it as it too shot behind.

Popeye swung back into the sandy ruts. Yet there was no flight in the action: he performed it with a certain vicious petulance, that was all. It was a powerful car. Even in the sand it held forty miles an hour, and up the narrow gulch to the highroad, where he turned north. Sitting beside him, braced against jolts that had already given way to a smooth increasing hiss of gravel, Temple gazed dully forward as the road she had traversed yesterday began to flee backward under the wheels as onto a spool, feeling her blood seeping slowly inside her loins. She sat limp in the corner of the seat, watching the steady backward rush of the land-pines in opening vistas splashed with fading dogwood; sedge; fields green with new cotton and empty of any movement, peaceful, as though Sunday were a quality of atmosphere, of light and shade—sitting with her legs close together, listening to the hot minute seeping of her blood, saying dully to herself, I'm still bleeding. I'm still bleeding.

It was a bright, soft day, a wanton morning filled with that unbelievable soft radiance of May, rife with a promise of noon and of heat, with high fat clouds like gobs of whipped cream floating lightly as reflections in a mirror, their shadows scudding sedately across the road. It had been a lavender spring. The fruit trees, the white ones, had been in small leaf when the blooms matured; they had never attained that brilliant whiteness of last spring, and the dogwood had come into full bloom after the leaf also, in green retrograde before crescendo. But lilac and wistaria and redbud, even the shabby heaven trees, had never been finer, fulgent, with a burning scent blowing for a hundred yards along the vagrant air of April and May. The bougainvillea against the veranda would be large as basketballs and lightly poised as balloons, and looking vacantly and stupidly at the rushing roadside Temple began to scream.

It started as a wail, raising, cut suddenly off by Popeye's hand. With her hands lying on her lap, sitting erect, she screamed, tasting the gritty acridity of his fingers while the car slewed squealing in the gravel, feeling her secret blood. Then he gripped her by the back of the neck and she sat motionless, her mouth round and open like a small empty cave. He shook her head.

"Shut it, "he said, "shut it; "gripping her silent. "Look at yourself. Here." With the other hand he swung the mirror on the windshield around and she looked at her image, at the uptilted hat and her matted hair and her round mouth. She began to fumble at her coat pockets, looking at her reflection. He released her and she produced the compact and opened it and peered into the mirror, whimpering a little. She powdered her face and rouged her mouth and straightened her hat, whimpering into the tiny mirror on her lap while Popeye watched her. He lit a cigarette. "Aint you ashamed of yourself?"he said.

"It's still running, "she whimpered. "I can feel it. "With the lipstick poised she looked at him and opened her mouth again. He gripped her by the back of the neck.

"Stop it, now. You going to shut it?"

"Yes, "she whimpered.

"See you do, then. Come on. Get yourself fixed. "

She put the compact away. He started the car again.

... She thought about half-past-ten-o'clock in the morning. Sunday morning, and the couples strolling toward church. She remembered it was still Sunday, the same Sunday, looking at the fading peaceful gesture of the clock. Maybe it was half-past-ten this morning, that half-past-ten-o'clock. Then I'm not here, she thought. This is not me. Then I'm at school. I have a date tonight with... thinking of the student with whom she had the date. But she couldn't remember who it would be. She kept the dates written down in her Latin 'pony, so she didn't have to bother about who it was. She'd just dress, and after a while somebody would call for her. So I better get up and dress, she said, looking at the clock.

...Temple neither saw nor heard her door when it opened. She just happened to look toward it after how long she did not know, and saw Popeye standing there, his hat slanted across his face. Still without making any sound he entered and shut the door and shot the bolt and came toward the bed. As slowly she began to shrink into the bed, drawing the covers up to her chin, watching him across the covers. He came and looked down at her. She writhed slowly in a cringing movement, cringing upon herself in as complete an isolation as though she were bound to a church steeple. She grinned at him, her mouth warped over the rigid, placative porcelain of her grimace.

When he put his hand on her she began to whimper"No, no, "she whispered, "he said I cant now he said... "He jerked the covers back and flung them aside. She lay motionless, her palms lifted, her flesh beneath the envelope of her loins cringing rearward in furious disintegration like frightened people in a crowd. When he advanced his hand again she thought he was going to strike her. Watching his face, she saw it beginning to twitch and jerk like that of a child about to cry, and she heard him begin to make a whimpering sound. He gripped the top of the gown. She caught his wrists and began to toss from side to side, opening her mouth to scream. His hand clapped over her mouth, and gripping his wrist, the saliva drooling between his fingers, her body thrashing furiously from thigh to thigh, she saw him crouching beside the bed, his face wrung above his absent chin, his bluish lips protruding as though he were blowing upon hot soup, making a high whinnying sound like a horse. Beyond the wall Miss Reba filled the hall, the house, with a harsh choking uproar of obscene cursing.

【拓展阅读】

[1] WILLIAM F. Sanctuary[M]. New York:Vintage Books,1987.
[2] 程锡麟,方亚中. 什么是女性主义批评[M]. 上海:上海外语教育出版社,2011.
[3] 伊利格瑞. 他者女人的窥镜[M]. 屈雅君,赵文,李欣,等译. 开封:河南大学出版社,2017.
[4] 王冬梅. 女性主义文论与文本批评研究[M]. 武汉:武汉大学出版社,2018.
[5] 袁秀萍. 威廉·福克纳批评与研究[M]. 成都:西南交通大学出版社,2016.

第五节 解构主义与《八月之光》

【关键词：德里达与解构主义】

在文学批评领域，解构主义是一种阅读理论和实践方法，它对传统的形而上学观（逻各斯中心主义）和二元对立论提出了质疑，主张颠覆或破坏“语言系统能够提供足以确立文学文本的范围、连贯性或整体性及其确定性意义的基础。解构主义阅读方式的典型特征是试图展示文本自身中对立的因素，把文本的结构和意义在表面上的确定性消解为不可调和的和难以确定的不确定性碎片。”[1]解构主义开拓了崭新的阅读视角，消除了人们已有的阅读思维定式，颠倒、重构既有文本的内部关联，进而建构新的意义。

解构主义的创始人和命名者为法国著名思想家雅克·德里达（1930—2004），其先驱还有德国的弗里德里希·威廉·尼采（1844—1900）和马丁·海德格尔（1889—1976），他们对“知识”“真理”“同一性”等基本哲学概念提出了质疑。德里达主要在《论文字学》《文字与差异》《语音与现象》三部著

1 艾布拉姆斯：《文学术语词典》，吴松江译，北京大学出版社，2009，第111页。

作中论述了他的基本观点。[1]第一，他认为没有文本以外的世界。西方哲学、语言、文化都是以词义和语音为中心的，这种在场的绝对基础及在语言使用时对这种基础的绝对依赖都不会成功，因为人们所说与所指远超想说和意指。第二，根据索绪尔的观点，在符号系统中，能指和所指表面上的同一性不取决于它们固有的特征，而是取决于它们与其他语言的发音、字符及概念意义的区别。因此，德里达提出语言意义的游戏是"不确定的"，在特定文本内，其所指会无限延伸。第三，德里达提出超验所指，"其意义的确定便在由一种语言的解释向另一种解释的运动或'游戏'中被延缓了，正如德里达所言，这是一种无穷尽的回归。"[2]在构成任何语言的连续不断的差异游戏中，语音意义会更加宽泛。

德里达的观点对解构主义的文学批评产生了深远的影响。解构主义质疑传统的二元对立关系——男性/女性、自然/文化、真理/谬误等。西方传统的形而上学思维方式建立在这一正、一反二元对立的基础上，且这些对立构成了一种人们所默许的等级秩序。不同于并置，在二元对立项中，第一项是重要的、中心的、本源的，而第二项是从属的、次要的、边缘的或衍生的，如把善放在恶之前，男性优越于女性，等等。德里达的做法就是解构这种秩序，证明后者是前者的一种特殊形式，进而颠倒这一等级秩序；同时，继续瓦解这种秩序，从而加强对立项的不确定性。颠倒不是一次性的，也不是单向的。颠倒的目的不是确立任何中心，而是消除和瓦解中心。第一，"解构看重的是差异和重复，而不是对立和矛盾"[3]；第二，德里达的解构主义对文学批评的第二个影响是为文本建立一种确定范畴，以区分文本内、外空间；第三，他认为使用语言时必定会用到修辞或比喻性的词句，其意义远超字面含义。德里达把他的解构看成"双向阅读"。一方面，作品本身含有特定的意义，因此任何一部作品都具有可读性。解构主义根据具体的文本采取具体的阅读策略，但并不对原文进行褒贬评论，而是进行"重写"。另一方面，文本向读者开放。在解构的过程中，一系列不确定的含义都会通过暂时性的意义获得。根据德里达的描述，文本的自我解构过程如下："自我

---

1 Meyer Howard Abrams, *A Glossary of Literary Terms* (Beijing:Foreign Language Teaching and Research Press, 2004), pp.55-56.

2 艾布拉姆斯：《文学术语词典》，吴松江译，北京大学出版社，2009，第115页。

3 刘登祥：《文学批评中的解构主义》，《武汉理工大学学报：社会科学版》，2001年第6期。

瓦解其假定的基础并自我消解成解构主义读者既没有提出也没有产生的非连贯性的意义；解构仅仅是'发生'在批评阅读过程中的。"[1]解构主义既打破了传统思维，也开创了全新的阅读模式。

女性主义批评充分体现了解构主义的观点。例如，上节提到的女性主义批评的杰出代表露西·伊利格瑞认为，女性在男与女二元对立项中处于边缘地位。在以父权制为核心的体系中，女性被视为男性的性工具，处于缺失话语权的他者地位。对于男性第一原则，女性只有负价值，而且男性之所以成为男性，就是因为他在不断地排除"他者"。但是，男性的生存也依赖于女性。因此，这种结构策略对女性主义分析女性的被压抑的"他者"形象提供了强有力的参考。

作为后现代主义的代表，德里达的解构主义理念被广泛应用到人文社会科学、艺术、语言学、政治学、建筑等领域。在美国南方社会转型期，威廉·福克纳作为解构主义文学运动中一位颇具影响力的人物，在其作品中对种族、性别、传统等进行了深层次的解构主义的呐喊。在南方种族文化的侵染下，福克纳对白人至上的种族主义观深恶痛绝，对以男权为中心的南方社会进行了深刻的批判。同时，福克纳在身份、宗教等方面也体现了他颇具前瞻性的后现代主义思想。在他的多部作品中，读者都能看到他对影响西方思想近两千多年的逻各斯中心主义及其派生出来的二元对立论的质疑。他利用对现实的批判引发人们的广泛思考，激励人们反思教会与现实、男人与女人、白人与黑人、灵魂与肉体之间的对峙，从而动摇了逻各斯中心主义及二元对立论，进而构建了人人向往的充满人文主义情怀的"社会"。

【原文导读】

福克纳在《八月之光》这部小说中塑造了一个隐喻式的悲剧化人物——表面上看是白人但疑似流淌着黑人血液的乔·克里斯莫斯，对白、黑种族对立的社会问题进行了深入的探索，对西方盛行的逻各斯中心主义提出了质疑。这部小说的早期研究者认为主人公乔·克里斯莫斯是一个具有黑人血统的白种人。这一说

1　艾布拉姆斯：《文学术语词典》，吴松江译，北京大学出版社，2009，第117页。

法被一些福克纳研究者所否认，“乔·克里斯莫斯不是黑人，书中没有一处明确地说他是黑人。”[1]这种身份的不确定性刻画正是福克纳的点睛之笔，因为主人公的悲剧根源很大程度上取决于此。小说中，主人公的外祖父是一个狂热的种族主义分子，他怀疑女儿与一墨西哥人的私生子——乔·克里斯莫斯具有黑人血统，于是在他孩提阶段将其抛弃在孤儿院门口。乔·克里斯莫斯五岁时偶然发现一个女营养员的隐私。因害怕自己的丑事被传出，这名女营养员到院长那里诬告乔·克里斯莫斯是黑白混血儿，乔·克里斯莫斯随即被孤儿院赶出。这使他开始怀疑自己的身份——骨子里可能流淌着黑人的血液。乔·克里斯莫斯从小就被灌输一种白人优越、黑人低劣的种族观，而且在养父家这种观念又被无形地强化，其幼小的心灵几经扭曲。白人社会排斥他，黑人社会质疑他，因此他的性格变得更加的冷漠，拒绝来自黑人社会和白人社会的任何关爱。最终，他因杀死收留他的波顿小姐而受到死刑的惩罚。

《八月之光》反映的是一个深受传统道德观和价值观影响的极度清教化的社会。在这种社会体系下，种族的优越感、阶级的压迫性及性别的差异处处展现出逻各斯中心主义和二元对立论对社会的侵蚀。福克纳在小说中以超前的眼光对此进行了深刻的反思和淋漓尽致的批判。

1. 白人与黑人解构

小说主人公在未成人前，周围的人和环境对他是黑人的猜忌与排斥使他产生了“白人优越于黑人”的逻各斯中心主义种族意识。他苦恼于自己的黑人血统，同时又接受了“白人是这个二元对立结构的核心，黑人是没有地位的、退化的”的种族主义思想。克里斯莫斯出生后被怀疑血统不纯，被外祖父抛弃到孤儿院。外祖父伪装成孤儿院的门卫一直观察着他的一举一动，希望他的黑人身份被拆穿，这一切都被一位女营养师看在眼里：“Watching him and hearing the other children calling him Nigger. That’s what you are doing. I know. You came here just to do that，to watch him and hate him. You were here ready when he came. Maybe you

1 李文俊：《福克纳传》，新世界出版社，2003，第54页。

brought him and left him on the step yonder yourself. ”[1]外祖父的所作所为对于幼小的克里斯莫斯的性格养成和价值观塑造起了决定性作用。在孤儿院，克里斯莫斯因身份而备受折磨：同伴们都称他为“黑鬼”；女营养师的淫荡行为被懵懂的克里斯莫斯偶然发现后，他遭到陷害，身份被揭穿。当院长得知克里斯莫斯是“黑鬼”时，甚为惊讶、无助和失望：“Behind the glasses the older woman’s eyes were still harried，weak，hopeless；her mouth was trembling as she shaped speech with it. ”[2]于是，她想方设法把这“黑鬼”送走。与其说外祖父一人决定了克里斯莫斯的宿命，不如说外祖父、女营养师、孤儿院院长所反映的社会等级意识形态塑造了克里斯莫斯的悲剧命运。克里斯莫斯无论走到哪里都受这种意识形态的影响和摧残。在养父家中，他时刻接受传统清教教义、教规对他的“漂白”。杀害波顿后，围观的南方小镇的白种人都认为这是黑人干的：“the casual Yankees and the poor whites and even the southerners who had lived for a while in the north, who believed aloud that it was an anonymous negro crime committed not by a negro but by Negro... ”[3]这种逻各斯中心主义白、黑对立的集体无意识最终使得克里斯莫斯的人格分裂。在与白人波顿发生关系时，她嘴里时不时喊出“黑人”一词也表现出她面对黑人时的优越感，也正是这种优越感使得克里斯莫斯最终思想崩溃，将其杀害，体现了他对白、黑对立项中“白人为核心、黑人受歧视”的种族中心主义的反抗。

小说中另一位体现这种白黑主客对立的人物就是波顿。她表面上主张废除奴隶制，但是骨子里却带有强烈的“白人优越”意识。她从宗教的层面来审视种族问题，并希望通过上帝给予每个人的仁慈与善良来化解种族矛盾。她对黑人施与了莫大的帮助与关怀——出钱资助黑人办校，探访黑人家庭，但她始终居高临下，带着自身的优越感和至高无上的骄傲来对待黑人。她对待克里斯莫斯也是一样的态度，她把他看成黑人，而把自已视为传播福音的使者，试图将克里斯莫斯改造成黑人传教士，并劝他到黑人学校学习以便将来能够接替她的工作。然而，

1 William Faulkner, *Light in August* (New York:Vingtage Books,1972), p.54.
2 Ibid,p.57.
3 Ibid,p.117.

克里斯莫斯骨子里就抵触黑人身份，又被白人排斥，波顿不断地触碰他的底线，不断地将他置于白与黑的身份煎熬中，最后引发了两者最为激烈的碰撞。不满黑人的社会地位和处境，反抗白人的蔑视和欺辱，是福克纳在这部小说中对黑、白二元对立的社会写照。《八月之光》也是他对传统和权威的一种颠覆、呐喊。

2. 男性与女性解构

在该小说所述的艰难的社会体系中，父权中心表现得尤为突出。南方妇女被严格要求遵守社会所推崇的妇道观。女性一方面被认为兼具虔诚、忠贞、顺从等美德，另一方面却被视为万恶之源。“旧南方完全成了一个以男权为中心的社会，妇女被视为男人的附属品，只能充当男人的妻子、情人、仆从，为男人马首是瞻。”[1]小说中刻画的最典型的人物就是克里斯莫斯的养母：“a patient, beaten creature without sex demarcation at all save the neat screw of graying hair and the skirt”[2]。她在家中毫无地位，说话、做事都要经过“男人”，还要饱受丈夫的欺辱。“It was as though instead of having been subtly slain and corrupted by the ruthless and bigoted man into something beyond his intending and knowing, she had been hammered stubbornly thinner and thinner like some passive and dully malleable metal...”[3]福克纳对男权中心主义的抨击不仅在于他对那些生活中卑躬屈膝、毫无尊严和话语权的悲剧女性人物的刻画，更在于他对莉娜·格罗夫这一女性的赞美。她从小与哥哥一起生活，但并未受哥哥顽固、冷漠的性格影响；她虽未婚先孕，但是对抛弃她的未婚夫坚信不疑，认为找到他就是寻找希望和幸福。在小说中处处描写南方社会所反映的各种问题时，只有这位温柔、坚毅、体贴、天真、自然的姑娘才是美好的象征。她对父母、兄长的至亲之情及对他人的关爱，毫无种族主义的羁绊和清教观念的束缚。她胸怀坦荡，从未因未婚先孕而为自己担忧。她所向往的是一家三口的团聚：“I reckon a family ought to all be together

1 王康：《颠覆中心, 消解对峙——论〈八月之光〉对“逻各斯中心主义”及二元对立论的批判》，《重庆师范大学学报：哲学社会科学版》2011年第1期。

2 William Faulkner, *Light in August* (New York:Vingtage Books,1972), p.69.

3 Ibid.

when a chap comes. Specially the first one. I reckon the Lord will see to that. ”[1]她处处彰显女性的光环——为人妻的忠贞，为人母的宽厚之爱，对他人真诚、朴实。这些极大地触动了阿姆斯蒂德太太的内心，她将自己辛辛苦苦攒下来的卖鸡蛋的钱全部给了莉娜，以表示对其人格的肯定及对其不懈精神的支持。莉娜这一女性形象为传统、守旧和深受父权中心影响的南方带来了新的气象——她帮助律师海托华走出阴影，重新面对生活；鼓励邦奇，重新唤起他对生活的向往；她以自己积极、健康的心态反衬出克里斯莫斯及波顿等极端人物的异化心理。《八月之光》对莉娜的高度赞美正是对逻各斯男性中心的颠覆。她的身上承载着福克纳对人性最本质的、最自然的特质的召唤，表达了“期盼人类社会能回归到更古老、更质朴文明时代的理想”[2]。

逻各斯中心主义的存在对西方社会的发展产生了重要影响，白人和黑人共存的社会出现了明显的等级划分，男性与女性共生的社会出现了主、客体之分，这种分级带来了不可调和的矛盾与冲突。批判现实主义作家福克纳透过《八月之光》揭示了美国南方社会旧体制下的等级弊病，即逻各斯中心主义存在下以白人和男性为中心的社会群体的对立与摩擦，小说中的人物在二元对峙中最终走向灭亡，进而动摇了逻各斯中心主义的根基，为构建和谐、理想型社会做大胆畅想。福克纳的多数作品为我们展现了瓦解主、客体的白人与黑人、男性与女性、人与自然、理性与感性等的二元中心，表现出他作为反映时代作家的人文关怀，同时也为广大学者和读者进一步研究与理解他的作品提供了广阔的空间。

【原文选摘】

Light in August （Chapter 6）

William Faulkner

... He was sitting in his splint chair in the doorway，the open book upon his

1 William Faulkner, *Light in August* (New York:Vingtage Books,1972), p.12.

2 王康：《颠覆中心, 消解对峙——论〈八月之光〉对“逻各斯中心主义”及二元对立论的批判》，《重庆师范大学学报：哲学社会科学版》2011年第1期。

knees. When she approached she saw that it was the Bible. But she just noticed this, as she might have noticed a fly upon his leg. "You hate him too, "she said"You've been watching him too. I've seen you. Don't say you don't. "He looked up at her face, the spectacles propped now above his brows. He was not an old man. In his present occupation he was an incongruity. He was a hard man, in his prime; a man who should have been living a hard and active life, and whom time, circumstance, something, had betrayed, sweeping the hale body and thinking of a man of forty-five into a backwater suitable for a man of sixty or sixty-five. "You know, "she said. "You knew before the other children started calling him Nigger. You came out here at the same time. You weren't working here a month before that Christmas night when Charley found him on the doorstep yonder. Tell me. "The janitor's face was round, a little flabby, quite dirty, with a dirty stubble. His eyes were quite clear, quite gray, quite cold. They were quite mad too. But the woman did not notice that. Or perhaps they did not look mad to her. So they faced one another in the coalgrimed doorway, mad eyes looking into mad eyes, mad voice talking to mad voice as calm and quiet and terse as two conspirators. "I've watched you for five years. "She believed that she was telling the truth. "Sitting here in this very chair, watching him. You never sit here except when the children are outdoors. But as soon as they come out, you bring this chair here to the door and sit in it where you can watch them. Watching him and hearing the other children calling him Nigger. That's what you are doing. I know. You came here just to do that, to watch him and hate him. You were here ready when he came. Maybe you brought him and left him on the step yonder yourself. But anyway you know. And I've got to know. When he tells I will be fired. And Charley may—will—Tell me. Tell me, now. "

"Ah, "the janitor said. "I knowed he would be there to catch you when God's time came. I knowed. I know who set him there, a sign and a damnation for bitchery. "

"Yes. He was right behind the curtain. As close as you are. You tell me, now. I've seen your eyes when you look at him. Watched you. For five years. "

"I know, "he said. "I know evil. Ain't I made evil to get up and walk God's world? A walking pollution in God's own face I made it. Out of the mouths of little children He never concealed it. You have heard them. I never told them to say it, to call him in his rightful nature, by the name of his damnation. I never told them. They knowed. They was told, but it wasn't by me. I just waited, on His own good time, when He would see fitten to reveal it to His living world. And it's come now. This is the sign, wrote again in woman sinning and bitchery. "

"Yes. But what must I do? Tell me. "

"Wait. Like I waited. Five years I waited for the Lord to move and show His will. And He done it. You wait too. When He is ready for it He will show His will to them that have the say-so. "

"Yes. The say-so. "They glared at one another, still, breathing quietly.

"The madam. When He is ready, He will reveal it to her. "

"You mean, if the madam knows, she will send him away? Yes. But I can't wait. "

"No more can you hurry the Lord God. Ain't I waited five years?"...

... "They have been calling him Nigger for years. Sometimes I think that children have a way of knowing things that grown people of your and my age don't see. Children, and old people like him, like that old man. That's why he always sat in the door yonder while they were playing in the yard: watching that child. Maybe he found it out from hearing the other children call him Nigger. But he might have known beforehand. If you remember, they came here about the same time. He hadn't been working here hardly a month before the night—that Christmas, don't you remember—when they found the baby on the doorstep?"She spoke smoothly, watching the baffled, shrinking eyes of the older woman full upon her own as though she could not remove them. The dietitian's eyes were bland and innocent. "And so the other day we were talking and he was trying to tell me something about the child. It was something he wanted to tell me, tell somebody, and finally he lost his nerve maybe and wouldn't tell it, and so I left him. I wasn't thinking about it at all. It had gone completely out of my mind when... "Her voice ceased. She gazed at the matron while into her face there came an expression of enlightenment, sudden comprehension; none could have said if it were simulated or not. “Why, that’s why it... Why, I see it all, now. What happened just the day before they were gone, missing. I was in the corridor, going to my room; it was the same day I happened to be talking to him and he refused to tell me whatever it was he started to tell, when all of a sudden he came up and stopped me; I thought then it was funny because I had never before seen him inside the house. And he said—he sounded crazy, he looked crazy. I was scared, too scared to move, with him blocking the corridor—he said, ‘Have you told her yet?’ and I said, ‘Told who? Told who what?’ and then I realised he meant you; if I had told you that he had tried to tell me something about the child. But I didn’t know what he meant for me to tell you and I wanted to scream and then he said, ‘What will she do if she finds it out?’ and I didn’t know what to say or how to get away from him and then he said, ‘You don’t have to tell me. I know what she will do. She will send him to the one for niggers. ’ ”

“For negroes?”

“I don’t see how we failed to see it as long as we did. You can look at his face now, his eyes and hair. Of course it’s terrible. But that’s where he will have to go, I suppose. ”

Behind her glasses the weak, troubled eyes of the matron had a harried, jellied look, as if she were trying to force them to something beyond their physical cohesiveness. “But why did he want to take the child away?”

“Well, if you want to know what I think, I think he is crazy. If you could have seen him in the corridor that ni—day like I did. Of course it’s bad for the child to have to go to the nigger home, after this, after growing up with white people. It’s not his fault what he is. But it’s not our fault, either... ”She ceased, watching the matron. Behind the glasses the older woman’s eyes were still harried, weak, hopeless; her mouth was trembling as she shaped speech with it. Her words were hopeless too, but they were decisive enough, determined enough.

“We must place him. We must place him at once. What applications have we? If you will hand me the file... ”

【拓展阅读】

［1］ 胡经之,张首映. 西方二十世纪文论选：二卷[M]. 北京:中国社会科学出版社,1989.

［2］ 卡勒. 论解构:结构主义之后的理论和批评[M]. 金莉,译. 北京:外语教学与研究出版社,2018.

［3］ 布鲁姆. 解构与批评[M]. 上海:上海外语教育出版社,2009.

第六节　精神分析与《去吧，摩西》

【关键词：拉康与精神分析】

精神分析批评是心理文学批评的一个重要分支，是将精神分析学等现代心理学理论应用于文学领域的一种批评模式。其理论基础来自著名的奥地利心理学家、精神病医师西格蒙德·弗洛伊德。传统精神分析批评广泛兴起于20世纪20年代，主要在七个方面受到弗洛伊德精神分析学的启发和影响，即“无意识理论、力比多学说、本我自我超我三重人格结构、梦的理论、俄狄浦斯情结、文学艺术与白日梦、艺术家与精神病”[1]。然而，弗洛伊德心理学的泛性论（将人类的一切动机归为性本能欲望的学说）由于片面强调人的动物性而忽视人的社会性，因此之后渐渐地被后学所抛弃，其理论被后世批评家与其他哲学或文学理论相结形成了新的精神分析批评学说。在新的精神分析批评框架下，人的社会性得到了与动物性同等的重视，可以说是对弗洛伊德理论做了批判性继承。

被称为“法国的弗洛伊德”的雅克·拉康建立的一种“弗洛伊德的符号论理

1　朱立元：《当代西方文艺理论》，华东师范大学出版社，1997，第58页。

论”[1]成为对当代批评家影响最大的精神分析批评理论。拉康将精神分析与索绪尔的语言学理论相结合，“将弗洛伊德的关键概念与机制重新塑造成语言学的模式”[2]，同时又受到了列维–斯特劳斯和德里达的影响，从结构主义和后结构主义的角度重新阐释弗洛伊德，将精神分析从一个人文主义思想体系变为一个后结构主义的思想体系。拉康为弗洛伊德学说中的不可名状的无意识找到了中介物——语言。

拉康认为，“无意识”这样一个支配着人类存在的方方面面的因素是“像语言一样构成的”[3]。他认为弗洛伊德无意识过程的机制与语言学现象是不谋而合的，无意识的内容对于语言，尤其是语言结构，都有非常敏锐的感知。在索绪尔的影响下，拉康重新审视了能指与所指，且更加关注能指，并认为无意识的元素全都构成能指，这些能指又合成一个能指链。一个能指具有意义仅因为它不是其他的能指，也就是说，能指没有办法真正指向所指，而是只能在能指链上滑动，并没有锚定。

基于对弗洛伊德的继承和发展，拉康阐释了人从幼儿到成年的发展轨迹，其对应三个阶段——实在阶段（real stage）、想象阶段（imagery stage）和象征阶段（symbolic stage，又称“符号阶段”），人在这三个阶段分别对应着“需求”（need）、“请求”（demand）和“欲求”（desire）。初生的婴儿没有自我意识，他们需求食物、舒适和安全，且在此需求状态下不能识别满足其需求的客体，即处于实在阶段。实在阶段不存在任何缺席和失去，所有需求都能得到满足，所以实在阶段不存在语言。而要成为一个文明世界的人必须经历失去（比如与母体的分离），以打破这种原始的统一感。幼儿一旦能够区分自身与客体的区别，就脱离实在阶段进入想象阶段，其需求就转移为请求（请求是需要他人承认的）。幼儿原始的统一感被打破，这是由于其识别了客体而感知到了分离，于是会发出重新团聚的请求。幼儿的这个阶段又被拉康描述为“镜像阶段”（mirror stage），即幼儿在镜子中看到自己的形象，然后又回过头看母亲，母亲告诉幼儿

1 艾布拉姆斯：《文学术语词典》，吴松江译，北京大学出版社，2009，第505页。

2 同上。

3 Jacques Lacan, *The Four Fundamental Concepts of Psychoanalysis*, trans.Alan Sheridan(New York:W.W.Norton&Company,1978), p.203.

这就是他/她自己，幼儿由此构建出了自身的主体性，也就是说，自我主体性是通过镜子中自己的形象以及“他者”（母亲）来构建的。镜子中的形象并不是真正的自己，只是一个基于自身的图像（却是与自身能够同步的形象），加之“他者”的认同，使我们构建出可以认同的自我。其实，婴儿在镜子中看到自己之前已经从母亲的眼睛中看到过自己的映像，对自我意识的构建也起到十分重要的作用，这就是拉康所说的“他者的注视”。如果婴儿没有被如此注视过，那么他/她就无法在镜像阶段之前看到自身的映像，对自我的构建就会有缺失。对拉康而言，关于“自我”的认同总是要借助于“他者”来实现的，这个“他者”指一切“非我”者，包括镜像。这个镜像理论被广泛应用于文学批评中，以探讨作者或作者笔下的人物的镜像与他者的关系。而一旦幼儿将自我投射到他者上，就进入了象征阶段。在拉康的视角里，想象阶段与象征阶段并非泾渭分明，而是在某种程度上的共存关系。象征阶段的秩序是语言自身的结构，必须进入象征阶段才能用“我”来指代自己。而自我的前提是将自己的想象投射到镜像（镜子中的他者），这发生在想象阶段，然而自我又必须是象征阶段的秩序，因此二者共存。进入象征秩序后，“婴儿主体吸收了承袭的语言差异系统，因此符号构成了婴儿的主体，因为婴儿学会接受它在诸如男性／女性、父／子、母／女等语言对立中预先确定的'位置'”，并且这种语言的象征秩序就是“父亲法则的领域”[1]。在此领域中，“阳物”（phallus，又译作“菲勒斯”）是在象征阶段出现的可以弥补婴儿在想象阶段与母体分离产生的“缺口”的一种“特权能指”，用来建立其他所有能指模式。这里，拉康运用语言学解释了弗洛伊德性本能动因学说和俄狄浦斯情结。在拉康看来，所有的语言表达及阐释过程都受到寻找已失去的目标这一“欲求”的驱使，沿着一连串不稳定的能指滑动，而无法停止在一个锚定的所指或存在。

拉康的理论体系十分复杂难懂，但其后的批评家们又很热衷于运用其学说的某个方面作为一个独特的视角去阐释文学作品。

1　艾布拉姆斯：《文学术语词典》，吴松江译，北京大学出版社，2009，第505页。

【原文导读】

《去吧，摩西》是福克纳巅峰时期的最后一部作品。它既可以看作一部打乱了时间线的长篇小说，又可以看作七篇中短篇小说的合集，福克纳本人也对此有“短篇小说集”和“长篇小说”两种说法。这是因为在1941年福克纳打算集成《去吧，摩西》之前，其中的部分篇章已经以短篇小说的形式分别发表（《大黑傻子》《去吧，摩西》，以及《灶火与炉床》的两章），之后又加入了其他几篇。然而，这七篇小说中的六篇故事又彼此紧密联系（《大黑傻子》与其他故事联系很弱），共同构成了美国南方麦卡斯林家族几代人的故事。按成书所排的顺序，这七篇包括《话说当年》（*Was*）、《灶火与炉床》（*The Fire and the Hearth*）、《大黑傻子》（*Pantaloon in Black*）、《古老的部族》（*The Old People*）、《熊》（*The Bear*）、《三角洲之秋》（*Delta Autumn*）、《去吧，摩西》（*Go Down，Moses*）。故事最早写到1859年，最晚写到1941年（福克纳写作的当时），中间的跨度近百年。其中，《熊》为这部小说的中心篇，篇幅也最长，主要讲述了小说的中心人物艾萨克·麦卡斯林（艾克）在捕猎过程中的成长。

第一篇故事《话说当年》讲述了艾克的父亲布克大叔时期的故事，这些故事是艾克还未出生时发生的，是由比艾克大16岁的表外甥麦卡斯林·爱德蒙兹（卡斯）讲述的，这也是该篇名为过去时的“Was”的原因。可以将艾克的故事看作现在时的“is”，也就是暗示艾克才是整部书的中心。这个故事讲的是一个多重“捕猎”（hunt）的过程。布克大叔与布蒂大叔是孪生的单身汉庄园主，他们的黑奴图尔总是逃到邻县的布钱普家与女奴谭尼私会，每次布克大叔都要去那里把他抓回来，因为如果不这样做的话，布钱普庄园的主人休伯特就要带着他的妹妹索凤西芭来到麦卡斯林庄园并住下不走，想方设法地把索凤西芭嫁给布克大叔且不拿嫁妆。布克大叔为了防止这种情况发生，每次都要大老远地去布钱普庄园抓回逃跑的图尔，最终却中了休伯特和索凤西芭设下的圈套——布克大叔在黑暗中不知情的情况下脱了裤子上了索凤西芭的床，换来了索凤西芭的尖叫，导致布克大叔被休伯特抓住（发生了这种事，按习俗和道义布克大叔理应娶她），由此成功地被索凤西芭“捕获”。于是整个故事就包括三重捕猎：一个是更贴近“hunt”表面含义的抓狐狸（fox hunt）；一个是为了抓住图尔的“hunt”；一个是休伯特和索凤西芭为了让布克大叔娶索凤西芭的“hunt”。这种“螳螂捕蝉，黄雀在后”的“hunt”与拉康在《论<窃信案>》中对爱伦坡《窃信案》的分析存在一致性。在拉康的分析中，“信”在双重结构中成了一个“纯粹的能指”，即“一种无意识的隐喻”[1]。信表面上是受人物支配的，而实际上则支配着人物的命运。信的被窃使人物产生缺失（阉割焦虑），为了失而复得的欲求，人物在象征秩序中寻找，却永远不可能真正弥补缺失，因为信不断地被注入已经失去的意义，使其在能指链上滑动，没有真正的所指。福克纳的故事中也是一样，“捕猎”（hunt）就是人类欲求的活动，而欲求来自缺失。图尔逃跑给布克大叔造成缺失，这种缺失表面上是因为逃跑的黑奴图尔造成的财产损失或名誉损失。然而布克大叔与布蒂大叔实际上并不把黑奴们当奴隶看待，他们让黑奴们住大房子，而且没有看管措施，这实际上给了他们很大的自由。布克大叔的“阉割焦虑”来自他想保持单身这样一个能够给他“满足感”“统一感”的状态，而图尔的逃跑意味着休伯特和索凤西芭又要来到他的庄园，置他于可能与索凤西芭结婚的危险中，在欲求的驱使下，他必须去抓回图尔，只有图尔被他抓回自己的庄园才能弥补他的“缺口”。同样地，图尔在索凤西芭那里则是能够让索凤西芭构建被“他者”认同的自我的途径——诱捕布克大叔以便与其结婚。那种情境下的女性想要构建镜像自我——被整个社会的“他者”认同的唯一途径就是与合适的白人男性结婚。不能嫁给对于她的处境而言最合适的单身汉布克大叔，就会让她产生缺失，所以她必须想办法让自己嫁给布克大叔，不惜为此与其兄休伯特设下圈套诱捕布克大叔。布克大叔被扣后，布蒂大叔来到布钱普庄园解救布克大叔，与休伯特打牌作赌，决定布克大叔、图尔和谭尼的去留问题。在打赌的过程中，赌注对于不同人的不同意义又是意义在拉康视角下的能指链的滑动过程。

《去吧，摩西》的中心篇《熊》则突出反映了中心人物艾克的成长历程。艾克自我身份的构建则徘徊于文明与自然之间，并最终选择了自然。根据拉康的镜

1 卢兴：《深藏的“结构”——拉康对〈窃信案〉的分析》，《世界文化》2007年第3期。

像理论，对自我的构建需要依赖于他者的认同。在想象态通过镜像构建的自我进入象征阶段后借用语言符号表达，就是进入了文明。在艾克的成长过程中，他者的注视是由不同身份的他者完成的：有实际上相当于其父亲的表外甥卡斯，有其精神导师山姆，甚至大熊老班。作者在《熊》的开篇就说道“only Sam and Old Ben and the mongrel Lion were taintless and incorruptible”[1]，指明了只有山姆、老班、杂种狗“狮子”的血是未受玷污且不会腐坏的，这就说明这三者所代表的是与文明世界不同的人格主体。大熊老班表面上是狩猎的目标，但实际上又象征着被人类破坏和意欲征服的大自然。可以说，人类受自身欲望的驱使必须去征服大自然，这种欲望可以是由对大自然的畏惧而产生的缺失，也可以是人类为了增加满足感而向大自然索取的缺失。而艾克表面上是跟着猎人们一起去猎杀老班，但在他自己看来“they were going not to hunt bear and deer but to keep yearly rendezvous with the bear which they did not even intend to kill”[2]，这其实表明了少年艾克所构建的自我与文明社会中的人已经有显著的不同，他会和猎人们一起去打猎，但在他眼里，他认为他们并不是真的要猎杀那些动物，而是一种一年一度的拜访。猎人这一群体作为艾克成长过程中最重要的他者，则为他自我的构建起到了最重要的作用。猎人群体本身也是与文明社会不同的，猎人们故事里的荒野和森林“bigger and older than any recorded document”[3]，揭示出这片土地是不属于任何人的，既不是白人可以买下来的，也不是印第安人可以卖出的，土地并不属于人。猎人们故事里的人“not white nor black nor red but men，hunters，with the will and hardihood to endure and the humility and skill to survive”[4]，也不受肤色的划分，而只是吃苦耐劳的猎人。这种象征秩序正是象征着过去的秩序，也可以说是人类最原始的秩序。以山姆·法泽斯为代表的猎人正是艾克构建自我的镜像，使艾克最终放弃了其在文明世界的祖产而回到山林之中。艾克生在庄园主的家庭，他的父亲布克大叔60多岁才生下他，导致他的辈分比比他大16岁的卡斯还大，他本来可以是一个家族庄园的庄园主。然而，从小开始的猎人生活使

1 William Faulkner, *Go Down,Moses* (New York:Vintage International,1990), p.107.

2 Ibid,p.108.

3 Ibid,p.107.

4 Ibid.

他产生了另一种想象—— “It seemed to him that at the age of ten he was witnessing his own birth. It was not even strange to him. He had experienced it all before，and not merely in dreams. He saw the camp—a paintless six-room bungalow set on piles above the spring high-water—and he knew already how it was going to look. He helped in the rapid orderly disorder of their establishment in it and even his motions were familiar to him，foreknown. Then for two weeks he ate the coarse rapid food—the shapeless sour bread，the wild strange meat，venison and bear and turkey and coon which he had never tasted before—which men ate，cooked by men who were hunters first and cooks afterward；he slept in harsh sheetless blankets as hunters slept. ”[1]这就是艾克想象态的镜像，他在梦中发现了另一个“我”，镜像中的他诞生在猎人的营房里，他就是猎人，而不是庄园主。山姆·法泽斯才是他的精神之父，山姆·法泽斯这个父亲形象所代表的象征秩序才是他要进入的社会秩序。艾克发现了自己祖上犯下的罪行——祖父老卡洛瑟斯与黑奴情妇尤妮斯生下了黑白混血的女儿托马西娜（托梅），又在托梅成年后与其乱伦，生下黑奴图尔，这使得尤妮斯崩溃自杀。图尔的身份使他不能随他的姓麦卡斯林，而只能被称为“托梅的图尔”，麦卡斯林家族就这样有了这一脉黑白混血的支系。祖上的这些罪孽打破了艾克本来的镜像，让正直的艾克无法从这个镜像中看到自己，这就促成其想象态中的另外一个镜像占据了主导地位，他拒绝继承祖产，回到了森林。“熊”则不仅仅是森林的代表。熊这个单词“bear”本身就含有“生下”的动词意义，而熊所代表的大自然正是艾克精神世界中的母体。用拉康式视角解读，艾克回归大自然正是受到想要与母体重新团聚回归实在阶段的欲求的驱使。

整个《去吧，摩西》探讨的不仅仅是黑人与白人的关系，同时也探讨了人类与自然的关系。书中的主要人物几乎都有对自我身份探寻的过程。例如，麦卡斯林家族的白人孩子洛斯被黑人养母莫莉养大，与自己的兄弟亨利（茉莉之子）本来同吃同住不分彼此，然而到了一定年龄之后突然意识到自己是白人，便开始与黑人划清界限。对于这种类似的自我构建过程中出现的转变，同样也可以用拉康

1 William Faulkner, *Go Down,Moses* (New York:Vintage International,1990), p.109.

的镜像理论视角发掘其转变背后的意义。而人类与自然的关系则在更大的视角下被展现——大熊老班被杀死象征着人类对自然的破坏。整部书可以分为过去、现在、将来三个时期，分别展现了人类社会整体的异化。

【原文选摘】

The Bear （Chapter 1）

William Faulkner

There was a man and a dog too this time. Two beasts，counting Old Ben，the bear，and two men，counting Boon Hogganbeck，in whom some of the same blood ran which ran in Sam Fathers，even though Boon's was a plebeian strain of it and only Sam and Old Ben and the mongrel Lion were taintless and incorruptible.

He was sixteen. For six years now he had been a man's hunter. For six years now he had heard the best of all talking. It was of the wilderness，the big woods，bigger and older than any recorded document：—of white man fatuous enough to believe he had bought any fragment of it，of Indian ruthless enough to pretend that any fragment of it had been his to convey；bigger than Major de Spain and the scrap he pretended to，knowing better；older than old Thomas Sutpen of whom Major de Spain had had it and who knew better；older even than old Ikkemotubbe，the Chickasaw chief，of whom old Sutpen had had it and who knew better in his turn. It was of the men，not white nor black nor red but men，hunters，with the will and hardihood to endure and the humility and skill to survive，and the dogs and the bear and deer juxtaposed and reliefed against it，ordered and compelled by and within the wilderness in the ancient and unremitting contest according to the ancient and immitigable rules which voided all regrets and brooked no quarter；—the best game of all，the best of all breathing and forever the best of all listening，the voices quiet and weighty and deliberate for retrospection and recollection and exactitude among the concrete trophies—the racked guns and the heads and skins—in the libraries of town houses or the offices of plantation houses or （and best of all） in the camps themselves where the intact and still-warm meat yet hung, the men who had slain it sitting before the burning logs on hearths when there were houses and hearths or about the smoky blazing of piled wood in front of stretched tarpaulins when there were not. There was always a bottle present, so that it would seem to him that those fine fierce instants of heart and brain and courage and wiliness and speed were concentrated and distilled into that brown liquor which not women, not boys and children, but only hunters drank, drinking not of the blood they spilled but some condensation of the wild immortal spirit, drinking it moderately, humbly even, not with the pagan's base and baseless hope of acquiring thereby the virtues of cunning and strength and speed but in salute to them. Thus it seemed to him on this December morning not only natural but actually fitting that this should have begun with whisky.

He realised later that it had begun long before that. It had already begun on that day when he first wrote his age in two ciphers and his cousin McCaslin brought him for the first time to the camp, the big woods, to earn for himself from the wilderness the name and state of hunter provided he in his turn were humble and enduring enough. He had already inherited then, without ever having seen it, the big old bear with one trapruined foot that in an area almost a hundred miles square had earned for himself a name, a definite designation like a living man: —the long legend of corn-cribs broken down and rifled, of shoats and grown pigs and even calves carried bodily into the woods and devoured and traps and deadfalls overthrown and dogs mangled and slain and shotgun and even rifle shots delivered at point-blank range yet with no more effect than so many peas blown through a tube by a child—a corridor of wreckage and destruction beginning back before the boy was born, through which sped, not fast but rather with the ruthless and irresistible deliberation of a locomotive, the shaggy tremendous shape. It ran in his knowledge before he ever saw it. It loomed and towered in his dreams before he even saw the unaxed woods where it left its crooked print, shaggy, tremendous, red-eyed, not malevolent but just big, too big for the dogs which tried to bay it, for the horses which tried to ride it down, for the men and the bullets they red into it; too big for the very country which was its constricting scope. It was as if the boy had already divined what his senses and intellect had not encompassed yet: that doomed wilderness whose edges were being constantly and punily gnawed at by men with plows and axes who feared it because it was wilderness, men myriad and nameless even to one another in the land where the old bear had earned a name, and through which ran not even a mortal beast but an anachronism indomitable and invincible out of an old dead time, a phantom, epitome and apotheosis of the old wild life which the little puny humans swarmed and hacked at in a fury of abhorrence and fear like pygmies about the ankles of a drowsing elephant; —the old bear, solitary, indomitable, and alone; widowered childless and absolved of mortality—old Priam reft of his old wife and outlived all his sons.

Still a child, with three years then two years then one year yet before he too could make one of them, each November he would watch the wagon containing the dogs and the bedding and food and guns and his cousin McCaslin and Tennie's Jim and Sam Fathers too until Sam moved to the camp to live, depart for the Big Bottom, the big woods. To him, they were going not to hunt bear and deer but to keep yearly rendezvous with the bear which they did not even intend to kill. Two weeks later they would return, with no trophy, no skin. He had not expected it. He had not even feared that it might be in the wagon this time with the other skins and heads. He did not even tell himself that in three years or two years or one year more he would be present and that it might even be his gun. He believed that only after he had served his apprenticeship in the woods which would prove him worthy to be a hunter, would he even be permitted to distinguish the crooked print, and that even then for two November weeks he would merely make another minor one, along with his cousin and Major de Spain and General Compson and Walter Ewell and Boon and the dogs which feared to bay it and the shotguns and rifles which failed even to bleed it, in the yearly pageant-rite of the old bear's furious immortality.

【拓展阅读】

[1] SEAN H. Jacques Lacan[M]. London:Routledge,2005.
[2] 朱立元. 拉康的结构主义精神分析美学[J]. 文艺研究,1998（6）: 23-28.
[3] JACQUES L. The Ethics of Psychoanalysis 1959—1960[M]. Dennis, Porter, trans. New York:W. W. Norton&Company,1992.
[4] JAMES L B. Cliff's Notes on Go Down, Moses[M]. Lincoln:Cliff's Notes, Inc., 1985.

第三章　福克纳比较研究

第一节　互文性研究

【关键词：互文性】

“互文性”（intertextuality）的概念最早由法国批评家克里斯特瓦提出，后来发展成两个方向：一个是趋于把互文性与其他文学理论结合成为批判武器的解构批评和文化研究；另一个是将互文性细化成为可操作的描述工具的诗学和修辞学研究。[1]互文性的概念有广义和狭义之分。“广义互文性一般是指文学作品和社会历史（文本）的互动作用（文学文本是对社会文本的阅读和重写）；所谓狭义，是用互文性来指称一个具体文本与其他具体文本之间的关系。”[2]互文性理论的发展大致经历了四个阶段。第一个阶段是法国学者朱丽雅·克里斯特瓦（Julia Kristeva）提出了广义的互文性。第二个阶段是法国先锋派学者罗兰·巴特（Roland Barthes）在他的《*S/Z*》一书中首次提出了互文性，在他的《文本意趣》一书中阐释了互文性的含义。他的研究推动了互文性的发展。第三个阶段以法国学者热拉尔·热奈特（Gerard Genette）为代表。他提出了互文性狭隘的定

1　秦海鹰：《互文性理论的缘起与流变》，《外国文学评论》2004年第3期。

2　同上。

义，并将文本细分为“互文性”“类文本性”“元文本性”“承文本性”和“广义文本性”五大类。热奈特的贡献在于他不但解决了互文性概念模糊不清的问题，还打破了互文性的学科界限，将互文性扩展至整个艺术领域。第四个阶段以哈罗德·布鲁姆（Harold Bloom）和J·希利斯·米勒（J. Hillis Miller）为代表。《影响的焦虑》是布鲁姆关于互文性论述的主要著作。他认为每一个文本都建立在前文本的基础之上，每一个文本都力图改变和超越前文本，前文本的存在影响和制约着后文本的发展。此外，布鲁姆还从心理分析角度研究文本的存在和发展。米勒与布鲁姆的文本相联系观点截然相反，他认为文本与文本之间是一种相互排斥、相互斗争又相互依赖、相互促进的关系。

互文性理论的不断发展使得它的概念从模糊走向清晰，从广义走向具体，其研究对象从语言学扩展到文学乃至更广泛的领域，同时也逐渐被全世界的学者接受，成为重要的文学批评研究工具。从狭义的概念来看，互文性研究就是寻找两个文本间的关联，建立两个文本之间的联系。对于两个文本的解读可以从多个角度展开，如主题互文、情节互文、人物形象互文、意象运用互文、叙事技巧互文等。由同一作者或者不同作者所写的独立文学文本都可以在更广的文学作品维度得到研究，被看作具有“章节”相关性。而且，此方法是长期以来评论家对待个体作家作品时的惯常用法。例如，福克纳的大多数小说和故事的叙述都属于“约克纳帕塔法世系”，许多相同的人物和事件在各种文本中重新出现，因此这些文本的互文性非常突出。莫里森的小说也极具互文性，特别是她对女主人公性格的渐进表述。互文性的解读也适用于不同作者作品间的比较，互文性以交互的方式汇集分散的文本，为每个文本提供启发性的视角，正如对莫里森作品的解读也使得人们能运用不断更新的知识重新审视和解读福克纳，从而产生更具前瞻性的观点和见解。

主题互文性是指两个文本反映相似的社会问题，探讨同一个主题，而且两个文本前后呼应或者存在联系。例如，莫里森在她的多部作品中反复揭示美国种族主义的社会问题，黑人女性受压迫、受歧视的问题，儿童因家庭和社会因素饱受创伤的问题，等等，这就属于主题互文性。在《最蓝的眼睛》(*The Bluest Eye*, 1970)中，莫里森刻画了小女孩佩克拉因白人强势文化浸染而心灵扭曲的形象，以文化创伤和儿童创伤为主题；她创作的最后一部小说《天佑孩童》(*God Help the Child*, 2015)也以儿童创伤为主题，讲述了布莱德因童年遭受母亲的冷漠对待而形成心理阴影的故事。两个文本分别创作于不同的年代，但是探讨和揭示的主题相似，所以两个文本就具有主题互文性。同样，莫里森的多个作品都以女性的友谊、母爱、黑人文化为主题，因此她的文本具有主题互文性。

人物形象互文性是指两个文本中的人物具有相似性或者某种关联。莫里森的作品以刻画受压迫的黑人女性形象为主，很多学者在评论她的《最蓝的眼睛》和《秀拉》（*Sula*, 1973）两部作品时，认为秀拉就是长大了的佩克拉，而《天佑孩童》中的女主人公布莱德与《柏油孩子》（*Tar Baby*, 1981）中的吉丁同样具有互文性，因为两个人物在性格特点和生活遭遇方面都有相似性。布莱德是美国社会中经济独立、事业成功的黑人女性，吉丁同样是游走于美国上层社会的黑人女性，但是她们在面对白人文化和黑人传统文化时都陷入了两难境地，她们一方面想融入白人文化，另一方面又无法完全抛弃黑人文化之根。

对于文本之间在其他方面的联系（如情节发展、叙事技巧、意象应用等），都可以用互文性研究更细致地揭示。简言之，互文性就是两个或者多个文本在某些方面的联系、相似或呼应。同一个作者的不同作品之前存在互文性，不同作者的作品之间存在互文性，新作品与经典作品（如圣经、神话等）之间也具有互文性。互文性研究是研读不同作品的联系和影响的重要工具，也是更好地理解不同时代或者不同国别作者之间创作传承的重要视角。

【原文导读】

1.创伤主题互文性解读

莫里森的作品展现了黑人民族从美国奴隶制度早期至当代的社会历史画卷，特别着墨于他们遭受的令人唏嘘的艰辛和磨难，这些创伤记忆代代相传，逐渐积淀为种族创伤和历史创伤。在2012年出版的小说《家园》（*Home*）中，莫里森再现了战争对黑人男性的身心重创，揭示了主人公战后创伤应激障碍的症状及创伤的修复过程。《家园》展现了20世纪50年代美国黑人在美国海外战场、美国国内生活的各个方面遭受的身心安全的威胁，以及受到的“非人”对待。朝鲜战场上挚友的惨死画面时常主动地以噩梦、幻觉、闪回等方式突袭主人公弗兰克，使他无法融入正常的社会生活。同样，在2015年出版的《天佑孩童》（*God Help the Child*）中，莫里森阐释了身心创伤对女性成长的影响。《天佑孩童》讲述了缺失母爱的布莱德在童年创伤阴影中成长的故事，童年时期的创伤阴影扭曲了其成长中的性格和价值观。母爱缺失会导致儿童缺乏安全感。在童年支离破碎的记忆的压迫和控制下，幼小的孩子会产生失眠、抑郁、寡言等后遗症，这些症状若

无法缓解则将直接影响其成年后的性格发展，进而影响其爱情和婚姻生活。

福克纳在他的小说《圣殿》(*Sanctuary*) 中揭示了同样的创伤主题，讲述了罹患创伤后应激障碍的受害者谭波儿的悲惨故事。福克纳用细致的笔触刻画了谭波儿饱受创伤后的各种症状，而见证创伤和讲述创伤的方式在谭波儿身上并没有产生治愈创伤的效果，福克纳并未提出解决谭波儿创伤的方法。与莫里森的小说不同，福克纳的小说中鲜有文化创伤或者个人创伤的消解。相反，莫里森强调黑人创伤治愈的方案，即黑人社区在黑人创伤治愈方面的重要作用。

2.人物形象塑造互文性解读

莫里森不仅塑造了大量饱受苦难的黑人女性形象，也刻画了众多黑人男性形象，她在《恩惠》(*A Mercy*)和《爱》(*Love*)中刻画的人物延续了福克纳作品中对男性形象及具有原小说特征的女性人物的探索与思考。《爱》和《恩惠》两部小说都是莫里森对《押沙龙，押沙龙！》(*Absalom, Absalom!*)的批判性评论的延伸，证明福克纳的这部小说是对莫里森最有助益的一部。

（1）霸权式的男性家长形象

《爱》中莫里森对霸权式的男性家长柯西(Cosey)的描写让人联想到萨德本(Sutpen)——福克纳小说中的那个男性大家长，怀揣着爬上更高阶层的“宏图大略”，却因自私自利而害了自己的子孙。柯西诱奸11岁的留心(Heed)以及两人的婚姻可与萨德本诱奸14岁的米利(Milly)作对比阅读。二者都是男性大家长利用财富和地位换得受害者家人的同意——留心(Heed)来自一个暴力的、教育水平低下、贫穷的小区；米利(Milly)是萨德本一个白人家仆的孙女。对萨德本与柯西两人来说，他们的诱奸行为反映了一种权力意识，而他们对于自己的行为对那些女孩及其他家

庭成员造成的伤害则全然漠视。但是，莫里森改写了福克纳式的悲剧，萨德本的妻儿及科德菲尔德(Coldfield)都毁于萨德本的遗产，而为柯西的遗嘱斗了几十年的两个女人，最后通过对话与给予对方温暖找回了她们童年的友谊。

（2）图志未果的落寞男性形象

莫里森在《恩惠》(*A Mercy*)中体现的是美国成立前的那段历史，彼时可能会奠定白人物质特权的那些法律才刚刚开始被撰写。也就是说，该小说的故事背景设定在一个文化多元的美洲，那时“白人性”的建构还在初期阶段。那些乘船前往美国的欧洲人本来是契约仆役，而实际上这个契约持续存在于他们的一生。福克纳的《押沙龙，押沙龙！》中的萨德本再次成为了《恩惠》中伐尔克(Vaark)的对照。萨德本因受到侮辱而痛苦不堪，当他被一个奴隶教训再也别去庄园门口时，他的阶级身份及他意外的“白人性”才被揭露出来。和萨德本一样，伐尔克也是一个出身卑微的孤儿。伐尔克是一个农民，也是一个贷款人，他同样受到了庄园主的侮辱。伐尔克用了七年才意识到自己的梦想是建一幢像庄园主的房子那样宏伟的宅邸，将其作为遗产传给他未来的孩子。这个故事的走向与萨德本的极其相似，和萨德本一样，伐尔克犯了罪而不自知。萨德本的无知在于他一心想实现他“志向”，而忽略了自己对他人（不管是对奴隶还是对家人）的虐待。相比之下，伐尔克则更人性化，他会施与他人一些小恩小惠。福克纳的小说关注的是小说中家族第二代人经历的心灵创伤，该创伤是象征性的，来自一位已逝男性家长的缠扰。福克纳没能写好萨德本死后活着的那些黑人和白人女性的日常生活。莫里森在《恩惠》中对《押沙龙，押沙龙！》进行了再定义，伐尔克一旦死亡，就变成了小说的边缘人物。莫里森在小说中并没有让所有人为那个男性大家长所困扰，相反地，她向我们展示活着的人要继续生活下去。

（3）原小说式的作者人物形象

福克纳的小说中有多位叙述者，他们对萨德本的家族历史有不同的叙述，这不仅体现了萨德本的悲剧，也体现了叙事的本质和局限。在《押沙龙，押沙龙！》里，奴隶克吕泰涅斯特拉(Clytemnestra)（克莱蒂（Clytie））是萨德本的一个女儿，为了保住家族悲剧的秘密，一把火把萨德本黑暗的宅子烧成了灰烬；在《恩惠》里，佛罗伦斯(Florens)预言奴隶麦瑟琳娜(Messalina)（莉娜(Lina)）会烧了伐尔克黑暗的宅子以去除这块土地的恐怖之状。尽管莉娜纵火烧房子的行为与克莱蒂有诸多相似之处，但是佛罗伦斯却把此火视为其文字的传播，因为这把火把写着其故事的“书页”烧成了灰烬，乡村里将飘浮着这些灰烬，大地上将充满这些灰烬所讲的故事。佛罗伦斯就作者最重要的问题（永远不知道是否有读者来读自己的文字）所做的原小说式的反思则将莫里森笔下的人物与萨德本的另一个白人女儿朱迪思（Judith）联系起来。

3.叙事技巧互文性解读

福克纳和莫里森堪称小说创作的艺术家，他们采用多重叙事方式，从多样叙事视角展现纷繁复杂的故事情节，塑造性格各异的人物形象。解读两位作家作品在叙事技巧方面的互文性，更能凸显莫里森在文学创作方面对福克纳创作艺术的继承与超越。

（1）多角度复调叙事

《恩惠》和《我弥留之际》的叙事方式都是多声部叙述，颠覆了全知视角的权威叙事模式，充满对话性，支离破碎而又迂回曲折的叙述增加了故事的张力和读者阅读的难度，使读者更积极地参与到对文本的阐释和思考中来。[1]

（2）不可靠叙事

在《恩惠》中，佛罗伦斯对卖女为奴事件的不可靠叙述涉及不充分报道、错误报道、错误解读和错误判断。[2]《我弥留之际》中对艾迪的三儿子朱厄尔身份的报道同样采用了不充分报道，造成读者的错误判断。[3]这两部小说中的不可靠叙事及读者在阅读过程中对事件做出的判断构成了叙事的不稳定性和张力，这种不稳定性和张力共同推进整部小说叙事进程的发展。

（3）圣经原型意象

《恩惠》和《我弥留之际》在文本建构上都运用了多个圣经原型意象。《恩惠》的故事背景是17世纪80年代的美洲新大陆，尚未遭到人类的过度开发，呈现

---

1 史敏：《〈慈悲〉和〈我弥留之际〉的叙事策略和文本建构对比》，《广东技术师范学院学报：社会科学版》，2013年第5期。

2 同上。

3 同上。

原生态之美，宛如人间伊甸园；伐尔克耗尽心力建造的大房子的大门上装饰的两条眼镜蛇取自圣经；《我弥留之际》中频繁出现“棺材”“鱼”“雨水”“大火”等具有圣经原型意象的词语。[1]

【原文选摘】

Home（Chapter 2）[2]

Toni Morrison

Breathing. How to do it so no one would know he was awake. Fake a deep rhythmic snore, drop the bottom lip. Most important, the eyelids should not move and there must be a regular heartbeat and limp hands. At 2:00 a.m. when they checked to determine if he needed another immobilizing shot they would see the patient on the second floor in Room 17, sunk in a morphine sleep. If convinced, they might skip the shot and loosen his cuffs, so his hands could enjoy some blood. The trick of imitating semi-coma, like playing dead face down in a muddy battlefield, was to concentrate on a single neutral object. Something that would smother any random hint of life. Ice, he thought, a cube of it, an icicle, an ice-crusted pond, or a frosted landscape. No. Too much emotion attached to frozen hills. Fire, then? Never. Too active. He would need something that stirred no feelings, encouraged no memory-sweet or shameful. Just searching for such an item was agitating. Everything reminded him of something loaded with pain. Visualizing a blank sheet of paper drove his mind to the letter he had gotten-the one that had closed his throat: “Come fast. She be dead if you tarry.” Finally, he settled on the chair in the corner of the room as his neutral object. Wood. Oak. Lacquered or stained. How many slats in its back? Was the seat flat or curved for a bottom? Hand-crafted or machine-made? If hand-crafted, who was the carpenter and

---

1 史敏：《<慈悲>和<我弥留之际>的叙事策略和文本建构对比》，《广东技术师范学院学报：社会科学版》，2013年第5期。

2 摘自：Toni Morrison, *Home* (New York: Alfred A. Knopf, 2012).

where did he get his lumber? Hopeless. The chair was provoking questions, not blank indifference. What about the ocean on a cloudy day seen from the deck of a troopship-no horizon or hope of one? No. Not that, because among the bodies kept cool below some, maybe, were his homeboys. He would have to concentrate on something else-a night sky, starless, or, better, train tracks. No scenery, no trains, just endless, endless tracks.

They had taken his shirt and laced boots but his pants and army jacket (neither an effective suicide instrument) were hanging in the locker. He only had to get down the hall to the exit door that was never locked after a fire broke out on that floor and a nurse and two patients died. That was the story Crane, the chatterbox orderly, rapidly chewing gum while washing the patient's armpits, had told him, but he believed it was a simple cover story for the staff's smoke breaks. His first escape plan was to knock Crane out when next he came to clean up his soiling. That required loosening the cuffs, and it was too chancy, so he chose another strategy.

Two days earlier, when he was handcuffed in the backseat of the patrol car, he had swerved his head wildly to see where he was and where he was going. He had never been in this neighborhood. Central City was his territory. Nothing in particular stood out except the violent neon of a diner sign and a huge yard sign for a tiny church: AME Zion. If he succeeded in getting through the fire exit that's where he would head: to Zion. Still, before escape, he would have to get shoes somehow, some way. Walking anywhere in winter without shoes would guarantee his being arrested and back in the ward until he could be sentenced for vagrancy. Interesting law, vagrancy, meaning standing outside or walking without clear purpose anywhere. Carrying a book would help, but being barefoot would contradict "purposefulness" and standing still could prompt a complaint of "loitering." Better than most, he knew that being outside wasn't necessary for legal or illegal disruption. You could be inside, living in your own house for years, and still, men with or without badges but always with guns could force you, your family, your neighbors to pack up and move-with or without shoes. Twenty years ago, as a four-year-old, he had a pair, though the sole of one flapped with every step. Residents of fifteen houses had been ordered to leave their little neighborhood on the edge of town. Twenty-four hours, they were told, or else. "Else" meaning "die." It was early morning when the warnings came, so the balance of the day was confusion, anger, and packing. By nightfall most were pulling out-on wheels if available, on foot if not. Yet, in spite of the threats from men, both hooded and not, and pleadings from neighbors, one elderly man named Crawford sat on his porch steps and refused to vacate. Elbows on knees, hands clasped, chewing tobacco, he waited the whole night. Just after dawn at the twenty-fourth hour he was beaten to death with pipes and rifle butts and tied to the oldest magnolia tree in the county-the one that grew in his own yard. Maybe it was loving that tree which, he used to brag, his great-grandmother had planted, that made him so stubborn. In the dark of night, some of the fleeing neighbors snuck back to untie him and bury him beneath his beloved magnolia. One of the gravediggers told everyone who would listen that Mr. Crawford's eyes had been carved out.

Although shoes were vital for this escape, the patient had none. Four a.m., before sunrise, he managed to loosen the canvas cuffs, unshackle himself, and rip off the hospital gown. He put on his army pants and jacket and crept shoeless down the hall. Except for the weeping from the room next to the fire exit, all was quiet-no squeak of an orderly's shoes or smothered giggles, and no smell of cigarette smoke. The hinges groaned when he opened the door and the cold hit him like a hammer.

Sanctuary (Chapter 8)[1]

William Faulkner

Temple was sitting on the bed, her legs tucked under her, erect, her hands lying

1 摘自：Faulkner William, *Sanctuary* (New York: Vintage, 1987).

in her lap, her hat tilted on the back of her head. She looked quite small, her very attitude an outrage to muscle and tissue of more than seventeen and more compatible with eight or ten, her elbows close to her sides, her face turned toward the door against which a chair was wedged. There was nothing in the room save the bed, with its faded patchwork quilt, and the chair. The walls had been plastered once, but the plaster had cracked and fallen in places, exposing the lathing and molded shreds of cloth. On the wall hung a raincoat and a khaki-covered canteen.

Temple's head began to move. It turned slowly, as if she were following the passage of someone beyond the wall. It turned on to an excruciating degree, though no other muscle moved, like one of those papier-m ch Easter toys filled with candy, and became motionless in that reverted position. Then it turned back, slowly, as though pacing invisible feet beyond the wall, back to the chair against the door and became motionless there for a moment. Then she faced forward and Tommy watched her take a tiny watch from the top of her stocking and look at it. With the watch in her hand she lifted her head and looked directly at him, her eyes calm and empty as two holes. After a while she looked down at the watch again and returned it to her stocking.

She rose from the bed and removed her coat and stood motionless, arrowlike in her scant dress, her head bent, her hands clasped before her. She sat on the bed again. She sat with her legs close together, her head bent. She raised her head and looked about the room. Tommy could hear the voices from the dark porch. They rose again, then sank to the steady murmur.

Temple sprang to her feet. She unfastened her dress, her arms arched thin and high, her shadow anticking her movements. In a single motion she was out of it, crouching a little, match-thin in her scant undergarments. Her head emerged facing the chair against the door. She hurled the dress away, her hand reaching for the coat. She scrabbled it up and swept it about her, pawing at the sleeves. Then, the coat clutched to her breast, she whirled and looked straight into Tommy's eyes and whirled and ran and flung herself upon the chair. "Durn them fellers," Tommy whispered, "durn them fellers." He could hear them on the front porch and his body began to writhe slowly in an acute unhappiness. "Durn them fellers."

When he looked into the room again Temple was moving toward him, holding the coat about her. She took the raincoat from the nail and put it on over her own coat and fastened it. She lifted the canteen down and returned to the bed. She laid the canteen on the bed and picked her dress up from the floor and brushed it with her hand and folded it carefully and laid it on the bed. Then she turned back the quilt, exposing the mattress. There was no linen, no pillow, and when she touched the mattress it gave forth a faint dry whisper of shucks.

She removed her slippers and set them on the bed and got in beneath the quilt. Tommy could hear the mattress crackle. She didn't lie down at once. She sat upright, quite still, the hat tilted rakishly upon the back of her head. Then she moved the canteen, the dress and the slippers beside her head and drew the raincoat about her legs and lay down, drawing the quilt up, then she sat up and removed the hat and shook her hair out and laid the hat with the other garments and prepared to lie down again. Again she paused. She opened the raincoat and produced a compact from somewhere and, watching her motions in the tiny mirror, she spread and fluffed her hair with her fingers and powdered her face and replaced the compact and looked at the watch again and fastened the raincoat. She moved the garments one by one under the quilt and lay down and drew the quilt to her chin. The voices had got quiet again and fastened the raincoat. She moved the garments one by one under the quilt and lay down and drew the quilt to her chin. The voices had got quiet for a moment and in the silence Tommy could hear a faint, steady chatter of the shucks inside the mattress where Temple lay, her hands crossed on her breast and her legs straight and close and decorous, like an effigy on an ancient tomb.

The voices were still; he had completely forgot them until he heard Goodwin say "Stop it. Stop that!" A chair crashed over; he heard Goodwin's light thudding feet; the chair clattered along the porch as though it had been kicked aside, and crouching, his elbows out a little in squat, bear-like alertness, Tommy heard dry, light sounds like billiard balls. "Tommy," Goodwin said.

When necessary he could move with that thick, lightning-like celerity of badgers or coons. He was around the house and on the porch in time to see Gowan slam into the wall and slump along it and plunge full length off the porch into the weeds, and Popeye in the door, his head thrust forward. "Grab him there!" Goodwin said. Tommy sprang upon Popeye in a sidling rush.

【拓展阅读】

[1] TONI M. Home[M].New York: Alfred A. Knopf, 2012.

[2] WILLIAM F. Sanctuary[M].New York: Vintage, 1987.

[3] 萨莫瓦约.《互文性研究》[M].邵炜,译.天津:天津人民出版社, 2003.

第二节 比较研究

【关键词：比较研究】

随着人类交往的日益频繁，文学研究很难局限在一国之内，于是产生了把多种文学理论、文学批评、文学史联系在一起的研究，即研究存在于不同文化中的不同文学之间的各种现象，以及其间的各种关系，这就是比较（文学）研究。

与国别文学研究不同，比较研究除了研究文学间的种种现象之外，还研究文学与艺术、社会科学、自然科学等方面的联系。比较研究的基础是国别文学研究。

试对比较文学做如下定义：“比较文学是一种独特的文学研究；它具有超越民族和语言的视野，以跨民族的各种文学关系为研究对象；在理论和方法上具有高度自觉的比较意识。”[1]从文学本科的基本问题出发，可以标出如下一些主要的亚领域：①传播与影响的比较研究；②题材与主题的比较研究；③体裁的比较研究；④文学理论、流派的比较研究；⑤翻译文学研究；⑥比较的区域文学史和世界文学史。[2]

比较研究的主要方法有影响研究、平行研究和跨学科研究。

影响研究主要研究两种或两种以上国家和民族的文学之间所存在的影响及联系，以作家、作品、思潮、流派的相互作用和相互联系为中心，既研究产生影响的国家和民族的文学，也研究接受影响的国家和民族的文学，还研究影响产生的过程、传播途径、媒介手段和效应等。影响研究主要采用历史考证的方法，在追溯源流、辩证因果的过程中，强调对历史脉络的事实联系的探索，并将这种探索上升到理论的高度，以总结出带有普遍意义的结论。[3]

平行研究主要研究那些没有直接关系的不同国家或不同民族的文学在主题、体裁、风格、文体、人物形象、艺术手法等方面所表现出来的“相似”“类似”“卓然科比”和“差异”，经过审美的分析和理论推断，探讨异同的原因，找出平行发展的历史、社会、文化和心理的特征及规律。与影响研究强调历史和考据不同，平行研究采用美学和批评的方法，强调纯比较和大规模的综合，强调审美价值的判断。[4]

跨学科研究主张文学与哲学的比较研究、文学与宗教的比较研究、文学与心理学的比较研究、文学与历史的比较研究、文学与其他艺术门类的比较研究等。对文学做比较研究的这个领域必须是一个与文学相关的、独立的学科，并且这个学科应有自己的系统性。跨学科研究必须把这两种学科知识会通，在比较研究的视域与思考中形成一个融会贯通的自恰体系，这个自恰体系最终呈现在研究成果中。[5]

1 陈惇、刘象愚：《比较文学概论》，北京师范大学出版社，2000，第52页。

2 杨乃乔、伍晓明：《比较文学与世界文学》，北京大学出版社，2005，第52-53页。

3 王福和、郑玉明、岳引弟：《比较文学原理的实践阐释》，浙江大学出版社，2007，第1页。

4 同上书，第243页。

5 杨乃乔：《比较文学概论:第3版》，北京大学出版社，2006，第143-145页。

第三节　福克纳与莫里森

【关键词：莫里森及复调叙事】

托妮·莫里森（Toni Morrison，1931—2019）是首位获得诺贝尔文学奖的非裔女性作家。她共出版了十一部长篇小说，分别是《最蓝的眼睛》(*The Bluest Eye*，1970)、《秀拉》（*Sula*，1973）、《所罗门之歌》（*Song of Solomon*, 1977）、《柏油孩子》（*Tar Baby*, 1981）、《宠儿》（*Beloved*, 1987）、《爵士乐》（*Jazz*, 1991）、《天堂》（*Paradise*, 1998）、《爱》（*Love*, 2003）、《恩惠》（*A Mercy*, 2008）、《家》（*Home*, 2012）、《天佑孩童》(*God Help the Child*, 2015)。此外，她还出版了一部短篇小说《宣叙》(*Recitatif*, 1983)，一部文学评论文集《在黑暗中游戏：白人性与文学想象》（*Playing in Darkness: Whiteness and the Literary Imagination*, 1992），以及多篇散文、诗歌和儿童文学作品。

莫里森关注黑人尤其是黑人女性在美国社会的生存困境，她的作品描写细腻，刻画出众多经历苦难、寻求自由的黑人女性和男性形象。莫里森擅长运用象征、荒诞、意识流等现代主义和后现代主义手法，她的作品叙事特色突出，采用多种叙事视角和多重叙事声音。莫里森的作品被国内外学者从不同视角品评，如文化批评、女性主义批评、后现代主义批评、后结构主义批评、后殖民主义批评等都是解读莫里森作品的重要视角。比较和分析莫里森与其他黑人女性作家、黑人男性作家、白人作家的异同也是“莫里森研究”的一个重要部分。在众多的比较研究中，莫里森与福克纳的比较研究一直是国内外学者的关注点，一方面是因为两位都是获得过诺贝尔文学奖的伟大的美国作家，其作品在主题揭示、人物塑造、叙事风格等方面有很多相似之处；另一方面是因为很多学者认为莫里森的作品是对福克纳文学创作的继承和发展，比如莫里森的硕士论文题目为《弗吉尼亚·伍尔夫和威廉·福克纳对异化的处理》。但是，莫里森本人反对将自己与其他作家进行比较。她接受奈利·麦凯的访谈时说：“我和詹姆斯·乔伊斯不一样，我和托马斯·哈代不同，我更不像福克纳。无论怎么看，我和他们都不同。”[1]莫里森也多次提到：“我不确定他（福克纳）对我的作品有任何影响。”“我没发现自己的作品和福克纳的作品有任何紧密的联系。”[2]

尽管莫里森拒绝承认她的文学创作与福克纳的关联，但是细细品评两位伟大作家的作品还是能发现他们的细微联系。第一、两位作家都关注、讴歌、赞美黑人，尤其是黑人女性。福克纳笔下的黑人形象都诚实、单纯、善良，其中黑人女性都具有勤劳、淳朴、忠心耿耿的优秀品质。莫里森笔下的黑人女性除了具有福克纳所推崇的传统美德外，更多地体现出对蓄奴制、父权制、白人强势压迫的反抗和斗争。第二、两位作家都关注美国的种族主义问题，从不同角度揭示和批判美国种族主义的种种罪恶。例如，在福克纳的《干旱的九月》中，诚实、勤劳的威尔·梅耶斯因为白人女性米妮的谣言而丧命。同样，在莫里森的《宠儿》中，塞丝为了避免女儿落入奴隶主之手遭受与自己一样的悲惨命运，忍痛亲手杀死自己的女儿。第三、两位作家都运用过哥特小说的创作手法——幽灵意象。福克纳的《押沙龙,押沙龙！》让萨德本的幽灵附于罗沙小姐的声音之中，借助幽灵形象展现罗沙小姐的内心创伤。莫里森创作的《宠儿》同样塑造了宠儿这个幽灵形象，借助宠儿讲述塞丝痛苦的回忆。两位作家笔下的幽灵形象“作为超现实主义的意象，既带给读者无限的诡异莫测的感觉，又带来启示性；它们超越了感性与理性的对立，暧昧地徘徊在两种秩序之上”。[3]第四、两位作家都运用多重叙事视角和叙事声音展开故事。福克纳的《我弥留之际》中没有一个自始至终的叙述者，而是由本德伦一家、众邻居和相关人员共15个人物通过内心独白叙述故事。莫里森的《恩惠》的奇数章节构成一条完整的故事脉络——“卖女为奴”的故事主线，最后一章由主人公佛罗伦斯的母亲揭示这一事件的真相；偶数章节讲述了农场其他次要人物的次要情节。多重叙事视角的运用为故事增加了悬念，增加了

1 Toni Morrison,“Interview with Nellie McKay,” in *Conversation with Toni Morrison* (Oxford:University Press of Mississippi,1994), p.152.

2 Toni Morrison,“Faulkner and Yoknapatawpha,”in *Faulkner and Women* (Oxford:University Press of Mississippi,1986), pp.296-297.

3 曾利红、黎明：《南方哥特小说中的幽灵意象——兼评<押沙龙，押沙龙！>和<宠儿>》，《当代外语研究》2010年第5期。

读者与作者的互动。

福克纳和莫里森的作品在叙事方面都有复调叙事的特点。在理解复调叙事概念之前，有必要厘清“叙述”（narration）、“叙事”（narrative）、“复调叙事”（polyphonic narrative）三个术语的内涵。“叙述”表述“一个或更多事件的话语。叙述在传统上区别于描写（description）和评论（commentary）。”[1]“叙述”更多地体现在文体区别上，侧重于文章书写的目的是讲述一个故事，讲述一个事件。“叙事”指“由一个、两个或数个（或多或少显性的）叙述者（narrators）向一个、两个或数个（或多或少显性的）受叙者（narratees）传达一个或更多真实或虚构事件（events）(作为产品和过程、对象和行为、结构和结构化)的表述”。[2]“叙事”必须具备对话性、叙述者和受叙者，如“他善良”“她恶毒”不能称为“叙事”。根据巴赫金的理论，复调叙事又称对话性叙述（dialogic narrative），指“以数种声音、意识或世界观的相互作用为特征的叙述，其中任何一项都不会统摄或者优于另一项（比其他项具有更强大的权威）”。[3]复调叙事指多个叙述者在讲述事件的过程中处于平衡状态，多个叙述者立场不同、认识不同，从不同视角轮流讲述同一事件或多个复杂事件，再现、重构整个事件，拓展小说的创作空间，读者在不同叙述者的讲述中判断、寻找可靠的信息，不自觉地参与到故事创作中。

【原文导读】

福克纳和莫里森的多部作品都采用复调叙事的手法，以多视角、多声部叙述为特征。巴赫金指出复调式小说的特点是“独立而具有个性的声音和意识的多元以及受到充分尊重的声音组成的真正的复调”。[4]也就是说，小说中没有控制整个事件的声音，没有统一的结构，没有一致的意义，而是平等、独立的声音之间进行对话。

1 杰拉德·普林斯：《叙述学词典：修订版》，乔国强、李孝第译，上海译文出版社，2011，第135页。

2 同上书，第136页。

3 同上书，第45页。

4 胡笑瑛：《<押沙龙，押沙龙！>与<宠儿>之比较》，《广东外语外贸大学学报》2003年第4期。

1.《押沙龙，押沙龙！》和《宠儿》的多视角叙事

《押沙龙，押沙龙！》的故事是由一系列叙述者从不同角度讲述的。罗沙、康普生先生、昆丁、施立夫基于自己对南方的认识，融入自己的看法和感情，加上想象和推理，把关于萨德本家族的传说组合成一个完整的故事。其中，关于萨德本的讲述就是一个很好的例子，如罗沙讲述有关萨德本的故事时从不提他的名字，而是称呼他为“妖怪”“恶魔”，把杀死萨德本的人称作“野兽”。从罗沙的讲述中可以看出她矛盾、纠结的心理。她仇恨萨德本，而内心深处又充满对他的钦佩和欲望。罗沙的讲述中暗含自己内心的对话，她无法确定自己对萨德本的真实看法和感情。读者从罗沙的视角形成对“萨德本具有邪恶一面”的判断，但是从另一个人的视角又会颠覆之前的判断。康普生先生在讲述时完全否定了罗沙的观点，瓦解了罗沙对人物的建构，形成了与罗沙之间的对话。康普生先生毫不掩饰他对“萨德本靠自己的艰苦奋斗和努力拼搏而获得成功”的赞扬与钦佩之情。从康普生的讲述中，读者获得的更多的是关于萨德本的积极、正面的信息。同样，作为南方旧传统的继承者，昆丁内心的矛盾也反映在他对萨德本的讲述中。他肯定萨德本的创业精神，但也看到南方的落后与罪恶。施立夫是没有任何南方经历的来自加拿大的人，他的讲述不带任何对南方的判断，更具客观性。可见，对萨德本故事的讲述带有叙述者个人的感情和主观判断，同时也揭露不同人物的不同特质，最后由一个客观的人物讲述，使读者对人物及其故事有完整而全面的判断。多角度叙事如同一个三棱镜，从不同的角度折射出事件的某个侧面，各叙述者在讲述过程中形成彼此的对话，读者在分辨、猜测的过程中也充分参与到与讲述者和作者的对话中，自己判断萨德本家族毁灭的真正原因。

尽管莫里森否认其文学创作受福克纳的影响，但是她的作品在叙事技巧上与福克纳的作品也有很多相同之处。她的《宠儿》凸显了复调叙事的特点。《宠儿》的故事也是由众多立场不同、感情不同的人来讲述，充满独立的声音，在对同一事件的讲述、补充、修正过程中形成无处不在的对话关系。《宠儿》讲述的核心事件是女主人公塞丝亲手杀死自己年幼的女儿，不同的人物围绕这一事件回忆、讲述自己的故事，呈现出美国蓄奴制的真实面貌。通过塞

丝的讲述，读者了解到她的母亲是美国“黑奴贸易”开始时期众多从非洲被运来的奴隶之一，她经历过被强奸、暴力、劳累等多重虐待，最后逃跑不成功被杀害。见证了母亲的悲惨经历，加之自身经历过蓄奴制的残暴，塞丝深知与其让女儿被奴隶主抓走，不如亲手杀死她，避免女儿重蹈覆辙。从塞丝的视角讲述的“弑女事件”让读者感受到蓄奴制的罪恶和她深沉的母爱。但小说中的其他人物对这一事件的讲述和判断是完全不同的。很多人认为塞丝残忍，没有爱心，连救助过塞丝一家的艾拉知道后也说：“我没有朝自己孩子动锯子的朋友。”[1]曾经与塞丝共同生活、共同逃亡出来的保罗也责备塞丝：“你有两只脚，塞丝，不是四只。”[2]小说中的白人则把这类事件归罪于黑人人种的劣根性：“这些家伙需要世上一切的监督和指导，才能避免他们更喜欢的、同类相残的生活。”[3]只有黑人斯坦普理解塞丝的行为，他认为“她没疯，她爱那些孩子，她是想让那些害人的家伙加倍偿还”[4]。塞丝自己也摆脱不掉弑女的内疚感和负罪感，以至于宠儿还魂后她不断纵容宠儿占有她，折磨她，破坏她的家庭，赶走她的儿子，疏远她还活着的女儿丹芙，而且一遍遍地向宠儿忏悔和解释她的无可奈何。不同叙述者会因立场、经历、感情的不同片面地展现同一事件的过程，因此多声部的复调叙事可以更全面、更客观地展现事件的全景，帮助读者形成正确的伦理判断。同样，复调叙事拓展和深化了莫里森的小说对种族主义的抨击，也彰显了莫里森精湛的叙事技巧。

2.《我弥留之际》和《恩惠》的多声部叙事

福克纳和莫里森的复调叙事打破了传统的第一人称或者第三人称叙事的绝对权威，克服了单一人称叙事视域限制而体现出全景式特点，并且赋予每个人物叙事的权威，尤其是被传统文学定义的边缘人物，如黑人、仆人、疯子、智障者。福克纳的《我弥留之际》中的小儿子瓦尔曼是个痴痴傻傻的小男孩，他的内心独白在全文中出现过9次。儿童对事件的讲述更加客观，因为他们对周围环境的感

1 托妮•莫里森：《宠儿》，潘岳、雷格译，中国文学出版社，1996，第223页。
2 同上书，第197页。
3 同上书，第180页。
4 同上书，第280页。

知力和理解力比较弱，同样，正常人在儿童或者痴傻的人面前不必掩饰，会更真实地暴露出自己内心的想法。在艾迪死后，家里其他人都很冷漠，只有瓦尔曼真的伤心和痛苦。艾迪对他的忽视让他分不清母亲是人还是鱼。瓦尔曼的内心独白揭示出艾迪作为母亲的失职——对子女冷漠，对子女控制。莫里森创作的《恩惠》中也通过对仆人威尔和斯卡利的描述客观地再现了伐尔克农场的衰落。儿童和边缘的第三者视角打破了生活中的伪善，揭示事件的本来面目，不掺杂个人的世俗观念和政治立场，揭示事件的本质。

《我弥留之际》和《恩惠》的故事都是由多个人物的讲述串联而成，消解了全知全能的叙事权威。《我弥留之际》共由59个部分、15个人物的内心独白构成。这15个人物又可以分为三类：核心人物艾迪、内部家庭成员和村民。小说围绕艾迪的死亡事件展开本德伦家族的命运旅程，艾迪的声音出现在第39部分，位于小说的中间。小说内容在本德伦家族成员的内心独白间不断转换，直观地展现各自的内心世界和他们对家族命运的看法。本德伦家的邻居们从局外人的视角讲述事件，把故事延伸到更广的视角，拓展事件讲述的角度和深度。

《恩惠》共有12章，其中奇数章由女主人公佛罗伦斯以第一人称讲述故事的核心事件——“卖女为奴”；偶数章由全知全能的叙述者讲述小说次要人物（包括农场主雅各布、农场主妻子丽贝卡、女奴莉娜、悲哀、白人契约劳工威尔和斯卡利）各自的故事。在最后一章中，佛罗伦斯的母亲解释她迫不得已让农场主雅各布带走年幼的佛罗伦斯的原因。整部小说的叙事构成一个完整的圆环，开头从佛罗伦斯的视角讲述她被“卖掉”的事件结果，给读者带来悬念和不解——为什么亲生母亲忍心让年幼的女儿被陌生的农场主带走；在接下来的章节中，佛罗伦斯也反复提到对母亲这个行为的误解和不满，甚至是痛恨；在故事的结尾，由母亲亲口讲述原因，即看到自己所在的农场主已经对开始发育的女儿“垂涎三尺”，而陌生的雅各布“心里没有野兽”。[1]佛罗伦斯的母亲和莫里森的《宠儿》中的塞丝一样，为了保护女儿才做出迫不得已的选择。莫里森将奇数章和偶数章穿插，使故事的核心事件与次要事件交错并置，多种声音并存，使读者不断

1 托妮•莫里森：《恩惠》，胡允桓译，南海出版公司，2013，第180页。

探究、挖掘每个人物不同命运和经历的深层次原因，构成了小说完整的故事情节，增加了小说人物之间的对话性。

复调叙事是福克纳和莫里森在小说叙事中的共同特点。复调叙事能够增强小说人物之间的对话性，增强故事的张力，同时使读者参与到故事的发展和创作中，拉近读者与作者的距离，增加读者和作者的交流与互动。

【原文选摘】

Beloved[1]

Toni Morrison

Sethe knew that the circle she was making around the room, him, the subject, would remain one. That she could never close in, pin it down for anybody who had to ask. If they didn't get it right off— he could never explain. Because the truth was simple, not a long drawn-out record of flowered shifts, tree cages, selfishness, ankle ropes and wells. Simple:she was squatting in the garden and when she saw them coming and recognized schoolteacher's hat, she heard wings. Little hummingbirds stuck their needle beaks right through her headcloth into her hair and beat their wings. And if she thought anything, it was No. No. Nono. Nonono. Simple. She just flew. Collected every bit of life she had made, all the parts of her that were precious and fine and beautiful, and carried, pushed, dragged them through the veil, out, away, over there where no one could hurt them. Over there. Outside this place, where they would be safe. And the hummingbird wings beat on. Sethe paused in her circle again and looked out the window. She remembered when the yard had a fence with a gate that somebody was always latching and unlatching in the time when 124 was busy as a way station. She did not see the whiteboys who pulled it down, yanked up the posts and smashed the gate leaving 124 desolate and exposed at the very hour when everybody stopped

1 摘自：Toni Morrison, *Beloved*(Beijing:Beijing Foreign Language Teaching and Research Press,2008).

dropping by. The shoulder weeds of Bluestone Road were all that came toward the house.

When she got back from the jail house, she was glad the fence was gone. That's where they had hitched their horses—where she saw, floating above the railing as she squatted in the garden, school-teacher's hat. By the time she faced him, looked him dead in the eye, she had something in her arms that stopped him in his tracks. He took a backward step with each jump of the baby heart until finally there were none.

"I stopped him," she said, staring at the place where the fence used to be. "I took and put my babies where they'd be safe."

The roaring in Paul D's head did not prevent him from hearing the pat she gave to the last word, and it occurred to him that what she wanted for her children was exactly what was missing in 124: safety. Which was the very first message he got the day he walked through the door. He thought he had made it safe, had gotten rid of the danger; beat the shit out of it; run it off the place and showed it and everybody else the difference between a mule and a plow. And because she had not done it before he got there her own self, he thought it was because she could not do it. That she lived with 124 in helpless, apologetic resignation because she had no choice; that minus husband, sons, mother-in-law, she and her slow-witted daughter had to live there all alone making do. The prickly, mean-eyed Sweet Home girl he knew as Halle's girl was obedient (like Halle), shy (like Halle), and work-crazy (like Halle). He was wrong. This here Sethe was new. The ghost in her house didn't bother her for the very same reason a room-and-board witch with new shoes was welcome. This here Sethe talked about love like any other woman; talked about baby clothes like any other woman, but what she meant could cleave the bone. This here Sethe talked about safety with a handsaw. This here new Sethe didn't know where the world stopped and she began. Suddenly he saw what Stamp Paid wanted him to see: more important than what Sethe had done was what she claimed. It scared him.

"Your love is too thick,"he said, thinking, That bitch is looking at me; she is right over my head looking down through the floor at me.

"Too thick?" she said, thinking of the Clearing where Baby Suggs' commands knocked the pods off horse chestnuts. "Love is or it ain't. Thin love ain't love at all."

"Yeah. It didn't work, did it? Did it work?" he asked.

"It worked," she said.

"How? Your boys gone you don't know where. One girl dead, the other won't leave the yard. How did it work?"

"They ain't at Sweet Home. Schoolteacher ain't got em."

"Maybe there's worse."

"It ain't my job to know what's worse. It's my job to know what is and to keep them away from what I know is terrible. I did that."

"What you did was wrong, Sethe."

"I should have gone on back there? Taken my babies back there?"

"There could have been a way. Some other way."

"What way?"

"You got two feet, Sethe, not four," he said, and right then a forest sprang up between them; trackless and quiet.

Later he would wonder what made him say it. The calves of his youth? or the conviction that he was being observed through the ceiling? How fast he had moved from his shame to hers. From his cold-house secret straight to her too-thick love.

Meanwhile the forest was locking the distance between them, giving it shape and heft.

He did not put his hat on right away. First he fingered it, deciding how his going would be, how to make it an exit not an escape. And it was very important not to leave without looking. He stood up, turned and looked up the white stairs. She was there all right. Standing straight as a line with her back to him. He didn't rush to the door. He moved slowly and when he got there he opened it before asking Sethe to put supper aside for him because he might be a little late getting back. Only then did he put on his hat.

Sweet, she thought. He must think I can't bear to hear him say it. That after all I have told him and after telling me how many feet I have, "goodbye" would break me to pieces. Ain't that sweet.

"So long," she murmured from the far side of the trees.

As I Lay Dying（Chapter 14）[1]

William Faulkner

Vardaman

Then I begin to run. I run toward the back and come to the edge of the porch and stop. Then I begin to cry. I can feel where the fish was in the dust. It is cut up into pieces of not-fish now, not-blood on my hands and overalls. Then it wasn't so. It hadn't happened then. And now she is getting so far ahead I cannot catch her.

The trees look like chickens when they ruffle out into the cool dust on the hot days. If I jump off the porch I will be where the fish was, and it all cut up into not-fish now. I can hear the bed and her face and them and I can feel the floor shake when he walks on it that came and did it. That came and did it when she was all right but he came and did it.

"The fat son of a bitch."

I jump from the porch, running. The top of the barn comes swooping up out of the twilight. If I jump I can go through it like the pink lady in the circus, into the warm smelling, without having to wait My hands grab at the bushes; beneath my feet the rocks and dirt go rubbling down.

Then I can breathe again, in the warm smelling. I enter the stall, trying to touch him, and then I can cry then I vomit the crying. As soon as he gets through, kicking I can and then I can cry, the crying can.

1 摘自：William Faulkner, *As I Lay Dying* (New York:Vintage Books,1988).

"He kilt her. He kilt her."

The life in him runs under the skin, under my hand, running through the splotches, smelling up into my nose where the sickness is beginning to cry, vomiting the crying, and then I can breathe, vomiting it. It makes a lot of noise. I can smell the life running up from under my hands, up my arms, and then I cart leave the stall.

I cannot find it. In the dark, along the dust, the walls I cannot find it.

The crying makes a lot of noise. I wish it wouldn't make so much noise. Then I find it in the wagon shed, in the dust, and I run across the lot and into the road, the stick jouncing on my shoulder.

They watch me as I run up, beginning to jerk back, their eyes rolling, snorting, jerking back on the hitch–rein. I strike. I can hear the stick striking; I can see it hitting their heads, the breast–yoke, missing altogether sometimes as they rear and plunge, but I am glad.

"You kilt my maw!"

The stick breaks, they rearing and snorting, their feet popping loud on the ground; loud because it is going to rain and the air is empty for the rain.

But it is still long enough. I run this way and that as they rear and jerk at the hitch–rein, striking.

"You kilt her!"

I strike at them, striking, they wheeling in a long lunge, the buggy wheeling onto two wheels and motionless like it is nailed to the ground and the horses motionless like they are nailed by the hind feet to the center of a whirling plate.

I run in the dust... I cannot see, running in the sucking dust where the buggy vanishes tilted on two wheels. I strike, the stick hitting into the ground, bouncing, striking into the dust and then into the air again and the dust sucking on down the road faster than if a car was in it. And then I can cry, looking at the stick. It is broken down to my hand, not longer than stove wood that was a long stick. I throw it away and I can cry. It does not make so much noise now.

The cow is standing in the barn door, chewing. When she sees me come into the lot she lows, her mouth full of flopping green, her tongue flopping.

"I aint a–goin to milk you. I aint a–goin to do nothing for them."

I hear her turn when I pass. When I turn she is just behind me with her sweet, hot, hard breath.

"Didn't I tell you I wouldn't?"

She nudges me, snuffing. She moans deep inside, her mouth closed. I jerk my hand, cursing her like Jewel does.

"Git, now."

I stoop my hand to the ground and run at her. She jumps back and whirls away and stops, watching me. She moans. She goes on. to the path and stands there, looking up the path.

It is dark in the barn, warm, smelling, silent. I can cry quietly, watching the top of the hill.

Cash comes to the hill, limping where he fell off of the church. He looks down at the spring, then up the road and back toward the barn. He comes down the path stiffly and looks at the broken hitch–rein and at the dust in the road and then up the road, where the dust is gone.

"I hope they've got clean past Tull's by now. I so hope hit."

Cash turns and limps up the path.

"Durn him. I showed him. Durn him."

I am not crying now. I am not anything. Dewey Dell comes to the hill and calls me. Vardaman. I am not anything. I am quiet. You, Vardaman. I can cry quiet now, feeling and hearing my tears.

"Then hit want. Hit hadn't happened then. Hit was a–layin right there on the ground. And now she's git–tin ready to cook hit."

It is dark. I can hear wood, silence: I know them. But not living sounds, not even him. It is as though the dark were resolving him out of his integrity, into an unrelated scattering of components—snuffings and stampings; smells of cooling flesh and ammoniac hair; an illusion of a co-ordinated whole of splotched hide and strong bones within which, detached and secret and familiar, an is different from my is. I see him dissolve—legs, a rolling eye, a gaudy splotching like cold flames and float upon the dark in fading solution; all one yet neither; all either yet none. I can see hearing coil toward him, caressing, shaping his hard shape—fetlock, hip, shoulder and head; smell and sound. I am not afraid.

"Cooked and et. Cooked and et."

【拓展阅读】

[1] WILLIAM F. As I Lay Dying[M].New York: Vintage Books, 1988.

[2] TONI M. Beloved[M].Beijing: Beijing Foreign Language Teaching and Research Press, 2008.

[3] 巴赫金.《陀思妥耶夫斯基诗学问题》[M].白春仁,顾亚铃,译.北京;生活·读书·新知三联书店,1988.

第四节 福克纳与海明威

【福克纳与海明威】

欧内斯特·米勒尔·海明威（Ernest Miller Hemingway，1899—1961）是20世纪最重要的美国小说家之一。他出生在伊利诺伊州一个医生家庭，父亲是颇有名望的外科医生，常常带他去打猎、钓鱼，母亲是音乐教师，时常带他观看演出，参观画展，听音乐会。海明威的母亲希望自己的儿子能在音乐上有所发展，但海明威却承袭了父亲的兴趣，如打猎、钓鱼、在森林和湖泊中露营等。父母对海明威的性格及爱好有着毋庸置疑的影响。

高中毕业之后，拒绝入读大学的海明威在美国举足轻重的《堪城星报》（*Kansas City Star*）当记者，正式开始了他的写作生涯。1918年，第一次世界大战爆发后，海明威不顾父亲的反对，辞掉了记者一职，满腔热情地投入战争，在红十字会救伤队担任救护车司机，奋战于战争的前线。在前往意大利前线的途中，他不幸被弹片击中而负伤。在意大利受伤后，海明威返回美国，成为《多伦多星报》（*Toronto Star*）的驻欧洲记者。但不久后，海明威便再度放弃了记者生涯，开始学习写作。在巴黎逗留期间，他受到美国实验主义者格特鲁德·斯坦因（Gertrude Stein）的影响，形成了自己简短、朴素的写作风格。现代派伟大诗人埃兹拉·庞德（Ezra Pound）也给予海明威帮助。同时，他还结识了菲茨杰拉德（F. Scott Fitzgerald）。

1925年，海明威的短篇故事系列《在我们的时代里》（*In Our Time*）出版，其凝练、简洁的文笔，不动声色的叙事风格开始引起人们的注意。1926年，海明威发表了第一部长篇小说《太阳照常升起》（*The Sun Also Rises*），故事描述了第一次世界大战后一部分美国年轻知识分子对现实的绝望，这部小说奠定了海明威在文坛的地位，使他成为“迷惘的一代”作家的代表。1929年，他发表了另一部长篇小说《永别了，武器》（*A Farewell to Arms*），小说以海明威在意大利战场的经历为背景，描写了一对恋人的幸福被战争摧毁的悲剧。1940年，海明威发表了有关西班牙内战的著名小说——《丧钟为谁而鸣》（*For Whom the Bell Tolls*），这部小说刻画了主人公为信念、理想而战，在残酷的战争中勇敢地面对死亡。1952年，他发表了最后一部小说《老人与海》（*The old Man and the Sea*），这是海明威在十多年的空白之后写出的最成功的作品，体现了他的人生价值和行为准则。由于海明威在文学创作上所取得的巨大成就以及其作品所产生的世界性的影响，1954年，海明威获得了诺贝尔文学奖。1961年，因不堪忍受身体和精神的病痛，海明威用猎枪结束了生命。海明威是美国20世纪文学史上具有传奇色彩的作家，他的题材、文风以及他的人格和作风都对英语文学及世界文坛产生了深远的影响。

“迷惘的一代”的代言人海明威与意识流大师福克纳是真正的同代人。福克纳，对当代美国小说做出了重大的和艺术上无与伦比的贡献，于1949年获诺贝尔文学奖，代表作是长篇小说《喧哗与骚动》。海明威，于1954年获诺贝尔文学奖，“因为他精通现代叙事艺术，突出地表现在他的近著《老人与海》中，同时也由于他对当代风格之形成的影响”。他们同是美国20世纪上半叶最著名的作家，都称得上风格独特，也都获得了诺贝尔文学奖。这两位同时代的文学大师的关系却很奇妙，从表面上看英雄惺惺相惜，但他们的表现形式却令局外人目瞪口呆。

海明威与福克纳的人生颇有相似之处。海明威从未进过大学，虽然福克纳在密西西比大学待了一年，但是他实际上高中都没有毕业，进大学是对其当过兵的照顾。两人在中学都爱踢足球，第一次世界大战爆发时都想方设法当兵，后来当作家都是自己的选择。说来也巧，两人最早的作品都发表在同一刊物上，那就是1922年6月的《两面人》——在新奥尔良出版的一种小杂志。两个人的启蒙老师可以说都是舍伍德·安德森（Sherwood Anderson），后来两个学生又都写过模拟老师过时文体的东西来嘲弄这个赶不上时代潮流的老作家。海明威在《春潮》中挖苦安德森，福克纳在《舍伍德·安德森和克里奥耳人》的前言中对老师进行了委婉的嘲讽，两本书都于1926年出版。

海明威与福克纳学习写作的经历不同，海明威的“创作技巧不仅有斯泰因的影响，也可能有马克·吐温、安德森、乔伊斯和庞德的影响”[1]，“福克纳的小说是他对文学深思的结果，但是他并不经常与朋友讨论文学”，而且“福克纳比霍桑更不喜欢文学社团”[2]。但是在创作的成熟期，两位大师都更关注自己独特的生命体验而拒绝模仿他人。多年来，两位作家各写各的书，不相往来。海明威有点佩服福克纳的多产，却不喜欢他复杂、纠结的文风。海明威出名更早些，提起福克纳时不免有些居高临下，福克纳自然暗中不快。

1947年，福克纳在与美国密西西比大学学生座谈时列举“当代美国五位最重要的作家”，福克纳把自己排在第二位，把海明威排在第四位。他还对海明威做了这样的评语：“他没有勇气，从没有用一条腿爬出来过，从未用过一个得让读

1 Jackson J.Benson,“Ernest Hemingway as Short Story Writer,”in The *Short Stories of Ernest Hemingway: Critical Essays ed.*(Durham:Duke University Press,1975), P.97.

2 Malcolm Cowley, *The Portable Faulkner*(New York:The Viking Press,1946), p.8.

者查字典看用法是否正确的词。”[1]这意思是说，海明威只在他熟悉的领域里干得很好，却不敢在陌生的领域里冒险。海明威大怒，但反击的方法却十分天真，他去找了个证人作证：海明威作为一个战地记者，在第二次世界大战欧洲战场上的表现到底是狗熊还是英雄！事后福克纳写信表示了歉意，海明威又变成了快乐的大孩子。海明威曾经给福克纳回信说：“非常高兴收到来信和取得联系。请抛弃误解……你比菲尔丁或者别的作家都棒，你应该知道这点并且继续写作。对我而言你写得比他们的都棒。”[2]海明威也多次在公开场合表示福克纳比他更出色。

可是“好景不长”，福克纳后来居上，竟在海明威之前获得诺贝尔文学奖。更巧的是，获奖消息传来时，他为海明威一篇受到批评的小说辩护的文章也正好发表。结果“蚌壳翻了个身”，原来的“施主”成了需要保护的人，而写了一辈子硬汉小说的海明威大不受用。于是争执又重新开始，双方给予对方好评的同时，又刀刀见血地抨击对方作品的缺陷。

福克纳的性格与海明威完全不同，海明威喜欢热闹、交际，福克纳则生性孤僻，更像一头阴沉的孤狼。福克纳曾说：“海明威提倡的‘作家应该抱成一团’，说明海明威只有在狼群里才是一匹狼。一旦离开狼群，他就只能是一条狗。”[3]海明威再次大怒说：“我，一条狗……很好，我知道我能写出一部更好、更直截了当的作品，不用耍那套花架子。”[4]

实际上，福克纳也曾多次赞誉海明威和其作品。福克纳对《老人与海》的评价很高：“海明威的《老人与海》是最棒的。时间将证明《老人与海》是我们最棒的单篇作品，我指的包括他自己和我的同代人中的作品。”[5]

1961年，海明威自杀。在未明死因前，福克纳即断言：“他是自杀的。”福克纳后来还说：“海明威抗议得太多，他所显示的无畏与男子汉气概在某种程度上是一种伪装。”而他是“一个不喜欢走捷径回家的人”[6]。1962年7月6日，福

1 李文俊：《福克纳传》，新世界出版社，2003，第140页。
2 Baker Carlos, *Ernest Hemingway:Selected Letters*(New York:Charles Scribner's Sons,1981), pp.623-625.
3 李文俊：《福克纳传》，新世界出版社，2003，第144页。
4 同上书，第145页。
5 董衡巽：《海明威谈创作》，生活•读书•新知三联书店，1985，第193页。
6 李文俊：《福克纳传》，新世界出版社，2003，第148页。

克纳也离开了人间，那是在海明威逝世的一年又四天之后。

【海明威与福克纳小说比较】

海明威和福克纳——两位伟大的美国现代小说家，同是诺贝尔文学奖得主，在文学史上都享有崇高的地位，其文学创作成就斐然。比较两位作家的作品是一个广阔而艰难的研究领域。但是，我们不难看出，他们的作品在主题开掘、题材选择、形象塑造、情感表现、创作技巧和艺术手法等方面截然不同。

1.主题不同

描写战争和塑造海明威式“硬汉子”性格是海明威所有创作中最重要的两大主题。而在“约克纳帕塔法世系”中，福克纳描写了南方种植主世家飘零子弟的精神苦闷。

海明威以自己独特的方式描写了两次世界大战。长篇小说《永别了，武器》和《丧钟为谁而鸣》分别描写了第一次世界大战和第二次世界大战，海明威也成为美国20世纪20年代“迷惘的一代”的代言人。随着时光的流逝，作家的思想和笔触也发生了变化。在他笔下，20世纪20年代的被战争摧毁了的主人公在20世纪30年代以后逐渐发展成坚强不屈的“硬汉子”。坚持荣誉、尊严和向命运抗争到底的“硬汉子”精神，最完美、突出地体现在《老人与海》的主人公桑提亚哥身上。老人的那句名言“一个人并不是生来要打败的，你尽可能把他消灭掉，可就是打不败他”，这实质上就是海明威式英雄的精神标志。

福克纳不同于海明威。他主要写美国南方受难的整个历史。他以虚构的约克纳帕塔法县为背景，一共写了十九部长篇小说和七十多篇短篇小说。其作品的主要脉络是这个县的杰弗生镇及其郊区的不同社会阶层的若干家族的几代人的故事，时间跨度从1800年到第二次世界大战以后，涉及的人物有六百多人，其中一半是白人农民及少数印第安人，约一半是黑人，这些人物在小说中交替出现，而且故事各有牵连，每一部书既独立成文又是庞大结构的组成部分。这种自成体系的结构正是福克纳所追求的。他认为，“不仅每一部书需要构思，一个作家总的产品或作品也必须有一个总的规划。”在其构建的体系中，南方社会的变迁、各阶层人物社会地位的升降、不同人物精神面貌的变化都得以反映。福克纳本人处在资本主义没落时期，他描写的人物也多是南方种植园经济衰落时期的人物，他们的精神苦闷与作家所处的历史环境中敏感的知识分子的苦闷本质上是相同的。

2. 文体风格不同

海明威与福克纳的文体风格大相径庭。海明威去除一切可有可无的东西，用有限的语言、文字来表达丰富多彩的内容，形成了简洁、凝练、含蓄、深沉的语言风格；而福克纳的作品绵延曲折，句子结构极其复杂，词汇艰涩、含蓄。

海明威在文学上的最大贡献在于他创造了一种崭新的文体风格。在海明威之前，文坛上呈现句子冗长的文风，而他砍掉了一切花花绿绿的比喻，清除了毫无生气的文章俗套，形成了简洁、明朗的风格。这种通透、简明的风格使海明威笔下的人物像真实生活中的人物一样自然，剔除了过多的修饰，使描绘的人物和景物真实、自然，使读者感受到了小说内容的真实的存在。1954年授予他诺贝尔文学奖时，瑞典皇家学院就高度评价他“精通现代的叙事艺术”；英国评论家赫·欧·贝茨说他的写法“废除了一大堆向来被认为绝不可少的文学道具”，以至“引起了一场文学革命”；威克斯编的《海明威评论集》更把他推崇为“我们时代最干净利落、最清新微妙、最富有才华和艺术感染力的散文作家”。这些都说明他那清澈、流畅、简洁、凝练、含蓄、深沉的散文文体已经得到了国际性的公认，产生了经久不衰的巨大影响。

福克纳的创作也呈现出独具特色的文体风格，即贯穿于长段文字中表现主题的抒情成分和色彩，福克纳擅长把现代叙述技巧的精妙之处与应用于传统的诗意或解释性风格中的丰富语言结合起来，他曾研究过详述文体的运用，这种冗长而晦涩的文体在长段动人的叙述结构中占有重要地位。“他的写作难以模仿，硬去模仿也不会有什么成效，因为他的创作并不遵循一般的传统技巧，他也没有为后继者留下任何可遵循的传统。”[1]正因为这样，许多人过分强调福

1 李文俊：《福克纳评论集》，中国社会科学出版社，1980，第19页。

克纳的非传统方面，认为他是一个地地道道的现代派小说家，与传统意识不搭界。与此同时，这种认识令许多人感到难以解释福克纳作品透出的那股浓郁的被人誉为“浪漫保守主义”的南方乡土文化气息与其作品体现出的鲜明现代派意识之间的矛盾。事实上，福克纳之所以能对西方人产生如此之大的影响力，正是在于他的传统性与现代性的巧妙融合，在他的作品中，我们无处不感到这种现代与传统的融合。

3. 创作理论不同

海明威和福克纳的文学创作包含了他们不同的艺术风格，体现了各自的艺术独创性，又分别形成了自己的创作理论。

海明威的短篇小说多数以打猎、捕鱼、拳击、斗牛等为主题，有人评论他粗暴、无感情、无文学气质，特别抨击其20世纪30年代中期的人物为“冥顽不灵，只会记音词儿的呆子”，因此海明威指出，“一切蹩脚的作家都喜欢史诗式的写法”。他非常喜欢马克·吐温的作品，深受其影响，但并未感染马克·吐温的幽默气息。海明威的作品风格是严峻而悲伤的，他文风简约而非玩文字游戏，从现代口语中提炼出一种流畅、坚实、凝练的风格。1932年，海明威在他的纪实性作品《午后之死》（*Death in the Afternoon*）中提出著名的“冰山”理论原则 。他以“冰山”为喻，认为作者只应描写“冰山”露出水面的部分，水下的部分应该通过文本的提示让读者去想象、补充。文学作品中，文字和形象是所谓的“八分之一”，而情感和思想是所谓的掩藏于水面以下的“八分之七”。 前者是具体可见的，后者是寓于前两者之中的。这种艺术表现上的以少胜多、以简胜繁、以极少言语传达最丰富思想感情的艺术形式在海明威的创作中臻于完美。

福克纳不同于海明威。他大量运用意识流手法，深入发掘人物内心世界。他从不同角度描绘人物，增强作品的层次和真实感。他运用时序颠倒的叙事方法，使文章产生悬念，引发读者思想上的共鸣，增强文章的生动性，还通过转换视角突出历史和现实的因果关系。福克纳通常采用一些修辞手法使故事与时代背景、风俗人情等结合起来，使文章的意蕴变得复杂、多解。福克纳的创作使20世纪的美国文坛形成了规模庞大的“南方文学派”。

在谈到“约克纳帕塔法世系”的创作时，福克纳说他一开始是为了兴趣而写作。在创作的过程中，他发现自己家乡那块邮票般大小的地方值得一写，于是他运用自己的写作才华写了一辈子。他曾说：“我创造了一个自己的天地。我可以像上帝一样，不受时间的限制。这证明了我的理论，即空间乃是一种流动的状态，除在个人身上有短暂的体现外再无其他形式的存在……”由此可以看出，福克纳是如何在创作理论思想的指导下有意识地精心构造其“约克纳帕塔法世系”的。

不同作家体现出不同的文学风格，可以看出，海明威是较传统的、理性主义和现实主义的，而福克纳采用了种种非理性主义的艺术手法，是典型的现代主义文学作家。总之，海明威和福克纳在美国文学史上都散发着夺目的光彩，都享有崇高的文学地位。

【关键词：海明威与海明威式的英雄】

海明威作品中的主人公往往是斗牛士、拳击手、猎人、士兵和渔夫等，他们在充满喧嚣的世界中殊死抗争。这些人物在某种程度上都存在一个共同点，即他们都以惊人的毅力和旺盛的精力勇敢地面对生活，无论面对的困难多么大，他们都不会放弃，体现出勇敢、正直的坚毅品质和坚不可摧的意志，表现出泰然处之的优雅风度，这类人物形成了独具特色的“硬汉”形象，他们是海明威式的英雄的代表。

海明威式的英雄形象不仅是海明威个人经历的生动写照，也是时代发展的产物。发生在20世纪上半叶的两次世界大战，给人类的社会生活和精神领域都带来了前所未有的灾难，战争中残酷的杀戮和死亡摧毁了人们对资本主义的乐观信念和美好的愿望。同时，人们传统的价值观和道德标准也遭到了彻底的颠覆，纷纷陷入了彷徨、苦闷的状态中。经历了两次世界大战的海明威正是生活在这样一个错乱、绝望的时代，是残酷的时代造就了海明威。他把这种时代背景下的迷惘化作了个人的思想观念，在海明威的观念中，克服这种迷惘的最好办法不是宗教，也不是政治热情，而是勇气。他凭借男子汉的力量、超人的勇气和坚强的意志力，在绝望的状态下成功地塑造了一个又一个战斗不息的海明威式的英雄。

海明威式的英雄形象不仅是时代的产物，还与海明威的双重人格有关。海明威成功地把个人的传奇生涯与创作结合起来，塑造了很多在迷惘中不断拼搏的硬汉形象。他把生活看作一个充满痛苦与死亡的竞技场，必须用自己坚强的意志和顽强的毅力与充满战争及暴力的现实社会进行抗争。海明威坚强的性格决定了主人公性格的刚硬，而让人遗憾的是，他似乎完全掩盖了其胆怯和脆弱的一面。正如杰弗里·迈耶斯在《海明威传》中所说的，海明威在外表上极力压制他性格上多愁善感的一面，装出一副男子豪放不羁的形象；在认识到自己的弱点后，他拼命掩饰，为证明自己是男子汉，就在生活中做出许多英雄举动，在作品中创造出很多硬汉形象。

【关键词：生态批评】

1. 生态批评理论

在人类发展的历史长河中，人与自然的关系是既相互对立又相互依存，但是由于世界人口的高速增长，工农业的加速发展，人类通过高速发展的科学技术干预自然的规模和强度不断地加大，人类活动造成了环境质量的下降和生态秩序的紊乱，从而生态危机越来越严重，威胁了人类的生存和发展。在全球危机越来越严重的情况下，生态批评作为一种文学理论在欧美开始兴起。

作为研究文学和自然环境的关系的理论，生态批评的目的之一是通过寻找文本中自然的缺席，研究自然如何在文学物品中被发现，并通过重新发现、重新思索、重新阐释自然写作唤醒人们的生态保护意识。生态批评是从生态意识的角度重新解读经典著作，在生态思想的基础上遵循整体性、和谐性、多样性和相互依存的原则来对文学作品进行评价，旨在判断文学作品在生态系统和谐发展中的积极或消极作用，进而判断文学作品是否有助于人与自然和谐发展，从而使人们重新审视人类文化，进行文化批判和文化反思，探索人类的思想、文化和社会发展模式如何影响甚至决定人类对自然的态度与行为，如何导致环境的恶化和引发生态危机，揭露及批判导致环境恶化和生态危机的思想根源——人类中心主义，唤醒人们的生态保护意识，重建人类和自然的生态平衡。所以，生态批评是文学研究的绿色化，是对生态危机的综合回应，它把关怀自然作为自己的神圣使命。通过阅读海明威和福克纳的作品我们会发现，两位文学大家依然保持着深深的回归自然的心态。

2. 生态批评视角下的海明威创作

海明威是热爱自然的作家，其作品中的大自然生机盎然，充满着无穷的魅力，自然是他的创作主题之一。郁郁葱葱的森林、奔腾不息的河流、波涛汹涌的大海、树木葱郁的青山为海明威提供了取之不尽的创作源泉。罗伯特·E·弗莱明（Robert E. Fleming）在《海明威与自然世界》（*Hemingway and the Natural World*）的前言中指出，很少有作家像海明威那样与自然关系密切。海明威向往回归自然的生态环境，他终生都在寻找未遭破坏、未被开发的自然。对海明威而言，大自然是最理想的栖息地，自然是他的血液，已深入其骨髓，海明威的很多作品都渗透着他对大自然的热爱和追寻。

然而，海明威对待自然的态度是复杂的、矛盾的。从创作的早期到中期，海明威的生态自然观经历了形成和发展的过程，而且其对自然的态度呈现出一种矛盾性或双重性。一方面，他对自然进行热情的赞美，对遭到破坏的自然给予同情和关注，表现出一种非人类中心主义（non-anthropocentrism）的自然观，即生物圈中的所有存在物（包括人类与非人类、有机体与无机体）都有自身固有的、内在的价值，人应当与自然保持一种互动、共处的关系；另一方面，他又渴望征服自然，从中见证自我价值的实现，表现出渴望征服自然的人类中心主义的自然观。海明威的这种对自然的生态矛盾观并不是无缘无故形成的，而是源自父亲的影响、宗教观念、个人经历等因素。

在《非洲的青山》（*Green Hills of Africa*）里，海明威描绘了非洲大陆独特的自然风光。海明威用生动而简洁的语言向读者精心绘制了一幅令人心旷神怡的风景画。海明威之所以能把非洲大陆的独特风光描绘得如此美丽，是因为他对大自然的热爱是发自内心的。但同时，海明威又写道："我为自己打中了它，但没有把它打死而感到说不出的窝囊。我并不在乎杀死任何东西，任何动物，只要杀得干净利落，反正它们早晚都得死，而对于一直在进行的夜间捕杀和季节性捕杀，我的参与是微乎其微的，因此我丝毫没有负疚感。我们吃动物的肉，收藏它们的皮和角。”[1]由此可以看出，这部作品的主人公的生态意识是缺失的。在其心目中，自然成了人类征服欲望的场所，而狩猎是人类求证自己勇气和力量的最佳方式，动物存在的意义和价值仅仅在于其能够服务于人类的某种需求，不难看出，海明威的人类中心主义自高自大的形象在这部小说中表现得淋漓尽致。

随着海明威的创作经历和阅历的增加，海明威对人类活动所造成的环境危机有了越来越深刻的认识，他的生态意识逐渐产生了变化，并形成了以尊重自然为中心的生态观。在《大二心河》（*Big Two-Hearted River*）中有一细节描写——主人公尼克放生了一条鱼，在放生之前，他先把手弄湿，就是为了避免破坏鱼身上的保护层。这一细节的描写反映出尼克顺从了自然，而不是强迫自然屈服于他的意志，表现出其对真实存在、变幻无穷的大自然的尊敬和一种公正、开明的态度。又如在《一个非洲故事》里，猎人朱玛和戴维之父表现出人类征服自然的人类中心主义思想，但是戴维已经开始把大自然视为平等的主体，对大象充满了同情和怜悯，而不再喜欢朱玛，因为朱玛杀害了大象，从中表现出一种非人类中心主义的自然观。在《老人与海》中，圣地亚哥敬重自然中所有的生命形式，同情每一个生物的遭遇，对待他们就如同对待他自己的生命一样。圣地亚哥对马林鱼优美的姿态和顽强的生命力表现出了钦佩之情。他由衷地说道：“鱼啊，我爱你，非常尊敬你。”他还认为大鱼比他自己更加高尚。在与大鱼进行殊死搏斗的过程中，他逐渐产生了很强的负罪感，“我认为这是一桩罪过”。这些言辞和想法生动地向读者展示了他对人类生存环境的关注和尊重自然的生态文化意识，形成了回归自然、返璞归真的思想，体现了海明威自然生态观的回归。

3. 生态批评视角下的福克纳小说创作

生态批评的研究对象是人与自然的关系，这使得生态批评的研究侧重点容易放在纯自然文学作品或一些随笔散文上，而涉及生态环境主题的叙事作品却在

1　海明威：《非洲的青山》，张建平译，上海译文出版社，2004，第103页。

某种程度上处于边缘地位。事实上，叙事小说在反映人与自然关系的作用上并不逊色。尊重自然、保护环境的思想意识不仅可以体现在纯自然作品中，而且在不少现代小说家的叙事小说中也有明显的表现。福克纳作为现代主义作家，把自然传统和现代人的精神困顿联系起来，试图寻找解决问题的方法，他主张回归自然来拯救现代社会中人们的精神危机。重读福克纳的作品，我们可以清晰地看到，其作品不仅聚焦人的内心世界，而且也投向外部世界以及人与外部自然世界的关系。描写自然、关注人与自然的和谐关系同样是福克纳文学创作中最有代表性的主题之一。

福克纳是19世纪美国南方拓荒者的后代，其生态意识的展现源于对自己家乡的深厚感情。福克纳从小就喜欢到奥克斯福镇边的一片树林中玩耍，与大自然结下了深厚的感情，迷恋接近自然的田园生活。他一辈子都对骑马、打猎感兴趣，钟情于南方的森林。他在多种场合声称自己只是一个南方的“农夫”。故乡的山、水、草、木等一切有灵性的东西都成为他的写作素材，其笔下神话般的南方种植园为他提供了无限的自然灵感和生态遐想。同大多数南方作家和几乎所有西方作家一样，福克纳最憎恨的事物之一就是破坏大自然、传统美德和传统生活方式的工商文明。他在作品中向读者展现了人类中心主义行径的严重后果，这些作品中对自然生态的文学描写不仅形象、生动地体现了人与自然的错综关系，而且深刻地表达了作家对人类生存环境日渐恶化的沉重忧患。

《去吧，摩西》（*Go Down，Moses*）是公认的福克纳的代表作之一。它由包括《熊》（*The Bear*）在内的七个独立成篇又相互关联的系列小说组成。作品中，福克纳借助于麦卡斯林家族的兴衰，意味深远地描述了人与自然由亲密而疏离的过程，清晰地反映了美国南方的社会发展和变迁历史，凸显了美国南方急剧恶化的生态境况。小说中被作者人格化了的“最初的”原野是那么“巨大无比、公正无私”，人与动物在原野上和睦相处、生息繁衍。那时的人们遵循自然法则，并不过度开垦、狩猎和砍伐树木，荒芜的原野与人类是和谐而亲密的。后来，在土地私有制经济利益的驱动下，人们怀着无限制的占有欲，砍去了大片的树木将林地夷为平地，迅速使这些土地变成了一望无际的棉田，致使以森林为象征的原始荒野急剧缩小，这些看似进步的变化使自然环境付出了巨大的代价。福克纳清醒地看到了这一点，他以对那些“瘦瘠的棉花地与玉米……在灰蒙蒙的雨丝下显得荒凉而没有生气”的沉重描写，表达了其对过度种植使土地贫瘠进而破坏自然生态环境的忧虑。

除了《去吧，摩西》外，福克纳在《八月之光》（*Light in August*）里也描述了对原始森林滥砍滥伐的情景：村里的男人不是在木材加工厂里干活便是为它做厂外服务。“这家厂采伐松木，已经在这儿开采了七年，再过七年就会把周围一带的松木砍伐殆尽。然后，……靠它们谋生的人和为它们服务的人，就会载上货车运到别的地方去……那些掏空内脏的锅炉，以一副倔头倔脑、茫然而又若有所思的神情支撑着生锈的不再冒烟的烟囱，俯视着到处都是树桩的萧杀、肃静而又荒凉的田野——无人耕耘，无人栽种……”福克纳通过描绘这番过度采伐后破败的景象告诉我们，长期采伐使森林消失，这里只剩下了扎眼、刺目的废旧机器，这一切都反映了现代工业对人类自然生态和社会生态环境的破坏，他在悄然地警告人们，无休止地肆意砍伐终将使人类失去赖以生存的家园。

在文学创作中，福克纳致力于描写未开发的荒野和原始的大自然，这并不是提倡人类停止向前发展的脚步，重返荒蛮时代，而是意味深远地描述了人类社会造成的生态变迁，对人类破坏自然生态平衡的严重后果做出了警示。

【福克纳《熊》与海明威《老人与海》的比较导读】

两位作家的经典作品——《老人与海》和《熊》同是脍炙人口的中篇名作，存在相似之处，但福克纳和海明威又都是个性鲜明、各具特色的文学大师，都追求自我独特的艺术风格，这就决定了《老人与海》和《熊》又存在差异。

首先，《熊》和《老人与海》有着相同的创作背景。19世纪下半叶，美国资本主义经济迅速发展起来，其工业化进程对美国社会造成了很大的影响，不可避免地带来了一系列的问题——边疆消失，荒野后退，人们赖以生存的自然环境遭到了极大的破坏，人的自然本性也受到污染。这些都在这一时期的文学作品中有所反映。一方面，人们从心底抵制工商主义的价值观，对受到挑战的传统的价值观感到痛心疾首；另一方面，他们也清醒地看到了现实社会存在的矛盾，并毫不犹豫地把它们揭露出来。他们这么做并不是背叛传统，而是想通过重建传统的生活方式和价值观念来适应变化的社会，以便抵制工商主义的侵蚀。面对现代文明的弊端，文学家们纷纷通过其作品做出了回应。福克纳和海明威在这一时期，不约而同地在《熊》和《老人与海》中描写了未被玷污的自然环境以及未被工业文明所侵蚀的主人公形象，这些人物被作者置于原始的自然环境中，抵制文明的践踏，寻归原始。

其次，《熊》和《老人与海》讲述的是同一题材的故事。两部作品有相似的人物形象设定，两位主人公都是孤独的、超然于世的，他们远离荒诞的、被现代文明污染的现实社会，在单纯而宁静的大自然中捕鱼、狩猎，他们想在大自然中寻找自己的归宿和价值。

《老人与海》写的是老人圣地亚哥在远离陆地的大海上与一条比小船还要大的马林鱼搏斗的故事。老人最终证明了自己作为一个人的勇气和价值，表现出其“压力下的风度”。《熊》讲述的是艾克的成长过程，故事围绕森林猎熊展开，记叙了艾克10岁至16岁的成长经历。这个过程也是他认识森林，和森林亲密接触，并最终回归森林的过程。

在这两部小说里，作者赋予森林和大海的功能是一样的——远离现代文明污染的避难所，一块避开外界喧嚣的栖息地。在《老人与海》里，对于主人公圣地亚哥而言，大海才是他的归宿。他视大海为“爱人”，尽管有时它是这样“暴戾”，却也是“仁慈而美丽”的。在《熊》这部小说里，主人公是孩子艾克，同样地，“大森林”是他的“情人”和“妻子”。

老人圣地亚哥和孩子艾克都面临着巨大的、似乎不可征服的大自然精灵——前者是大得无可比拟的马林鱼，后者是神秘的、不死的大熊老班。大马林鱼在圣地亚哥心中绝不仅仅是一条鱼。老人虽然在捕鱼，但是他把马林鱼视为平等的“朋友”和“兄弟”：“鱼啊，我非常爱你和尊重你。”“鱼也是我的朋友。”“兄弟，我从来没有见过比你更大、更漂亮、更宁静、更崇高的了。”在这里，圣地亚哥完全把马林鱼等同于与他一样坚定、高傲、有意志力的同类。大熊老班，它神秘、勇敢、机智且不可战胜。猎人们尊敬它而将一个只有人才配享有的名字“熊司令”冠之其头上。它赢得了人们的尊敬，猎人们每年都要去“拜访”那只顽强不死的老熊，去“参加向它表示敬意的庄严仪式”。孩子看不见熊，而熊却在“观察”他。熊与人相遇的场面更显出它的伟岸和高傲。“它并非从哪里走出来的，它本来就在那儿，一动不动……它对着孩子看……它再次停下脚步，扫过头去看了他一眼，然后它消失了。”在孩子眼里，熊与大森林是等同的，它代表英雄，代表高尚，代表他一直向往的古老的神话。

再次，两部小说都蕴含深厚的生态内涵。《老人与海》这部作品通过描写主人公圣地亚哥的生活态度、情感欲望以及他与大马林鱼和鲨鱼的生死搏斗，阐释了海明威深刻而矛盾的生态思想。海明威一方面表达了对大自然的无限热爱和敬畏之情，体现了人依赖于自然而生存的生态思想，另一方面又向读者展示了人类想要通过战胜自然的力量来实现自我价值的观念，同时通过结局给读者深刻的暗示：人类应该与自然和谐相处、共生共荣，而不应试图去征服自然，否则最后的下场只能是受到自然无情的惩戒。

在《老人与海》里，海明威首先为读者呈现了自然的宁静，人与自然的和谐——没有狂风暴雨，没有惊涛骇浪，“除了海流偶然打个旋儿以外，海面是一平如镜的”，“鱼、船和人都在平静无波的水上缓缓地漂流”。小说中的自然景物都充满活力。老人不是仅仅把大海看成获取经济利益的来源，他还对大海充满爱、尊敬和敬畏。老人认为海洋赋予了人类各种恩惠。“陆上的云像群山一般涌起，海岸只余下一痕绿色的长线，背后隐现淡蓝色的山丘。海水也已转成深蓝色，深得几乎发紫。他俯视水中，看到海水暗处斑斑红点的浮游生物，和阳光映出的奇异光彩”。

当老人向大海出发时，黎明中的大海是那样地安静。渔民们都只是静静地各自划船，没有大声说话，似乎害怕吵醒了还在沉睡中的大海，此时一切都是那么和谐。在老人的眼中，飞鱼、鸟类、浮游生物、海豚、海龟都是人类的兄弟和朋友，一只飞累了的鸟儿停靠在他的钓索上，他对鸟儿说：“如果你乐意的话，就住在我家吧，我总算有个朋友了。”老人觉得“那些柔弱的黑色小燕鸥，它们始终在飞翔，在觅食，但几乎从没找到过”，于是他想“鸟儿的生活过得比我们还要艰难，除了那些猛禽和强有力的大鸟”。由此可见，老人对于他周围的海洋生物有着一种亲密的感情和悲悯的情怀。在老人看来，他并不比其他生物高贵，而和它们是平等的。老人不会贬低它们，而是以平等的姿态和它们进行斗争。这些描写体现出了海明威的自然生态观，即人与自然应该和谐相处，共生共荣，人类依附于自然而存在，表达了作者热爱自然和重视生态的一面。另一方面，海明威思想深处的自然观仍然为人类中心主义所主导，忽视了自然的内在价值，其生态伦理思想是充满矛盾的。

连续出海84天，老人一无所获，第85天，老人居然遭遇到了一条重量超过1 500磅的大马林鱼。虽然老人是爱马林鱼的，他视马林鱼为自己的兄弟，他同情马林鱼的遭遇，可是为了维持生计，老人迫不得已，必须将马林鱼置于死地。老人发现大鱼时说："可是，我要趁着这一天还没有过去的时候把你弄死啊。"但是动手时又充满了矛盾："我不懂得这种事，我也不怎么相信。把一条鱼弄死也许是一桩罪过。我猜想一定是罪过，虽然我把鱼弄死是为了养活我自己，也为了养活许多人。不过，那样一来什么都是罪过了。"一会儿他又想："我把鱼弄死不仅仅是为了养活自己，卖去换东西吃。你弄死它是为了光荣，因为你是个大鱼。他活着的时候你爱他，它死了你还是爱它。你既然爱它，把它弄死了就不算罪过。不然别的还有什么呢？"从这段内心独白可以看出，在老人心中爱与杀戮并存，表现了海明威在人与自然关系方面的生态意识悖论，或者说人的主体性最终占了上风。捕获大马林鱼，战胜凶狠的鲨鱼，是圣地亚哥确立自己价值、证明自己能力的方式。在那场人与鱼的殊死斗争中，老人充满了骄傲的感觉，他把对自然的悲壮的抗争视为人维护尊严的必然和必需。第一天，"鱼上钩后，老人割掉其他的钓索和钓钩，全心对付大马林鱼。"第二天，"大马林鱼拉着渔船并不停地跳跃，钓索飞似地向外溜，老人极力拉住钓索，手勒破了……"到了第三天，"老人开始收线，鱼出现了，老人忍住一切痛楚，拿出剩余的力气和丧失已久的自傲，把鱼叉朝下直扎进鱼的身体；大马林鱼仰天躺着，鲜血像云彩般地扩散开。"从斗争的过程中不难看出，虽然老人已是筋疲力尽，吃了不少苦头，但是在这场搏斗中，老人无疑取得了胜利，成功征服了大马林鱼。

在返途中，老人意外地又遭受到了鲨鱼群的攻击，虽然老人用尽全身的力气与鲨鱼进行生死的搏斗，最后却还是被鲨鱼打败了，不仅老人自己被打败了，而且他捕获的大马林鱼也被鲨鱼吃掉了，只剩下大马林鱼的骨架。最终并没有完全让老人胜利，充分表现出作者对人与自然关系的双重思考：一方面让老人通过战胜自然威力的方式来战胜自我；另一方面作者也对人靠武器来征服自然、蹂躏自然的方式做了保留。这暗示着不管人类的力量多么大，科技多么发达，违反自然规律试图征服自然必定会遇到失败和挫折。

自然是伟大、神圣而不可侵犯的，这是《熊》这部作品所表达的一个重要主题。在文中，这个主题是透过少年艾克的视角来阐述的。在艾克眼里，大熊“老班”就是大自然力量的象征，也代表了大自然不可逾越的法则。在他看来，那些猎人们“并不是去猎熊和鹿，而是去想和那头他们甚至无意射杀的大熊作一年一度的拜访的”。不仅如此，作为自然代表的大森林在文中也被描绘得很壮观。当艾克初次进入大森林的时候，他感受到的是，“那些高高大大、无穷无尽的十一月的树木组成了一道密密的林墙，阴森森的，简直无法穿越……马车走着走着，在这样的背景的衬托下，用透视的眼光一看，简直渺小得可笑，好像不在移动。”福克纳从一个少年的视角观察与探讨了自然的伟大与崇高，以及人类作为其一部分在整个生态体系中的相对渺小，试图打破传统的人类中心主义的思想。

人与自然和谐、统一的思想在艾克与“老班”第一次“会晤”的细节上也有所体现。“自然之子”山姆·法泽斯多次告诫艾克，“只要你不把森林里的野兽逼得无路可走，只要它没有闻到你有恐惧的气味，它是不会伤害你的。”艾克后来也是在没有了猎枪、指南针等武器和工具的庇护下，才一睹大熊的威风的。文中，福克纳对这个天真的孩子见到大熊时的细节描写也能让读者感受到人与自然的和谐共存：

他突然进入一小片林中空地，荒野与他合而为一了。新的景色使他眼花缭乱，它没有一点声息，凝固了起来——那棵树、那丛灌木、那只指南针和那只表，它们在闪闪发亮，有一抹阳光正好照射着它们呢。这时候他见到了那只熊。它并非从哪里冒出来的，就此出现了：它就在那儿，一动不动，镶嵌在绿色、无风的正午的炎热的斑驳阴影中……扭过头来看了他一眼，随后就消失了。他不是走进树林的。他就那么消失了，一动不动地重新隐没到荒野中。

这时的“老班”虽然比孩子料想的巨大，却没有他想象中的那么可怕，也没有对艾克造成任何的伤害，艾克懂得了清除人类“文明的污染”才能与象征大自然的“老班”和大森林和睦共处，他迷恋于年复一年地同老班周旋的原因之一就在于只有追逐而没有枪杀的仪式般的活动。他内心深处希望这种仪式般的狩猎能永远延续下去，因为他不想那只巨大的老班所象征的荒野消失。然而，猎人们在一只精心驯化的猎狗“狮子”的帮助下，借助猎枪和刀，杀死了大熊。熊是荒野真正的主人，大熊老班的死标志着一个时代的结束和现代工业文明对大自然的破坏。两年后，当艾克独自来到当年埋葬老班的地方时，他看到森林的状况今非昔比，昔日充满生命和神秘的荒野正在死去。同神灵般的老班相对照的是一只可怜的小熊，他竟然被火车吓得爬上一棵小树不敢下来。作者通过描写最后这个场面向我们揭示，随着现代工业文明的入侵，资本主义生产方式不断掠夺自然，破坏了人与自然的关系，不仅直接导致了美国南方农业文明的消亡，而且将使整个人类陷入前所未有的生态危机。

最后，两部作品的主题深化不同。《熊》和《老人与海》都形象地展示了福克纳与海明威相似的生命哲学。但是《老人与海》单纯、简洁，《熊》繁复、凝重。两部小说都反映了人与自然的关系，福克纳在小说中歌颂的好猎人必备的勇敢、谦逊、坚忍、自信等优秀品质，与海明威在《老人与海》中展示的“硬汉”精神大同小异。两位作家都表达出了对现实世界的无理性、荒诞性的厌恶，对充满暴力、欺诈、掠夺及血腥的现代文明的抵制，希望远离这种荒诞的、被现代文明污染的现实环境，希望回归过去，回归自然。两部作品的主题有相似的一面，但两者在主题的深化方面是有区别的。

在《老人与海》里，海明威成功地刻画了主人公圣地亚哥这一不朽的艺术形象。圣地亚哥连续八十四天捕不到鱼，后来好不容易捕到了一条重量级大鱼，却被鲨鱼吃掉了。这看起来是劳而无功，甚至老人的身体也受到了损失，但其展现了一种不屈不挠的精神，热情歌颂了圣地亚哥在失败面前毫不气馁、勇敢、顽强、坚忍不拔的英雄气概。作品反映的主题在当时的时代背景下具有重要的现实意义。

《熊》比《老人与海》复杂得多，与海明威相反，福克纳喜爱熔各种题材于一炉，达到一种综合。《熊》涉及众多的人物，其中心人物是孩子艾克，他在老猎人、老熊和大森林那里完成了“学业”，认识到人生的真谛即“怜悯、谦卑、宽恕、坚忍，以及用脸上的汗水来换取面包”，他感到祖先传下来的庄园浸透了黑人的血泪，便决心放弃遗产。艾克虽是一个土生土长的猎人，却超越了美国的圣人，他处理人与自然、人与社会和人与人的关系时所遵循的道德标准覆盖了全世界，甚至覆盖了全人类。

在《熊》里，福克纳立意要表明的是，现代工商业文明如何破坏和吞食美好的人与自然、人与人的关系。艾克希望回归人与自然的和谐，希望留住勇气、荣誉、自豪、同情、怜悯之心和牺牲精神等“古老的美德”。福克纳痛心地感到现代社会正用各种方式剥夺人的天性，人越来越被商品所异化。他通过主人公艾克表达了这样的愿望：回归森林，回归自然。

《熊》和《老人与海》在美国的文学史上珠璧交辉。通过对它们的比较我们可以看出，福克纳与海明威属于20世纪前期那个风云变幻的时代的产儿，他们具有时代赋予的悲剧意识，又尽力战胜绝望，倡导一种积极进取的人生观

【原文选摘】

The Old Man and the Sea

Ernest Hemingway

Perhaps I should not have been a fisherman, he thought. But that was the thing that I was born for. I must surely remember to eat the tuna after it gets light.

Some time before daylight something took one of the baits that were behind him. He heard the stick break and the line begin to rush out over the gunwale of the skiff. In the darkness he loosened his sheath knife and taking all the strain of the fish on his left shoulder he leaned back and cut the line against the wood of the gunwale. Then he cut the other line closest to him and in the dark made the loose ends of the reserve coils fast. He worked skillfully with the one hand and put his foot on the coils to hold them as he drew his knots tight. Now he had six reserve coils of line. There were two from each bait he had severed and the two from the bait the fish had taken and they were all connected.

After it is light, he thought, I will work back to the forty-fathom bait and cut it away too and link up the reserve coils. I will have lost two hundred fathoms of good Catalan cardel and the hooks and leaders. That can be replaced. But who replaces this fish if I hook some fish and it cuts him off? I don't know what that fish was that took the bait just now. It could have been a marlin or a broadbill or a shark. I never felt him. I had to get rid of him too fast.

Aloud he said, "I wish I had the boy."

But you haven't got the boy, he thought. You have only yourself and you had better work back to the last line now, in the dark or not in the dark, and cut it away and hook up the two reserve coils.

So he did it. It was difficult in the dark and once the fish made a surge that pulled him down on his face and made a cut below his eye. The blood ran down his cheek a little way. But it coagulated and dried before it reached his chin and he worked his way back to the bow and rested against the wood. He adjusted the sack and carefully worked the line so that it came across a new part of his shoulders and, holding it anchored with his shoulders, he carefully felt the pull of the fish and then felt with his hand the progress of the skiff through the water.

I wonder what he made that lurch for, he thought. The wire must have slipped on the great hill of his back. Certainly his back cannot feel as badly as mine does. But he cannot pull this skiff forever, no matter how great he is. Now everything is cleared away that might make trouble and I have a big reserve of line; all that a man can ask.

"Fish," he said softly, aloud, "I'll stay with you until I am dead."

He'll stay with me too, I suppose, the old man thought and he waited for it to be light. It was cold now in the time before daylight and he pushed against the wood to be warm. I can do it as long as he can, he thought. And in the first light the line extended out and down into the water. The boat moved steadily and when the first edge of the sun rose it was on the old man's right shoulder.

"He's headed north," the old man said. The current will have set us far to the eastward, he thought. I wish he would turn with the current. That would show that he was tiring.

When the sun had risen further the old man realized that the fish was not tiring. There was only one favorable sign. The slant of the line showed he was swimming at a lesser depth. That did not necessarily mean that he would jump. But he might.

"God let him jump," the old man said. "I have enough line to handle him."

Maybe if I can increase the tension just a little it will hurt him and he will jump, he thought. Now that it is daylight let him jump so that he'll fill the sacks along his backbone with air and then he cannot go deep to die.

He tried to increase the tension, but the line had been taut up to the very edge of the breaking point since he had hooked the fish and he felt the harshness as he leaned back to pull and knew he could put no more strain on it. I must not jerk it ever, he thought. Each jerk widens the cut the hook makes and then when he does jump he might throw it. Anyway I feel better with the sun and for once I do not-have to look into it.

There was yellow weed on the line but the old man knew that only made an added drag and he was pleased. It was the yellow Gulf weed that had made so much phosphorescence in the night.

"Fish," he said, "I love you and respect you very much. But I will kill you dead before this day ends."

Let us hope so, he thought.

A small bird came toward the skiff from the north. He was a warbler and flying very low over the water. The old man could see that he was very tired.

The bird made the stern of the boat and rested there. Then he flew around the old man's head and rested on the line where he was more comfortable.

"How old are you?" the old man asked the bird. "Is this your first trip?"

The bird looked at him when he spoke. He was too tired even to examine the line and he teetered on it as his delicate feet gripped it fast.

"It's steady," the old man told him. "It's too steady. You shouldn't be that tired after a windless night. What are birds coming to?"

The hawks, he thought, that come out to sea to meet them. But he said nothing of this to the bird who could not understand him anyway and who would learn about the hawks soon enough.

"Take a good rest, small bird," he said. "Then go in and take your chance like any man or bird or fish."

It encouraged him to talk because his back had stiffened in the night and it hurt truly now.

"Stay at my house if you like, bird," he said. "I am sorry I cannot hoist the sail and take you in with the small breeze that is rising. But I am with a friend."

Just then the fish gave a sudden lurch that pulled the old man down onto the bow and would have pulled him overboard if he had not braced himself and given some line.

The bird had flown up when the line jerked and the old man had not even seen him go. He felt the line carefully with his right hand and noticed his hand was bleeding.

"Something hurt him then," he said aloud and pulled back on the line to see if he could turn the fish. But when he was touching the breaking point he held steady and settled back against the strain of the line.

"You're feeling it now, fish," he said. "And so, God knows, am I."

He looked around for the bird now because he would have liked him for company. The bird was gone.

You did not stay long, the man thought. But it is rougher where you are going until you make the shore. How did I let the fish cut me with that one quick pull he made? I must be getting very stupid. Or perhaps I was looking at the small bird and thinking of him. Now I will pay attention to my work and then I must eat the tuna so that I will not have a failure of strength.

"I wish the boy were here and that I had some salt," he said aloud.

Shifting the weight of the line to his left shoulder and kneeling carefully he washed his hand in the ocean and held it there, submerged, for more than a minute watching the blood trail away and the steady movement of the water against his hand as the boat moved.

"He has slowed much," he said.

The old man would have liked to keep his hand in the salt water longer but he was afraid of another sudden lurch by the fish and he stood up and braced himself and held his hand up against the sun. It was only a line burn that had cut his flesh. But it was in the working part of his hand. He knew he would need his hands before this was over and he did not like to be cut before it started.

The Bear

William Faulkner

That is, his cousin McCaslin and the others thought he was hunting squirrels. Until the third evening he believed that Sam Fathers thought so too. Each morning he would leave the camp right after breakfast He had his own gun now, a new breech-loader, a Christmas gift; he would own and shoot it for almost seventy years, through two new pairs of barrels and locks and one new stock, until all that remained of the original gun was the silver-inlaid trigger guard with his and McCaslin's engraved names and the date in 1878. He found the tree beside the little bayou where he had stood that morning. Using the compass he ranged from that point; he was teaching himself to be better than a fair woodsman without even knowing he was doing it. On the third day he even found the gutted log where he had first seen the print. It was almost completely crumbled now, healing with unbelievable speed, a passionate and almost visible relinquishment, back into the earth from which the tree had grown. He ranged the summer woods now, green with gloom, if anything actually dimmer than they had been in November's gray dissolution, where even at noon the sun fell only in windless dappling upon the earth which never completely dried and which crawled with snakes—moccasins and water snakes and rattlers, themselves the color of the dappled gloom so that he would not always see them until they moved; returning to camp later and later and later, first day, second day, passing in the twilight of the third evening the little log pen enclosing the log barn where Sam was putting up the stock for the night. "You aint looked right yet. "Sam said.

He stopped. For a moment he didn't answer. Then he said peacefully, in a peaceful rushing burst, as when a boy's miniature dam in a little brook gives way: "All right. Yes. But how? I went to the bayou. I even found that log again. I... "

"I reckon that was all right. Likely, he's been watching you. You never saw his foot?"

"I... "the boy said. "I didn't... I never thought ... "

"It's the gun, "Sam said. He stood beside the fence, motionless, the old man, son of a Negro slave and a Chickasaw chief, in the battered and faded overalls and the frayed five-cent straw hat which had been the badge of the Negro's slavery and was now the regalia of his freedom. The camp—the clearing, the house, the bam and its tiny lot with which Major de Spain in his tarn had scratched punily and evanescently at the wilderness faded in the dusk, back into the immemorial darkness of the woods. The gun, the boy thought. The gun. "You will have to choose, "Sam said.

He left the next morning before light, without breakfast, long before Uncle Ash would wake in his quilts on the kitchen floor and start the fire. He had only the compass and a stick for the snakes. He could go almost a mile before he would need to see the compass. He sat on a log, the invisible compass in his hand, while the secret night sounds which had ceased at his movements, scurried again and then fell still for good and the owls ceased and gave over to the waking day birds and there was light in the gray wet woods and he could see the compass. He went fast yet still quietly, becoming steadily better and better as a woodsman without yet having time to realise it; he jumped a doe and a fawn, walked them out of the bed, close enough to see them—the crash of undergrowth, the white scut, the fawn scudding along behind her, faster than he had known it could have run. He was hunting right, upwind, as

Sam had taught him, but that didn't matter now. He had left the gun; by his own will and relinquishment he had accepted not a gambit, not a choice, but a condition in which not only the bear's heretofore inviolable anonymity but all the ancient rules and balances of hunter and hunted had been abrogated. He would not even be afraid, not even in the moment when the fear would take him completely? blood, skin, bowels, bones, memory from the long time before it even became his memory all save that thin clear quenchless lucidity which alone differed him from this bear and from all the other bears and bucks he would follow during almost seventy years, to which Sam had said: "Be scared. You can't help that But don't be afraid. Aint nothing in the woods going to hurt you if you don't corner it or it don't smell that you are afraid. A bear or a deer has got to be scared of a coward the same as a brave man has got to be."

By noon he was far beyond the crossing on the little bayou, farther into the new and alien country than he had ever been, travelling now not only by the compass but by the old, heavy, biscuit-thick silver watch which had been his father's. He had left the camp nine hours ago; nine hours from now, dark would already have been an hour old. He stopped, for the first time since he had risen from the log when he could see the compass face at last, and looked about, mopping his sweating face on his sleeve. He had already relinquished, of his will, because of his need, in humility and peace and without regret, yet apparently that had not been enough, the leaving of the gun was not enough. He stood for a moment—a child, alien and lost in the green and soaring gloom of the markless wilderness. Then he relinquished completely to it. It was the watch and the compass. He was still tainted. He removed the linked chain of the one and the looped thong of the other from his overalls and hung them on a bush and leaned the stick beside them and entered it.

When he realised he was lost, he did as Sam had coached and drilled him: made a cast to cross his backtrack. He had not been going very fast for the last two or three hours, and he had gone even less fast since he left the compass and watch on the bush. So he went slower still now, since the tree could not be very far; in fact, he found it

粱家族》中描写戴凤莲的笔墨较多，反映出高密东北乡的女性是敢于抗争、独立自主、有家国情怀的新时代人物，两者构成很鲜明的对比。研究作品中的女性形象有助于人们从不同方面理解两位乡土作家对于人类尤其是女性的生存状况关注和思考的情怀。在莫言获奖之前，沈从文是中国作家中与诺贝尔文学奖距离最近的一位。沈从文笔下的湘西令无数人魂牵梦萦，福克纳的约克郡也称为南方文学的标志，他们都可归到乡土作家范畴中。从生态角度对比两位作家的作品，福克纳的《去吧，摩西》中以原始森林为背景，而广袤的森林也塑造了人们勇敢、崇尚自然的品质；沈从文的《边城》的故事背景是风景秀美的湘西小镇，水的灵动塑造了人们淳朴、温柔、友善的个性。自然环境与人之间到底有着怎样的互动，这是下面的导读试图回答的问题。

福克纳与莫言

【关键词：莫言与高密乡】

莫言是我国第一位诺贝尔文学奖获得者，他对当代中国文坛乃至世界文艺界影响深远。莫言原名管谟业，1955年出生于山东省高密市东北乡文化发展区大栏平安村。他小时候家境贫困，童年时期又恰逢国内“三年自然灾害”，但物质条件的困苦并没有在很大程度上影响莫言追求“精神食粮”之路。莫言接受教育的时间较早，在其作品《我的老师》中，他介绍了他上学早的原因：“我5岁上学，这在城市里不算早，但在当时的农村几乎没有。这当然也不是我的父母要对我进行早期教育来开发我的智力，主要是因为那时候我们村被划归国营的胶河农场管辖，农民都变成了农业工人，我们这些学龄前的儿童也像城里的孩子一样通通进了幼儿园，吃在那里，睡也在那里。幼儿园里的那几个女人经常克扣我们的口粮，还对我们进行准军事化管理。饥肠辘辘是经常的，鼻青脸肿也是经常的。于是我的父母就把我送到学校里去，这样我的口粮就可以分回家里，当然也就逃脱了肉体惩罚。”莫言与文学的不解之缘似乎命中注定，在那个物质条件极为匮乏的年代，为了能够分配口粮，莫言才得以过早接受教育，这也为他日后的文学素养打下了坚实的基础。此外，他自身也痴迷于阅读各类中国古典书籍，如《三国演义》《水浒传》等，并津津乐道。但是，人生不是一帆风顺的，他接受教育的这条路也不平坦，中途由于“文化大革命”而辍学，看似中断了“与文学进一步接触”之路，但是莫言没有停止对文学的探索，即使时局使得读书的条件更为艰苦，但他仍尽最大努力汲取“精神营养”，阅读了《中国通史简编》，此外，更是连一本字典也不放过。度过了一段“艰难岁月”，莫言的文学探索之旅仍在继续进行。莫言21岁时便参军了，军旅生活为他日后的文学创作增添了很多助力。在任职图书管理员的几年中，他接触了大量书籍，其中就涉及国外马克思、黑格尔等伟人的哲学经典著作，加上儿时阅读的中国古典书籍和听说的民间故事传说，在中西方思想交汇的基础上，莫言26岁时首次发表了小说《春夜雨霏霏》。而后，在接下来的几年时间里，他又发表了《透明的红萝卜》《红高粱家族》《天堂蒜薹之歌》《蛙》《丰乳肥臀》《檀香刑》《白狗秋千架》等脍炙人口的作品，并获得国内外各种奖项，如中国茅盾文学奖、韩国万海文学奖、美国纽曼华语文学奖等。他的高质量作品被译为多种语言版本，流通世界各地，为他赢得了国际声誉。同时，他的一些文学作品被改编成影视作品，如张艺谋导演的电影《红高粱》成功斩获德国柏林国际电影节最高奖项金熊奖，电影《暖》改编自《白狗秋千架》，获得东京国际电影节金麒麟奖以及中国电影金鸡奖。在2012年莫言获得诺贝尔文学奖后，国内外相关学者对其关注度变得更高，主要研究其笔下人物的象征意义、叙事特征，以及加西亚·马尔克斯和福克纳对其文学创作的影响等。但是，多数学者对莫言的研究多基于其“乡土”情怀，即文化寻根于高密东北乡。

山东省高密市位于山东半岛胶东地区，东临青岛市，而莫言的故乡高密市东北乡（以下简称高密东北乡）也是其众多文学作品中的故事发生地。然而，高密东北乡似乎与高密市联系不是太紧密，高密东北乡更像是不受中心束缚的自由区域。在莫言的作品中，高密东北乡呈“点”状，村落分散，高密县政府难以管理，就是在这一片“自由”的土地上呈现了不同的人物、景象。有人就莫言的故乡高密东北乡进行实地考察，发现那里与书中描写的景象大相径庭，真正的高密东北乡没有那么多种类的地貌和动植物等，这些都是莫言在其成长的故乡的基础上虚构出来的。莫言以自己的故乡为原型发展出一系列小说的行为在很大程度上受到福克纳的影响，福克纳基于自己的家乡开创了“约克纳帕塔法世系”，而莫言的“高密东北乡”在很大程度上是福克纳“约克郡”在中国的再现。可以说，“高密东北乡”受到了“约克郡”的启发，但与约克郡不同，莫言在真实的高密东北乡的基础上添加了更多想象的事物，真实的高密东北乡是其文学创作的源泉，而书中的“高密东北乡”则是莫言心中理想的精神天堂。在莫言的笔下，呈点状散布的村庄各具特色，每一个小地方都有其突出的特点，能够自成一派，而一系列的散点的光芒组合在一起则构成了闪耀的“高密东北乡”。如今，随着莫言作品影响力的不断扩大，真实的“高密东北乡”也成了热门景点，很多人为探寻莫言的精神“发源地”而拜访这里。

高密东北乡地处山东，深受齐鲁文化的影响，莫言在其小说中也体现了大量的民俗、民情，同样，他幼年听到的老人们口传的神话故事、奇闻趣事以及参与的乡间活动等也对他日后的文学创作产生了深远的影响。在莫言的作品中，很多人物都有现实“原型”，或者多多少少能找到现实中人物的影子。高密东北乡是其文学创作的源泉，赋予了其作品地方特色，同时，莫言的作品也将“高密东北乡”推向世界，让更多人来膜拜这个激发其文学灵感的圣地。莫言的成长与成就离不开“高密东北乡”。可以说，就像“约克纳帕塔法世系”是福克纳的所属，“湘西”是沈从文的灵感来源一样，莫言的文学世界便是“高密东北乡”。

【原文导读】

1. 福克纳《去吧，摩西》与莫言《红高粱家族》女性人物形象对比

福克纳与莫言都是诺贝尔文学奖获得者，对他们作品的比较研究是学者们研究的重点，主要涉及多角度叙述、意识流、宗教、狂欢化、现代意识等方面。莫言自己坦言受到福克纳很大的影响：“读了福克纳之后，我感到如梦初醒，原来小说可以这样地胡说八道，原来农村里发生的那些鸡毛蒜皮的小事也可以堂而皇之地写成小说。他的约克纳帕塔法县尤其让我明白了，一个作家，不但可以虚构人物，虚构故事，而且可以虚构地理。于是我就把他的书扔到了一边，拿起笔

来写自己的小说了。受他的约克纳帕塔法县的启示，我大着胆子把我的'东北高密乡'写到了稿纸上。他的约克纳帕塔法县是完全的虚构，而我的东北高密乡则是实有其地。"[1]莫言与福克纳都是"乡土作家"，两人对于故乡的情怀很深，他们的作品情节都建立在虚构或写实的故乡背景下。福克纳笔下根据家乡密西西比河小镇虚构的约克纳帕塔法郡虽小，但却生动、形象地将小镇人们的生活、环境等展现在读者面前。莫言作品中的东北高密乡是真实的，是他从小成长起来、见证过很多事、听说过很多传说的地方。在两位中西作家的对比研究中，对作品中女性形象的分析是我们不能忽略的，她们的存在好比故乡"母亲"，对几代人的成长有着不可忽视的影响。福克纳的作品中有不同的女性形象，她们来自不同阶层、不同种族，社会地位不同；莫言展现的女性形象相对福克纳的"多样性"而言，更突出了她们共有的朴实的特点。将两位作家笔下的女性形象进行对比分析，有助于人们更好地了解约克纳帕塔法郡和东北高密乡，从而感受他们的"乡土情怀"。

2.福克纳《去吧，摩西》女性人物形象分析

福克纳的作品《去吧，摩西》采用传统的线性叙事手法[2]，主要围绕艾萨克展开。在这部作品中，女性的声音似乎很少出现，但是描绘女性为数不多的话语却能凸显父系社会对女性的压迫，以及女性卑微的社会地位，尤其是黑人女性，她们不被看作人，而是奴隶，是白人男性的所属商品，可以被其任意处置。该书蕴含生态思想[3]，福克纳虚构的环境是原始森林，麦卡斯林一家生活在附近，"森林"有广袤的特点，象征着"男性"的勇敢，是父权社会的代表，在这样的环境下，女性没有社会地位而言，小说中对女性的描写相对于男性也是较少的。在《话说当年》一章中，艾萨克的母亲索凤西芭刻意追求父亲布克，白人女性谄媚、讨好男性的姿态被生动地刻画了出来，仿佛索凤西芭不去特意恭维布克、耍些小计谋的话就嫁不出去，这体现了美国南方女性对自身认识的不足，她们认为

1 福克纳：《去吧,摩西》，李文俊译，上海译文出版社，2010，第40页。

2 李常磊：《神性与人性的和谐共存：威廉•福克纳与莫言生态伦理思想共性研究》，《济南大学学报》2018年第1期。

3 刘芊芊：《莫言作品的民间化叙述视角》，《中华文化论坛》2017年第8期。

她们是男性的附属品，男性是她们的“主人”，需要她们费心讨好才可以。白人女性尚且如此，黑人女性的悲惨地位可想而知。这在老卡洛瑟斯·麦卡斯林那一代就埋下了祸根，尤妮斯在白人“主人”的安排下嫁给另一黑奴，而山姆·法泽斯的母亲也是黑奴，被印第安酋长父亲随意嫁给了别人，这也源于女性的“商品性”。其中最悲惨的就是黑女奴尤妮斯和托马西娜，在白人男性的肆意践踏下，她们的结局很悲惨。黑人女性是他们的物品，他们掌握着这些妇女的命运。而无论是白人女性、黑人女性还是印第安女性，她们都似乎接受了这样的次属地位，无比顺从，没有丝毫反抗的迹象。例如，尤妮斯忍受不了现实，她的反应是了结自己的生命，而不是去反抗，去争取，去表达自己内心的想法。福克纳笔下的女性大多懦弱，她们逆来顺受，在男性压迫的环境下也依然保留着善良的心。小说的最后一个章节（同书名《去吧，摩西》）主要讲述了人们为莫莉·沃瑟姆·布钱普的外孙塞缪尔·沃瑟姆·布钱普判刑奔波的故事。除了史蒂文斯之外，与莫莉一同长大的好姐妹沃瑟姆也为此事操劳，怕莫莉受伤，与史蒂文斯一起为莫莉忙前忙后。“再没有什么办法了？莫莉和汉普的双亲过去属于我的祖父。莫莉和我是同一个月出生的。我们就像亲姐妹那样一起长大。”[1]在同伴的困难面前，她选择尽己所能帮助别人，而不是冷漠地置身事外。“我方才在想的倒不是他。我想的是莫莉。绝对不能让她知道。”[2]怕莫莉知道她长女的独子被判处死刑会受不了，沃瑟姆与史蒂文斯商议如何能够将事情隐瞒。还有一处细节，是对史蒂文斯的内心活动的描写：“她是在这样热的天气里徒步走到城里来的，除非是汉普用贩卖鸡蛋和蔬菜的轻便马车把她捎过来的。”[3]为了姐妹，沃瑟姆不辞辛苦，事事考虑得面面俱到，她的善良并没有因为外界对女性的打压而泯灭。

3. 莫言《红高粱家族》女性人物形象分析

与福克纳不同的是，莫言笔下的故事背景发生在他成长的地方，是真实的东北高密乡，而故事中的人物也基本上有迹可循，多出自民间传说[4]，都有其童年时

1 莫言：《小说的气味》，春风文艺出版社，2003，第332页。
2 同上书，第333页。
3 同上。
4 翁蜜娟：《福克纳的<去吧，摩西>等文学作品中的生态观解读》，《安阳师范学院学报》2019年第1期。

期接触过、听说过的人物的影子，所以莫言的小说人物也更加真实、具体。与约克纳帕塔法郡附近广袤的原始森林不同，东北高密乡的自然代表物就是高粱——小说中“我爷爷”“我奶奶”的爱情始于高粱地；抗日战争中高粱地是当地人民的保护伞；“我奶奶”经营的酒坊用的原料是高粱。莫言视自然界万物为相互联系的生命体[1]，高粱地好似“母亲”，是高密人民的“源”，为一方百姓提供生活所需，同样也塑造了当地人民敢于拼搏、敢于斗争的品质。《红高粱家族》中“我奶奶”戴凤莲的形象饱满，与福克纳小说中女性普遍的懦弱、顺从形成鲜明对比。首先，“我奶奶”是个敢于与命运抗争的女子，她也有女孩子对于未来生活的向往，她要嫁的是能给她安稳生活的男子，有对爱情的积极追求。[2]在看到父母做主让她嫁的是患有麻风病的单扁郎时，她没有像大多数传统妇女那样得过且过，遵从父母之命，而是用一把剪刀保护自己，捍卫了女性掌握自己命运、追求自己所爱的权利，她冲破传统礼教，不畏他人的眼光，与“我爷爷”产生美好的爱情。面对不顾女儿幸福、只追求财富的父母，“我奶奶”奋起反抗，除在他们有困难之时给予必要帮助外，平日则闭门不见。“我奶奶”是高密乡勤劳女性的一个代表，她在守寡后独自撑起了酒坊的生意，照顾下人，将酒坊开得红红火火。这里的女性自立自强，不依靠男性，不做男性的附属品，她们为自己而活，她们的能力则更胜一筹。同时，“我奶奶”身上还具备豪爽的气质。在爱国、不屈服于日本侵略者、有一身傲骨的罗汉大爷惨遭酷刑后，“我奶奶”带头喝了沾有罗汉大爷鲜血的高粱酒，这也表现了她愿像罗汉大爷一样誓死与侵略者抗争到底的决心。“我奶奶”的结局正如她所愿，为了抗日事业牺牲了自己，在与同村妇女为前线战士送粮之时中弹。即使她没有干过太重的活，但她也愿意为了祖国而奋斗，拼尽全力扛起食粮，她是众多高密东北乡爱国奉献的妇女的代表，虽然不能上前线杀敌，但也尽自己所能为祖国的明天奋斗着。莫言笔下的“我奶奶”犹如“新女性”，为了自己而活，而且在追求自己的幸福的同时，肩负家国大义的使命，这与福克纳书中女性逆来顺受的柔弱形象形成强烈对比。

1 吴孙玉笑：《莫言和福克纳作品中的女性主义比较——以〈红高粱〉和〈喧哗与躁动〉为例》，《戏剧之家》2019年第4期。

2 杨红梅：《福克纳与莫言小说中的时间叙事特征》，《文艺评论》2017年第2期。

4. 结语

福克纳的《去吧，摩西》与莫言的《红高粱家族》中的女性形象是截然不同的。两部作品的背景分别基于象征父系社会的约克纳帕塔法郡和高密东北乡，环境影响人物的性格。约克郡附近的原始森林广袤、森严，代表父权社会秩序不容侵犯；而代表高密东北乡的是肥沃的高粱地，它滋养了人们，象征着女性的重要地位。《去吧，摩西》对于女性形象着墨较少，但从福克纳精练的描写中，读者能够感受到美国南方女性地位低下、谄媚讨好男性的现状，尤其是黑人女奴被视为商品，服从白人"主人"的安排，对命运不敢也丝毫没有抗争的念头；莫言在《红高粱家族》中对女性戴凤莲的描写很多，刻画了一个鲜明的女性形象——敢于冲破传统礼教的束缚，追求真爱与幸福生活，独自撑起了酒坊，能力很强，在国家民族存亡问题面前，英勇抗日，不怕牺牲，尽自己的努力为国家的未来奋斗。两位乡土作家所描述的妇女形象形成了强烈对比，新、旧两代女性的形象深深刻在人们心中。

【拓展阅读】

［1］ 李文俊. 福克纳传[M]. 北京:现代出版社,2017.
［2］ 朱向前. 莫言:诺奖的荣幸[M]. 南昌:百花洲文艺出版社,2012.

【原文选摘】

Was[1]

William Faulkner

1

Isaac McCaslin, 'Uncle Ike', past seventy and nearer eighty than he ever corroborated any more, a widower now and uncle to half a county and father to no

1 摘自：Faulkner William, *Go Down, Moses* (New York:A Division of Random House, 1942).

one this was not something participated in or even seen by himself, but by his elder cousin, McCaslin Edmonds, grandson of Isaac's father's sister and so descended by the distaff, yet notwithstanding the inheritor, and in his time the bequestor, of that which some had thought then and some still thought should have been Isaac's, since his was the name in which the title to the land had first been granted from the Indian patent and which some of the descendants of his father's slaves still bore in the land. But Isaac was not one of these: —a widower these twenty years, who in all his life had owned but one object more than he could wear and carry in his pockets and his hands at one time, and this was the narrow iron cot and the stained lean mattress which he used camping in the woods for deer and bear or for fishing or simply because he loved the woods; who owned no property and never desired to since the earth was no man's but all men's, as light and air and weather were; who lived still in the cheap frame bungalow in Jefferson which his wife's father gave them on their marriage and which his wife had willed to him at her death and which he had pretended to accept, acquiesce to, to humor her, ease her going but which was not his, will or not, chancery dying wishes mortmain possession or whatever, himself merely holding it for his wife's sister and her children who had lived in it with him since his wife's death, holding himself welcome to live in one room of it as he had during his wife's time or she during her time or the sister-in-law and her children during the rest of his and after not something he had participated in or even remembered except from the hearing, the listening, come to him through and from his cousin McCaslin born in 1850 and sixteen years his senior and hence, his own father being near seventy when Isaac, an only child, was born, rather his brother than cousin and rather his father than either, out of the old time, the old days.

2

When he and Uncle Buck ran back to the house from discovering that Tomey's Turl had run again, they heard Uncle Buddy cursing and bellowing in the kitchen, then the fox and the dogs came out of the kitchen and crossed the hall into the dogs' room and they heard them run through the dogs' room into his and Uncle Buck's room then they saw them cross the hall again into Uncle Buddy's room and heard them run through Uncle Buddy's room into the kitchen again and this time it sounded like the whole kitchen chimney had come down and Uncle Buddy bellowing like a steamboat blowing and this time the fox and the dogs and five or six sticks of firewood all came out of the kitchen together with Uncle Buddy in the middle of them hitting at everything in sight with another stick. It was a good race.

When he and Uncle Buck ran into their room to get Uncle Buck's necktie, the fox had treed behind the clock on the mantel. Uncle Buck got the necktie from the drawer and kicked the dogs off and lifted the fox down by the scruff of the neck and shoved it back into the crate under the bed and they went to the kitchen, where Uncle Buddy was picking the breakfast up out of the ashes and wiping it off with his apron. "What in damn's hell do you mean," he said, "turning that damn fox out with the dogs all loose in the house?"

"Damn the fox," Uncle Buck said. "Tomey's Turl has broke out again. Give me and Cass some breakfast quick. We might just barely catch him before he gets there."

Because they knew exactly where Tomey's Turl had gone, he went there every time he could slip off, which was about twice a year. He was heading for Mr. Hubert Beauchamp's place just over the edge of the next county, that Mr. Hubert's sister, Miss Sophonsiba (Mr. Hubert was a bachelor too, like Uncle Buck and Uncle Buddy) was still trying to make people call Warwick after the place in England that she said Mr. Hubert was probably the true earl of only he never even had enough pride, not to mention energy, to take the trouble to establish his just rights. Tomey's Turl would go there to hang around Mr. Hubert's girl, Tennie, until somebody came and got him. They couldn't keep him at home by buying Tennie from Mr. Hubert because Uncle Buck said he and Uncle Buddy had so many niggers already that they could hardly walk around on their own land for them, and they couldn't sell Tomey's

Turl to Mr. Hubert because Mr. Hubert said he not only wouldn't buy Tomey's Turl, he wouldn't have that damn white half- McCaslin on his place even as a free gift, not even if Uncle Buck and Uncle Buddy were to pay board and keep for him. And if somebody didn't go and get Tomey's Turl right away, Mr. Hubert would fetch him back himself, bringing Miss Sophonsiba, and they would stay for a week or longer, Miss Sophonsiba living in Uncle Buddy's room and Uncle Buddy moved clean out of the house, sleeping in one of the cabins in the quarters where the niggers used to live in his great-grandfather's time until his great-grandfather died and Uncle Buck and Uncle Buddy moved all the niggers into the big house which his great-grandfather had not had time to finish, and not even doing the cooking while they were there and not even coming to the house any more except to sit on the front gallery after supper, sitting in the darkness between Mr. Hubert and Uncle Buck until after a while even Mr. Hubert would give up telling how many more head of niggers and acres of land he would add to what he would give Miss Sophonsiba when she married, and go to bed. And one midnight last summer Uncle Buddy just happened by accident to be awake and hear Mr. Hubert drive out of the lot and by the time he waked them and they got Miss Sophonsiba up and dressed and the team put to the wagon and caught Mr. Hubert, it was almost daylight. So it was always he and Uncle Buck who went to fetch Tomey's Turl because Uncle Buddy never went anywhere, not even to town and not even to fetch Tomey's Turl from Mr. Hubert's, even though they all knew that Uncle Buddy could have risked it ten times as much as Uncle Buck could have dared.

They ate breakfast fast. Uncle Buck put on his necktie while they were running toward the lot to catch the horses. The only time he wore the necktie was on Tomey's Turl's account and he hadn't even had it out of the drawer since that night last summer when Uncle Buddy had waked them in the dark and said, "Get up out of that bed and damn quick. "Uncle Buddy didn't own a necktie at all; Uncle Buck said Uncle Buddy wouldn't take that chance even in a section like theirs, where ladies were so damn seldom thank God that a man could ride for days in a straight line without having to dodge a single one. His grandmother (she was Uncle Buck's and Uncle Buddy's sister; she had raised him following his mother's death. That was where he had got his christian name: McCaslin, Carothers McCaslin Edmonds) said that Uncle Buck and Uncle Buddy both used the necktie just as another way of daring people to say they looked like twins, because even at sixty they would still fight anyone who claimed he could not tell them apart; whereupon his father had answered that any man who ever played poker once with Uncle Buddy would never mistake him again for Uncle Buck or anybody else.

Jonas had the two horses saddled and waiting. Uncle Buck didn't mount a horse like he was any sixty years old either, lean and active as a cat, with his round, close-cropped white head and his hard little gray eyes and his white-stubbled jaw, his foot in the iron and the horse already moving, already running at the open gate when Uncle Buck came into the seat. He scrabbled up too, onto the shorter pony, before Jonas could boost him up, clapping the pony with his heels into its own stiff, short-coupled canter, out the gate after Uncle Buck, when Uncle Buddy (he hadn't even noticed him) stepped out from the gate and caught the bit. "Watch him," Uncle Buddy said. "Watch Theophilus. The minute anything begins to look wrong, you ride to hell back here and get me. You hear?"

"Yes, sir," he said. "Lemme go now. I wont even ketch Uncle Buck, let alone Tomey's Turl..."

Uncle Buck was riding Black John, because if they could just catch sight of Tomey's Turl at least one mile from Mr. Hubert's gate, Black John would ride him down in two minutes. So when they came out on the long flat about three miles from Mr. Hubert's, sure enough, there was Tomey's Turl on the Jake mule about a mile ahead. Uncle Buck flung his arm out and back, reining in, crouched on the big horse, his little round head and his gnarled neck thrust forward like a cooter's. "Stole away!" he whispered. "You stay back where he wont see you and flush. I'll circle him through the woods and we will bay him at the creek ford."

He waited until Uncle Buck had vanished into the woods. Then he went on. But Tomey's Turl saw him. He closed in too fast; maybe he was afraid he wouldn't be there in time to see him when he treed. It was the best race he had ever seen. He had never seen old Jake go that fast, and nobody had ever known Tomey's Turl to go faster than his natural walk, even riding a mule. Uncle Buck whooped once from the woods, running on sight, then Black John came out of the trees, driving, soupled out flat and level as a hawk, with Uncle Buck right up behind his ears now and yelling so that they looked exactly like a big black hawk with a sparrow riding it, across the field and over the ditch and across the next field, and he was running too; the mare went out before he even knew she was ready, and he was yelling too. Because, being a nigger, Tomey's Turl should have jumped down and run for it afoot as soon as he saw them. But he didn't; maybe Tomey's Turl had been running off from Uncle Buck for so long that he had even got used to running away like a white man would do it. And it was like he and old Jake had added Tomey's Turl's natural walking speed to the best that old Jake had ever done in his life, and it was just exactly enough to beat Uncle Buck to the ford. Because when he and the pony arrived, Black John was blown and lathered and Uncle Buck was down, leading him around in a circle to slow him down, and they could already hear Mr. Hubert's dinner horn a mile away.

Only, for a while Tomey's Turl didn't seem to be at Mr. Hubert's either. The boy was still sitting on the gatepost, blowing the horn—there was no gate there; just two posts and a nigger boy about his size sitting on one of them, blowing a fox-horn; this was what Miss Sophonsiba was still reminding people was named Warwick even when they had already known for a long time that's what she aimed to have it called, until when they wouldn't call it Warwick she wouldn't even seem to know what they were talking about and it would sound as if she and Mr. Hubert owned two separate plantations covering the same area of ground, one on top of the other. Mr. Hubert was sitting in the spring-house with his boots off and his feet in the water, drinking a toddy. But nobody there had seen Tomey's Turl; for a time it looked like Mr. Hubert couldn't even place who Uncle Buck was talking about. "Oh, that nigger," he said at last. "We'll find him after dinner."

Only it didn't seem as if they were going to eat either. Mr. Hubert and Uncle Buck had a toddy, then Mr. Hubert finally sent to tell the boy on the gate post he could quit blowing, and he and Uncle Buck had another toddy and Uncle Buck still saying, "I just want my nigger. Then we got to get on back toward home."

"After dinner," Mr. Hubert said. "If we don't start him somewhere around the kitchen, we'll put the dogs on him. They'll find him if it's in the power of mortal Walker dogs to do it."

But at last a hand began waving a handkerchief or something white through the broken place in an upstairs shutter. They went to the house, crossing the back gallery, Mr. Hubert warning them again, as he always did, to watch out for the rotted floor-board he hadn't got around to having fixed yet. Then they stood in the hall, until presently there was a jangling and swishing noise and they began to smell the perfume, and Miss Sophonsiba came down the stairs. Her hair was roached under a lace cap; she had onher Sunday dress and beads and a red ribbon around her throat and a little nigger girl carrying her fan and he stood quietly a little behind Uncle Buck, watching her lips until they opened and he could see the roan tooth. He had never known anyone before with a roan tooth and he remembered how one time his grandmother and his father were talking about Uncle Buddy and Uncle Buck and his grandmother said that Miss Sophonsiba had matured into a fine-looking woman once. Maybe she had. He didn't know. He wasn't but nine.

"Why, Mister Theophilus," she said. "And McCaslin," she said. She had never looked at him and she wasn't talking to him and he knew it, although he was prepared and balanced to drag his foot when Uncle Buck did. "Welcome to Warwick."

He and Uncle Buck dragged their foot. "I just come to get my nigger," Uncle Buck said. "Then we got to get on back home."

Then Miss Sophonsiba said something about a bumble-bee, but he couldn't remember that. It was too fast and there was too much of it, the earrings and beads clashing and jingling like little trace chains on a toy mule trotting and the perfume stronger too, like the earrings and beads sprayed it out each time they moved and he watched the roan-colored tooth flick and glint between her lips; something about Uncle Buck was a bee sipping from flower to flower and not staying long anywhere and all that stored sweetness to be wasted on Uncle Buddy's desert air, calling Uncle Buddy Mister Amodeus like she called Uncle Buck Mister Theophilus, or maybe the honey was being stored up against the advent of a queen and who was the lucky queen and when?"Ma'am?"Uncle Buck said. Then Mr. Hubert said:

"Hah. A buck bee. I reckon that nigger's going to think he's a buck hornet, once he lays hands on him. But I reckon what Buck's thinking about sipping right now is some meat gravy and biscuit and a cup of coffee. And so am I. "

They went into the dining room and ate and Miss Sophonsiba said how seriously now neighbors just a half day's ride apart ought not to go so long as Uncle Buck did, and Uncle Buck said Yessum, and Miss Sophonsiba said Uncle Buck was just a confirmed roving bachelor from the cradle born and this time Uncle Buck even quit chewing and looked and said, Yes, ma'am, he sure was, and born too late at it to ever change now but at least he could thank God no lady would ever have to suffer the misery of living with him and Uncle Buddy, and Miss Sophonsiba said ah, that maybe Uncle Buck just aint met the woman yet who would not only accept what Uncle Buck was pleased to call misery, but who would make Uncle Buck consider even his freedom a small price to pay, and Uncle Buck said, "Nome. Not yet. "

Then he and Mr. Hubert and Uncle Buck went out to the front gallery and sat down. Mr. Hubert hadn't even got done taking his shoes off again and inviting Uncle Buck to take his off, when Miss Sophonsiba came out the door carrying a tray with another toddy on it. "Damnit, Sibbey, "Mr. Hubert said. "He's just et. He don't want to drink that now. "But Miss Sophonsiba didn't seem to hear him at all. She stood there, the roan tooth not flicking now but fixed because she wasn't talking now, handing the toddy to Uncle Buck until after a while she said how her papa always said nothing sweetened a Missippi toddy like the hand of a Missippi lady and would Uncle Buck like to see howshe use to sweeten her papa's toddy for him? She lifted the toddy and took a sip of it and handed it again to Uncle Buck and this time Uncle Buck took it. He dragged his foot again and drank the toddy and said if Mr. Hubert was going to lay down, he would lay down a while too, since from the way things looked Tomey's Turl was fixing to give them a long hard race unless Mr. Hubert's dogs were a considerable better than they used to be.

Mr. Hubert and Uncle Buck went into the house. After a while he got up too and went around to the back yard to wait for them. The first thing he saw was Tomey's Turl's head slipping along above the lane fence. But when he cut across the yard to turn him, Tomey's Turl wasn't even running. He was squatting behind a bush, watching the house, peering around the bush at the back door and the upstairs windows, not whispering exactly but not talking loud either: "What they doing now?"

"They're taking a nap now, "he said. "But never mind that; they're going to put the dogs on you when they get up. "

"Hah, "Tomey's Turl said. "And nem you mind that neither. I got protection now. All I needs to do is to keep Old Buck from ketching me unto I gets the word. "

"What word?"he said. "Word from who? Is Mr. Hubert going to buy you from Uncle Buck?"

"Huh, "Tomey's Turl said again. "I got more protection than whut Mr. Hubert got even. "He rose to his feet. "I gonter tell you something to remember: anytime you wants to git something done, from hoeing out a crop to getting married, just get the womenfolks to working at it. Then all you needs to do is set down and wait. You member that. "

Then Tomey's Turl was gone. And after a while he went back to the house. But there wasn't anything but the snoring coming out of the room where Uncle Buck and Mr. Hubert were, and some more light-sounding snoring coming from upstairs. He went to the spring-house and sat with his feet in the water as Mr. Hubert had been doing, because soon now it would be cool enough for a race. And sure enough, after a while Mr. Hubert and Uncle Buck came out onto the back gallery, with Miss Sophonsiba right behind them with the toddy tray only this time Uncle Buck drank his before Miss Sophonsiba had time to sweeten it, and Miss Sophonsiba told them to get back early, that all Uncle Buck knew of Warwick was just dogs and niggers and now that she had him, she wanted to show him her garden that Mr. Hubert and nobody else had any sayso in. "Yessum, "Uncle Buck said. "I just want to catch my nigger. Then we got to get on back home. "

Four or five niggers brought up the three horses. They could already hear the dogs waiting still coupled in the lane, and they mounted and went on down the lane, toward the quarters, with Uncle Buck already out in front of even the dogs. So he never did know just when and where they jumped Tomey's Turl, whether he flushed out of one of the cabins or not. Uncle Buck was away out in front on Black John and they hadn't even cast the dogs yet when Uncle Buck roared, "Gone away! I godfrey, he broke cover then!"and Black John's feet clapped four times like pistol shots while he was gathering to go out, then he and Uncle Buck vanished over the hill like they had run at the blank edge of the world itself. Mr. Hubert was roaring too: "Gone away! Cast them!"and they all piled over the crest of the hill just in time to see Tomey's Turl away out across the flat, almost to the woods, and the dogs streaking down the hill and out onto the flat. They just tongued once and when they came boiling up around Tomey's Turl it looked like they were trying to jump up and lick him in the face until even Tomey's Turl slowed down and he and the dogs all went into the woods together, walking, like they were going home from a rabbit hunt. And when they caught up with Uncle Buck in the woods, there was no Tomey's Turl and no dogs either, nothing but old Jake about a half an hour later, hitched in a clump of bushes with Tomey's Turl's coat tied on him for a saddle and near a half bushel of Mr. Hubert's oats scattered around on the ground that old Jake never even had enough appetite left to nuzzle up and spit back out again. It wasn't any race at all.

"We'll get him tonight though," Mr. Hubert said. "We'll bait for him. We'll throw a picquet of niggers and dogs around Tennie's house about midnight, and we'll get him."

"Tonight, hell," Uncle Buck said. "Me and Cass and that nigger all three are going to be half way home by dark. Aint one of your niggers got a fyce or something that will trail them hounds?"

"And fool around here in the woods for half the night too?" Mr. Hubert said. "When I'll bet you five hundred dollars that all you got to do to catch that nigger is to walk up to Tennie's cabin after dark and call him?"

"Five hundred dollars?" Uncle Buck said. "Done! Because me and him neither one are going to be anywhere near Tennie's house by dark. Five hundred dollars!" He and Mr. Hubert glared at one another.

"Done!" Mr. Hubert said.

So they waited while Mr. Hubert sent one of the niggers back to the house on old Jake and in about a half an hour the nigger came back with a little bob-tailed black fyce and a new bottle of whisky. Then he rode up to Uncle Buck and held something out to him wrapped in a piece of paper. "What?" Uncle Buck said.

"It's for you," the nigger said. Then Uncle Buck took it and unwrapped it. It was the piece of red ribbon that had been on Miss Sophonsiba's neck and Uncle Buck sat there on Black John, holding the ribbon like it was a little water moccasin only he wasn't going to let anybody see he was afraid of it, batting his eyes fast at the nigger. Then he stopped batting his eyes.

"What for?" he said.

"She just sont hit to you," the nigger said. "She say to tell you 'success'."

"She said what?" Uncle Buck said.

"I don't know, sir," the nigger said. "She just say 'success'."

"Oh," Uncle Buck said. And the fyce found the hounds. They heard them first, from a considerable distance. It was just before sundown and they were not trailing, they were making the noise dogs make when they want to get out of something. They found what that was too. It was a ten-foot-square cotton-house in a field about two miles from Mr. Hubert's house and all eleven of the dogs were inside it and the door wedged with a chunk of wood. They watched the dogs come boiling out when the nigger opened the door, Mr. Hubert sitting his horse and looking at the back of Uncle Buck's neck.

"Well, well, "Mr. Hubert said. "That's something, anyway. You can use them again now. They don't seem to have no more trouble with your nigger than he seems to have with them. "

"Not enough, "Uncle Buck said. "That means both of them. I'll stick to the fyce. "

"All right, "Mr. Hubert said. Then he said, "Hell, Filus, come on. Let's go eat supper. I tell you, all you got to do to catch that nigger is..."

"Five hundred dollars, "Uncle Buck said.

"What?" Mr. Hubert said. He and Uncle Buck looked at each other. They were not glaring now. They were not joking each other either. They sat there in the beginning of twilight, looking at each other, just blinking a little. "What five hundred dollars?" Mr. Hubert said. "That you wont catch that nigger in Tennie's cabin at midnight tonight?"

"That me or that nigger neither aint going to be nowhere near nobody's house but mine at midnight tonight. "Now they did glare at each other.

"Five hundred dollars, "Mr. Hubert said. "Done. "

"Done, "Uncle Buck said.

"Done, "Mr. Hubert said.

"Done, "Uncle Buck said.

So Mr. Hubert took the dogs and some of the niggers and went back to the house. Then he and Uncle Buck and the nigger with the fyce went on, the nigger leading old Jake with one hand and holding the fyce's leash (it was a piece of gnawed plowline) with the other. Now Uncle Buck let the fyce smell Tomey's Turl's coat; it was like for the first time now the fyce found out what they were after and they would have let him off the leash and kept up with him on the horses, only about that time the nigger boy began blowing the fox-horn for supper at the house and they didn't dare risk it.

Then it was full dark. And then—he didn't know how much later nor where they were, how far from the house, except that it was a good piece and it had been dark for good while and they were still going on, with Uncle Buck leaning down from time to time to let the fyce have another smell of Tomey's Turl's coat while Uncle Buck took another drink from the whisky bottle—they found that Tomey's Turl had doubled and was making a long swing back toward the house. "I godfrey, we've got him, "Uncle Buck said. "He's going to earth. We'll cut back to the house and head him before he can den. "So they left the nigger to cast the fyce and follow him on old Jake, and he and Uncle Buck rode for Mr. Hubert's, stopping on the hills to blow the horses and listen to the fyce down in the creek bottom where Tomey's Turl was still making his swing.

But they never caught him. They reached the dark quarters; they could see lights still burning in Mr. Hubert's house and somebody was blowing the fox-horn again and it wasn't any boy and he had never heard a fox-horn sound mad before either, and he and Uncle Buck scattered out on the slope below Tennie's cabin. Then they heard the fyce, not trailing now but yapping, about a mile away, then the nigger whooped and they knew the fyce had faulted. It was at the creek. They hunted the banks both ways for more than an hour, but they couldn't straighten Tomey's Turl out. At last even Uncle Buck gave up and they started back toward the house, the fyce riding too now, in front of the nigger on the mule. They were just coming up the lane to the quarters; they could see on along the ridge to where Mr. Hubert's house was all dark now, when all of a sudden the fyce gave a yelp and jumped down from old Jake and hit the ground running and yelling every jump, and Uncle Buck was down too and had snatched him oſ the pony almost before he could clear his feet from the irons, and they ran too, on past the dark cabins toward the one where the fyce had treed. "We got him!"Uncle Buck said. "Run around to the back. Dont holler; just grab up a stick and knock on the back door, loud."

Afterward, Uncle Buck admitted that it was his own mistake, that he had forgotten when even a little child should have known: not ever to stand right in front of or right behind a nigger when you scare him; but always to stand to one side of him. Uncle Buck forgot that. He was standing facing the front door and right in front of it, with the fyce right in front of him yelling fire and murder every time it could draw a new breath; he said the first he knew was when the fyce gave a shriek and whirled and Tomey's Turl was right behind it. Uncle Buck said he never even saw the door open; that the fyce just screamed once and ran between his legs and then Tomey's Turl ran right clean over him. He never even bobbled; he knocked Uncle Buck down and then caught him before he fell without even stopping, snatched him up under one arm, still running, and carried him along for about ten feet, saying, "Look out of here, old Buck. Look out of here, old Buck," before he threw him away and went on. By that time they couldn't even hear the fyce any more at all.

Uncle Buck wasn't hurt; it was only the wind knocked out of him where Tomey's Turl had thrown him down on his back. But he had been carrying the whisky bottle in his back pocket, saving the last drink until Tomey's Turl was captured, and he refused to move until he knew for certain if it was just whisky and not blood. So Uncle Buck laid over on his side easy, and he knelt behind him and raked the broken glass out of his pocket. Then they went on to the house. They walked. The nigger came up with the horses, but nobody said anything to Uncle Buck about riding again. They couldn't hear the fyce at all now. "He was going fast, all right," Uncle Buck said. "But I don't believe that even he will catch that fyce, I godfrey, what a night."

"We'll catch him tomorrow," he said.

"Tomorrow, hell," Uncle Buck said. "We'll be at home tomorrow. And the first time Hubert Beauchamp or that nigger either one set foot on my land, I'm going to have them arrested for trespass and vagrancy."

The house was dark. They could hear Mr. Hubert snoring good now, as if he had settled down to road-gaiting at it. But they couldn't hear anything from upstairs, even when they were inside the dark hall, at the foot of the stairs. "Likely hers will be at the back," Uncle Buck said. "Where she can holler down to the kitchen without having to get up. Besides, an unmarried lady will sholy have her door locked with strangers in the house." So Uncle Buck eased himself down onto the bottom step, and he knelt and drew Uncle Buck's boots off. Then he removed his own and set them against the wall, and he and Uncle Buck mounted the stairs, feeling their way up and into the upper hall. It was dark too, and still there was no sound anywhere except Mr. Hubert snoring below, so they felt their way along the hall toward the front of the house, until they felt a door. They could hear nothing beyond the door, and when Uncle Buck tried the knob, it opened. "All right," Uncle Buck whispered. "Be quiet." They could see a little now, enough to see the shape of the bed and the mosquito-bar. Uncle Buck threw down his suspenders and unbuttoned his trousers and went to the bed and eased himself carefully down onto the edge of it, and he knelt again and drew Uncle Buck's trousers oʃ and he was just removing his own when Uncle Buck lifted the mosquito-bar and raised his feet and rolled into the bed. That was when Miss Sophonsiba sat up on the other side of Uncle Buck and gave the first scream.

红高粱家族[1]

莫　言

红高粱1

一九三九年古历八月初九，我父亲这个土匪种十四岁多一点。他跟着后来名满天下的传奇英雄余占鳌司令的队伍去胶平公路伏击日本人的汽车队。奶奶披着夹袄，送他们到村头。余司令说："立住吧。"奶奶就立住了。奶奶对我父亲说："豆官，听你干爹的话。"父亲没吱声，他看着奶奶高大的身躯，嗅着奶奶

1　摘自：莫言：《红高粱家族》，浙江文艺出版社，2017。

的夹袄里散出的热烘烘的香味，突然感到凉气逼人，他打了一个战，肚子咕噜噜响一阵。余司令拍了一下父亲的头，说："走，干儿。"

天地混沌，景物影影绰绰，队伍的杂沓脚步声已响出很远。父亲眼前挂着蓝白色的雾幔，挡住他的视线，只闻队伍脚步声，不见队伍形和影。父亲紧紧扯住余司令的衣角，双腿快速挪动。奶奶像岸愈离愈远，雾像海水愈近愈汹涌，父亲抓住余司令，就像抓住一条船舷。

父亲就这样奔向了耸立在故乡通红的高粱地里属于他的那块无字的青石墓碑。他的坟头上已经枯草瑟瑟，曾经有一个光屁股的男孩牵着一只雪白的山羊来到这里，山羊不紧不忙地啃着坟头上的草，男孩子站在墓碑上，怒气冲冲地撒上一泡尿，然后放声高唱：高粱红了——日本来了——同胞们准备好——开始开炮——

有人说这个放羊的男孩就是我，我不知道是不是我。我曾经对高密东北乡极端热爱，曾经对高密东北乡极端仇恨，长大后努力学习马克思主义，我终于悟到：高密东北乡无疑是地球上最美丽最丑陋、最超脱最世俗、最圣洁最龌龊、最英雄好汉、最王八蛋、最能喝酒最能爱的地方。生存在这块土地上的我的父老乡亲们，喜食高粱，每年都大量种植。八月深秋，无边无际的高粱红成洸洋的血海。高粱高密辉煌，高粱凄婉可人，高粱爱情激荡。秋风苍凉，阳光很旺，瓦蓝的天上游荡着一朵朵丰满的白云，高粱上滑动着一朵朵丰满的白云的紫红色影子。一队队暗红色的人在高粱棵子里穿梭拉网，几十年如一日。他们杀人越货，精忠报国，他们演出过一幕幕英勇悲壮的舞剧，使我们这些活着的不肖子孙相形见绌，在进步的同时，我真切感到种的退化。

出村之后，队伍在一条狭窄的土路上行进，人的脚步声中夹杂着路边碎草的窸窣声响。雾奇浓，活泼多变。我父亲的脸上，无数密集的小水点凝成大颗粒的水珠，他的一撮头发，粘在头皮上，从路两边高粱地里飘来的幽淡的薄荷气息和成熟高粱苦涩微甘的气味，我父亲早已闻惯，不新不奇。在这次雾中行军里，我父亲闻到了那种新奇的、黄红相间的腥甜气息。那味道从薄荷和高粱的味道中隐隐约约地透过来，唤起父亲心灵深处一种非常遥远的回忆。

七天之后，八月十五日，中秋节。一轮明月冉冉升起，遍地高粱肃然默立，高粱穗子浸在月光里，像蘸过水银，汩汩生辉。我父亲在剪破的月影下，闻到了比现在强烈无数倍的腥甜气息。那时候，余司令牵着他的手在高粱地里行走，三百多个乡亲叠股枕臂、陈尸狼藉，流出的鲜血灌溉了一大片高粱，把高粱下的黑土浸泡成稀泥，使他们拔脚迟缓。腥甜的气味令人窒息，一群前来吃人肉的狗，坐在高粱地里，目光炯炯地盯着父亲和余司令。余司令掏出自来得手枪，甩手一响，两只狗眼灭了；又一甩手，灭了两只狗眼。群狗一哄而散，坐得远远的，呜呜地咆哮着，贪婪地望着死尸。腥甜味愈加强烈，余司令大喊一声："日本狗！狗娘养的日本！"他对着那群狗打完了所有的子弹，狗跑得无影无踪。余司令对我父亲说："走吧，儿子！"一老一小，便迎着月光，向高粱深处走去。那股弥漫田野的腥甜味浸透了我父亲的灵魂，在以后更加激烈更加残忍的岁月里，这股腥甜味一直伴随着他。

高粱的茎叶在雾中滋滋乱叫，雾中缓慢地流淌着在这块低洼平原上穿行的墨河水明亮的喧哗，一阵强一阵弱，一阵远一阵近。赶上队伍了，父亲的身前身后响着踢踢踏踏的脚步声和粗重的呼吸。不知谁的枪托撞到另一个谁的枪托上了。不知谁的脚踩破了一个死人的骷髅什么的。父亲前边那个人吭吭地咳嗽起来，这个人的咳嗽声非常熟悉。父亲听着他咳嗽就想起他那两扇一激动就充血的大耳朵。透明单薄布满细血管的大耳朵是王文义头上引人注目的器官。他个子很小，一颗大头缩在耸起的双肩中。父亲努力看去，目光刺破浓雾，看到了王文义那颗一边咳一边颠动的大头。父亲想起王文义在演练场上挨打时，那颗大头颠成那般可怜模样。那时他刚参加余司令的队伍，任副官在演练场上对他也对其他队员喊：向右转——，王文义欢欢喜喜地跺着脚，不知转到哪里去了。任副官在他腚上打了一鞭子，他嘴咧开叫一声：孩子他娘！脸上表情不知是哭还是笑。围在短墙外看光景的孩子们都哈哈大笑。

余司令飞去一脚，踢到王文义的屁股上。

"咳什么？"

"司令……"王文义忍着咳嗽说："嗓子眼儿发痒……"

"痒也别咳！暴露了目标我要你的脑袋！"

"是，司令。"王文义答应着，又有一阵咳嗽冲口而出。

父亲觉出余司令前跨了一大步，只手揿住了王文义的后颈皮。王文义口里咝咝地响着，随即不咳了。

父亲觉得余司令的手从王文义的后颈皮上松开了，父亲还觉得王文义的脖子上留下两个熟葡萄一样的紫手印，王文义幽蓝色的惊惧不安的眼睛里，飞迸出几点感激与委屈。

很快，队伍钻进了高粱地。我父亲本能地感觉到队伍是向着东南方向开进的。适才走过的这段土路是由村庄直接通向墨水河边的唯一的道路。这条狭窄的土路在白天颜色青白，路原是由乌油油的黑土筑成，但久经践踏，黑色都沉淀到底层，路上叠印过多少牛羊的花瓣蹄印和骡马毛驴的半圆蹄印，马骡驴粪像干萎的苹果，牛粪像虫蛀过的薄饼，羊粪稀拉拉像震落的黑豆。父亲常走这条路，后来他在日本炭窑中苦熬岁月时，眼前常常闪过这条路。父亲不知道我的奶奶在这条土路上主演过多少风流悲喜剧，我知道。父亲也不知道在高粱阴影遮掩着的黑土上，曾经躺过奶奶洁白如玉的光滑肉体，我也知道。

拐进高粱地后，雾更显凝滞，质量加大，流动感少，在人的身体与人负载的物体碰撞高粱秸秆后，随着高粱嚓嚓啦啦的幽怨鸣声，一大滴一大滴的沉重水珠扑簌簌落下。水珠冰凉清爽，味道鲜美，我父亲仰脸时，一滴大水珠准确地打进他的嘴里。父亲看到舒缓的雾团里，晃动着高粱沉甸甸的头颅。高粱沾满了露水的柔韧叶片，锯着父亲的衣衫和面颊。高粱晃动激起的小风在父亲头顶上短促出击，墨水河的流水声愈来愈响。

父亲在墨水河里玩过水，他的水性好像是天生的，奶奶说他见了水比见了亲娘还急。父亲五岁时，就像小鸭子一样潜水，粉红的屁眼朝着天，双脚高举。父亲知道，墨水河底的淤泥乌黑发亮，柔软得像油脂一样。河边潮湿的滩涂上，丛生着灰绿色的芦苇和鹅绿色车前草，还有贴地爬生的野葛蔓，支支直立的接骨草。滩涂的淤泥上，印满螃蟹纤细的爪迹。秋风起，天气凉，一群群大雁往南飞，一会儿排成个“一”字，一会儿排成个“人”字，等等。高粱红了，成群结队的、马蹄大小的螃蟹都在夜间爬上河滩，到草丛中觅食。螃蟹喜食新鲜牛屎和腐烂的动物的尸体。父亲听着河声，想着从前的秋天夜晚，跟着我家的老伙计刘罗汉大爷去河边捉螃蟹的情景。夜色灰葡萄，金风串河道，宝蓝色的天空深邃无边，绿色的星辰格外明亮。北斗勺子星——北斗主死，南斗簸箕星——南斗司生，八角玻璃井——缺了一块砖，焦灼的牛郎要上吊，忧愁的织女要跳河……都在头上悬着。刘罗汉大爷在我家工作了几十年，负责着我家烧酒作坊的全面工作，父亲跟着罗汉大爷脚前脚后地跑，就像跟着自己的爷爷一样。

父亲被迷雾扰乱的心头亮起了一盏四块玻璃插成的罩子灯，洋油烟子从罩子灯上盖的铁皮、钻眼的铁皮上钻出来。灯光微弱，只能照亮五六米方圆的黑暗。河里的水流到灯影里，黄得像熟透的杏子一样可爱，但可爱一霎霎，就流过去了，黑暗中的河水倒映着一天星斗。父亲和罗汉大爷披着蓑衣，坐在罩子灯旁，听着河水的低沉呜咽——非常低沉的呜咽。河道两边无穷的高粱地不时响起寻偶狐狸的兴奋鸣叫。螃蟹趋光，正向灯影聚拢。父亲和罗汉大爷静坐着，恭听着天下的窃窃秘语，河底下淤泥的腥味，一股股泛上来。成群结队的螃蟹团团围上来，形成一个躁动不安的圆圈。父亲心里惶惶，跃跃欲起，被罗汉大爷按住了肩头。“别急！”大爷说，“心急喝不得热粘粥。”父亲强压住激动，不动。螃蟹爬到灯光里就停下来，首尾相衔，把地皮都盖住了。一片青色的蟹壳闪亮，一对对圆杆状的眼睛从凹陷的眼窝里打出来。隐在倾斜的脸面下的嘴里，吐出一串一串的五彩泡沫。螃蟹吐着彩沫向人类挑战，父亲身上披着大蓑衣长毛奓起。罗汉大爷说：“抓！”父亲应声弹起，与罗汉大爷抢过去，每人抓住一面早就铺在地上的密眼罗网的两角，把一块螃蟹抬起来，露出了螃蟹下的河滩涂地。父亲和罗汉大爷把网角系起扔在一边，又用同样的迅速和熟练抬起网片。每一网都是那么沉重，不知网住了几百几千只螃蟹。

父亲跟着队伍进了高粱地后，由于心随螃蟹横行斜走，脚与腿不择空隙，撞得高粱棵子东倒西歪。他的手始终紧扯着余司令的衣角，一半是自己行走，一半是余司令牵拉着前进，他竟觉得有些瞌睡上来，脖子僵硬，眼珠子生涩呆板。父亲想，只要跟着罗汉大爷去墨水河，就没有空手回来的道理。父亲吃螃蟹吃腻了，奶奶也吃腻了。食之无味，弃之可惜，罗汉大爷就用快刀把螃蟹斩成碎块，放到豆腐磨里研碎，加盐，装缸，制成蟹酱，成年累月地吃，吃不完就臭，臭了就喂罂粟。我听说奶奶会吸大烟但不上瘾，所以始终面如桃花，神清气爽。用螃蟹喂过的罂粟花朵肥硕壮大，粉、红、白三色交杂，香气扑鼻。故乡的黑土本来就是出奇的肥沃，所以物产丰饶，人种优良，民心高拔健迈，本是我故乡心态。墨水河盛产的白鳝鱼肥得像肉棍一样，从头至尾一根刺。它们呆头呆脑，见钩就吞。父亲想着的罗汉大爷去年就死了，死在胶平公路上。他的尸体被割得零零碎碎，扔得东一块西一块，躯干上的皮被剥了，肉跳，肉蹦，像只蜕皮后的大青蛙。父亲一想起罗汉大爷的尸体，脊梁沟就发凉。父亲又想起大约七八年前的一个晚上，我奶奶喝醉了酒，在我家烧酒作坊的院子里，有一个高粱叶子垛，奶奶倚在草垛上，搂住罗汉大爷的肩，呢呢喃喃地说："大叔……你别走，不看僧面看佛面，不看鱼面看水面，不看我的面子也看豆官的面子上，留下吧，你要我……我也给你……你就像我的爹一样……"父亲记得罗汉大爷把奶奶推到一边，晃晃荡荡走进骡棚，给骡子拌料去了。我家养着两头大黑骡子，开着烧高粱酒的作坊，是村子里的首富。罗汉大爷没走，一直在我家担任业务领导，直到我家那两头大黑骡子被日本人拉到胶平公路修筑工地上去使役为止。

这时，从被父亲他们甩在身后的村子里，传来悠长的毛驴叫声。父亲精神一振，眼睛睁开，然而看到的，依然是半凝固半透明的雾气。高粱挺拔的秆子，排成密集的棚栏，模模糊糊地隐藏在气体的背后，穿过一排又一排，排排无尽头。走进高粱地多久了，父亲已经忘记，他的神思长久地滞留在远处那条喧响着的丰饶河流里，长久地滞留在往事的回忆里，竟不知这样匆匆忙忙拥拥挤挤地在如梦如海的高粱地里蹚进是为了什么。父亲迷失了方位。他在前年有一次迷途高粱地的经验，但最后还是走出来了，是河声给他指引了方向。现在，父亲又谛听着河的启示，很快明白，队伍是向正东偏南开进，对着河的方向开进。方向辨清，父亲也就明白，这是去打伏击，打日本人，要杀人，像杀狗一样。他知道队伍一直往东南走，很快就要走到那条南北贯通，把偌大个低洼平原分成两半，把胶县平度县两座县城连在一起的胶平公路。这条公路，是日本人和他们的走狗用皮鞭和刺刀催逼着老百姓修成的。

高粱的骚动因为人们的疲惫困乏而频繁激烈起来，积露连续落下，淋湿了每个人的头皮和脖颈。王文义咳嗽不断，虽连遭余司令辱骂也不改正。父亲感到公路就要到了，他的眼前昏昏黄黄地晃动着路的影子。不知不觉，连成一体的雾海中竟有些空洞出现，一穗一穗被露水打得精湿的高粱在雾洞里忧悒地注视着我父亲，父亲也虔诚地望着它们。父亲恍然大悟，明白了它们都是活生生的灵物。它们根扎黑土，受日精月华，得雨露滋润，上知天文下知地理。父亲从高粱的颜色上，猜到了太阳已经把被高粱遮挡着的地平线烧成一片可怜的艳红。

忽然发生变故，父亲先是听到耳边一声尖利呼啸，接着听到前边发出什么东西被迸裂的声响。

余司令大声吼叫："谁开枪？小舅子，谁开的枪？"

父亲听到子弹钻破浓雾，穿过高粱叶子高粱秆，一颗高粱头颅落地。一时间众人都屏气息声。那粒子弹一路尖叫着，不知落到哪里去了。芳香的硝烟迷散进雾。王文义惨叫一声："司令——我没有头啦——司令——我没有头啦——"

余司令一愣神，踢了王文义一脚，说："你娘个蛋！没有头还会说话！"

余司令撇下我父亲，到队伍前头去了。王文义还在哀嚎。父亲凑上前去，看清了王文义奇形怪状的脸。他的腮上，有一股深蓝色的东西在流动。父亲伸手摸去，触了一手粘腻发烫的液体。父亲闻到了跟墨水河淤泥差不多、但比墨水河淤泥要新鲜得多的腥气。它压倒了薄荷的幽香，压倒了高粱的甘苦，它唤醒了父亲那越来越迫近的记忆，一线穿珠般地把墨水河淤泥、把高粱下黑土、把永远死不了的过去和永远留不住的现在联系在一起，有时候，万物都会吐出人血的味道。

"大叔，"父亲说，"大叔，你挂彩了。"

"豆官，你是豆官吧，你看看大叔的头还在脖子上长着吗？"

"在，大叔，长得好好的，就是耳朵流血啦。"

福克纳与沈从文

【关键词：沈从文与湘西】

如果从年代上找出一位与福克纳相仿的中国作家，那便是沈从文了。同福克纳、莫言一样，沈从文也有过参军经历，虽然因其去世而没有最终获得诺贝尔文学奖，但也曾两度提名诺贝尔文学奖。沈从文，原名沈岳焕，出生于1902年，逝世于1988年，成长于湖南省湘西凤凰县，是地道的苗族人。沈从文的作品大多是以湘西人民的生活为原型扩展的，他也是“乡土”作家之一，文化寻根于湘西故土。沈从文没有接受过高等教育，但是十分渴望接受知识的洗礼，这可能源于他体内的“文学之魂”，是这种“天赋”促使他在经济困境中依然不断地学习。在5年的军旅生涯结束后，沈从文全身心投入学习之中，并于1924年发表文章，开启其文学创作生涯。沈从文的作品脍炙人口，如《边城》《萧萧》《三三》《长河》《龙朱》《湘西散记》等。《边城》中为爱情而执着的女主人公“翠翠”更是湘西少女的代表，感动了很多人。有人说，沈从文把最好的都给了“翠翠”，把全部的爱都给了“翠翠”，在这个湘西小女孩身上可以找寻到他一生挚爱的妻子张兆和的影子。沈从文将自己的情感赋予湘西大地及生活在湘西大地的淳朴的人们，湘西能给他带来灵魂的寂静，远离城市的嘈杂与喧嚣。沈从文的文学创作之路并不平坦，早期投稿数次被拒，生活贫困交加，有时需要四处赊账，然而这么多的困难依然没有阻挡他前进的脚步。努力的人终有回报，他遇到了他的知音郁达夫和徐志摩，他们欣赏他的作品，鼓励他继续写作，同时帮他联系出版社将文章发表。从此，沈从文的文学之路逐渐开阔起来。后来沈从文又因时代原因，创作道路进一步遭到阻断，被批判为“桃红色”作家，因此备受打击，企图自杀，虽然所幸被抢救，但是一颗“文学创作”的热情之心已不复存在，沈从文转而从事古文物研究。

虽然沈从文的文学之路坎坷，但是他为中国文坛乃至世界文学界留下了瑰宝。他于1987年和1988年两次入围诺贝尔文学奖终审，1988年更是有希望获得诺贝尔文学奖，无奈，沈老先生逝世，没能迎接应属于他的荣誉。沈从文是我国20世纪最伟大的文学家之一，他的作品影响深远，至今仍是学者们研究的对象，研究内容主要集中于湘西文化对其创作的影响，对其笔下女性群体与弱势群体的研究，生态批评研究，与同时代美国作家福克纳的对比研究，等等。此外，同莫言一样，沈老先生的作品也被译为多种语言，而且一些文学作品也经改编拍成了电影，比如电影《边城》获得了中国金鸡百花奖及加拿大蒙特利尔国际电影节评委会荣誉奖。沈从文的作品语言唯美，内容朴实，有着浓厚的湘西地方特色。

在经历了坎坷的人生，见证了城市的喧闹之后，沈从文的重点转向他的故乡——湖南湘西凤凰县，只有故乡才能给予他心灵的透彻与宁静。可以说，“湘西”是他的“文学创作圣地”，那里的人和物朴实无华，透着淳朴的民风。沈从文也可以被归入“乡土作家”一类。同福克纳的“约克纳帕塔法世系”一样，沈从文的多数作品发展于“湘西世界”。同样是以故乡作为作品中故事发生地的背景，但是福克纳的出发点却与沈从文不同。有学者说，沈从文的作品是“神之再现”，而福克纳的却是“神之解体”。[1]沈从文笔下的湘西人物善良、执着、忠贞，如在《边城》中，作者在结尾虽然表示“那个人也许永远不回来了，也许明天回来”，但是对爱情执着的翠翠仍然坚持等待二老的归来，她相信她的真爱会回到她的身边。

沈从文的故乡湘西风景宜人，依山傍水，地理位置较为偏远，交通不发达，与外界联系较少，但也正因如此才保持了最原始、最为淳朴的民风民俗，这里与大城市的繁杂不同，这是沈从文精神上的“自由乐园”。每个地区都有自己独特的文化色彩，相对闭塞的湘西地区继承与发展了“楚巫文化”，楚巫文化兼具神秘与浪漫气息，而沈从文作品中的浪漫与唯美便是受到家乡文化的影响。作品中多展现年轻的湘西女孩冲破传统束缚，大胆追求爱情，哪怕要付出巨大的代价也在所不惜。同时，楚巫文化的神秘也在其作品中有所体现。楚巫文化的宗教信仰是对神的崇敬，在湘西，万物皆有灵，如在其散文《凤凰》中写道：“地方统治者分数种，最上为天神，其次为官，又其次才为村长同执行巫术的神的侍奉者。”在《阿黑小史》中，给阿黑治病的是巫师。此外，湘西楚巫文化还体现在人们的服饰上，当地的人们喜爱银饰，他们认为银色能够象征人的纯洁心灵。沈从文笔下的湘西女性注重银饰，如《边城》对团总女儿的嫁妆描写：“翠翠注视那女孩，发现女孩子手上还带着有一副麻花绞的银手镯，闪着白白的亮光，心中有点儿羡慕。”湘西大地带给了沈从文太多的灵感，其作品中的“神性”与“人性”就是湘西文化最好的体现。反观福克纳，他揭露的是故乡的逐渐衰败，人性的善良的泯灭，与沈从文笔下的故乡形成鲜明对比。

沈从文出生于湘西大地，是地道的苗族儿女，在经历人生的坎坷后，发现故乡才能使他平复心境，故乡是其精神的自由天堂。湘西大地的景色迷人，文

1 魏李梅、李萌羽：《沈从文、福克纳小说的神话——原型阐释》，《齐鲁学刊》2009年第5期。

化透着神秘、浪漫的气息，民风朴实；他笔下的湘西人物大多善良，女性更是美丽、忠贞，为了爱情甘愿等待，甘愿付出。“湘西世界”经过沈从文的“精雕细琢”，成了一道美丽的风景。

【原文导读】

1.福克纳《去吧，摩西》与沈从文《边城》生态视角对比研究

福克纳与沈从文都可以称为“乡土作家”，他们的作品大多以家乡为背景。福克纳的小说基本都建立在其虚构的约克纳帕塔法郡[1]，其作品《去吧，摩西》中的故事主要围绕麦卡斯林家族展开。《去吧，摩西》主要分为7部分，即《话说当年》《灶火与炉床》《大黑傻子》《古老的部族》《熊》《三角洲之秋》和《去吧，摩西》，全书以最后一章《去吧，摩西》命名。在这部著作中，福克纳透过主人公艾萨克的视角使读者了解了原生荒野，种族主义，人们的生存状况，等等，尤其在《熊》中，多次讲述艾萨克一行人到森林中打猎的场景。广袤的森林对于很多人来说就是家园，是自由的天堂，而人们的性格也在不知不觉中，在大自然的熏陶下得以塑造。我国作家沈从文出身湖南湘西小镇，经历沧桑的他只有在家乡才能找到心灵的安静，他以“乡下人”的主体视觉，构造了“湘西世界”。[2]沈从文脍炙人口的小说《边城》中的唯美爱情在风景秀丽的湘西小镇的背景下娓娓道来。渡船祖孙俩与小城里的人在山清水秀的大自然的哺育下形成了淳朴的民风，养成了善良的品质，仿佛大自然的秀美、水的灵动塑造了当地人温柔似水的性格。在《边城》中，生活永远都是那么和谐，那么美好，故事情节也如流水般缓缓进行，丝毫没有波澜起伏之感。而两位乡土作家的作品中对于生态环境的细致描绘也暗含了他们的生态观，即倡导人与自然的和谐，人类最终的心灵归宿是自然，只有自然才能带给人们心灵的宁静，才能真正带给人们“美”的感受。

1 刘伟：《从<喧哗与躁动>浅析威廉·福克纳的南方小说创作》，《文学教育》2019年第2期。

2 张蕴华、任辉、王春荣：《从湘西边城人家到密西西比没落庄园——沈从文和福克纳“乡土文学”创作比较》，《十堰职业技术学院学报》2010年第3期。

2. 自然环境对比

《去吧，摩西》与《边城》都用了较多笔墨在生态环境背景的描写上，但是二者有所不同。福克纳《去吧，摩西》的故事背景是“原始森林”，而沈从文《边城》中的自然主要以“水”为主。自然景物的不同，使得故事情节发展不同，当地民风与人物性格也受此影响。

《去吧，摩西》在《熊》一章中多次出现过“森林”这个词汇，如“孩子甚至都没见过这片未经斧钺的森林”[1]，“这有人类一小口一小口地啃啮原始森林古老的腹侧的最新印记”[2]。类似这些关乎原始森林的描写还有很多，这与福克纳自身的生长环境有关——美国南部密西西比河流域，那里树木众多，植被茂密。“森林”即原始的大自然，给人以广袤、庄严、壮美之感，在森林这种生态环境下，人们的生活都与其息息相关，更加青睐勇猛、豪放的活动。而在福克纳的小说中，森林也展现了人们最原始的生活——打猎获取食物来源，打猎获取自我乐趣。在森林中，有兔子、鹿、浣熊等，而附近的人们的传统就是打猎，狩猎是成长到一定年龄的男孩子们的必修课。在《熊》中，艾萨克10岁就开始跟大人们一起打猎，在森林中学习与成长。除了艾萨克，他的精神导师印第安人与黑人混血山姆·法泽斯也深受森林大环境的影响，成就了一身狩猎本领，同时又对自然、对“对手”老班充满敬意。在《去吧，摩西》中，人们狩猎时都会带着猎狗队，他们每年到访森林的目的不是猎取一定数量的动物，而是拜访“老班”。“在他看来，他们并不是去猎熊和鹿，而是去向那头他们甚至无意猎杀的大熊做一年一度的拜访的。”[3]“老班”就像原始森林生物的守护神，每年都要看看打猎队的情况变化，“阿许和布恩说他来这是要把别的小熊赶走。要他们快快滚开，千万别待在这，直到猎人走掉后再回来。”[4]“老班”是当地人们眼中不可战胜的“谜一样的存在”，人们在喝酒、吃饭时都会不自觉地提起他，在和老班的“对抗”中，人们在成长。在《熊》一章中，描写“老班”的是“他”，而非“它”，这就说明人们已经把“老班”看成平等的人。最后，在猎狗“狮子”的

1　福克纳：《去吧，摩西》，李文俊译，上海译文出版社，2010，第167页。

2　同上书，第168页。

3　同上。

4　同上书，第171页。

帮助下，布恩杀死了“老班”，而与他共同倒下的还有勇猛异常的“狮子”以及崇敬自然的老人山姆，这与前文福克纳对森林的描写交相呼应。代表原始生态的“老班”的倒下暗示了人类现代化进程对原始森林的摧残，“这荒野是注定要灭亡的”[1]。人们对自然生态的破坏导致其自身悲剧的发生，而主人公艾萨克放弃土地、不承认私有化表明了他对“自然生态”的向往，这也暗含了作者呼吁人们保护生态的观念。

与福克纳的广袤“森林”不同，在《边城》中，沈从文笔下的生态自然给人以柔美之感，在远离都市喧嚣的湘西世界[2]，仅是“茶峒”小城的一条小溪、一座白塔、一户人家就构成了生动的画面。史学研究者金介甫认为沈从文笔下的湘西世界更加真实。[3]在湘西文化中，“水”的意象尤为重要，大自然的“水”同样给人们提供了生活所需，水中物产同样丰富，鱼、鸭子等在小说中也有多处体现，如傩送是捉鸭子的好手，他对翠翠说小心被大鱼咬，等等。主任公翠翠爷孙俩每日生活离不开“水”，他们为来往的人们撑渡船，这里，“水”是人们与外界联系的通道，也是祖孙俩与小城中人接触的途径，翠翠通过撑渡船见了形形色色的人，看了许许多多的事。此外，小城上中人们的娱乐活动也离不开水。作者着重描写了端午节赛龙舟的景象，节日的欢庆气氛都跟“水”有关。“茶峒”山城的人重视水，而“水”也是维系他们生活的重要因素。除了“水”之外，在《边城》中，另一个意象“黄狗”也经常出现。与福克纳《去吧，摩西》中英勇善战的“狮子”不同的是，《边城》中的黄狗主要是以陪伴翠翠的伙伴身份出现的。祖父与翠翠进城时基本都会带上黄狗，在他们心中，狗是他们的亲人，当祖父有事不能同翠翠一起进城时，他会让黄狗陪伴翠翠。小说中的黄狗通人性，愿意保护主人，当他认为翠翠受到欺负时，他会冲别人叫，用自己的方式保护主人。《边城》中，人与动物相处同样和谐，给人呈现出一种原生态之美。沈从文刻画的秀美湘西，暗含其对于人与自然和谐相处的美好向往，自然之美才能给人们带来心灵的宁静。

1　福克纳：《去吧，摩西》，李文俊译，上海译文出版社，2010，第167页。

2　李萌羽、温奉桥：《沈从文与福克纳小说中“神”与“上帝”的指涉意义》，《中国比较文学》2009年第3期。

3　孙英馨：《中西比较文学视域下的沈从文研究综述》，《求索》2011年第3期。

3. 人物性格对比

常言道，一方水土养一方人。生态环境对当地人性格的塑造有着至关重要的作用。不同的自然养育的人在品质上也有不同之处。福克纳在《去吧，摩西》中塑造了各色人物，但是从字里行间读者可以体会到作者对主人公艾萨克及其成长导师山姆·法泽斯品质的赞扬。艾萨克与山姆相对于其他人物来说，更是大自然哺育出来的未经人类现代化浸染、侵袭的淳朴之人。首先，他们身上都体现了勇敢、镇定的品质。作为狩猎团队的成员，要想获取熊、鹿这样的猎物，必须做到勇敢。而森林除了提供丰富的物产资源之外，其广袤的空间及茂密的植被也增加了人们活动的难度，这在一定程度上培养了人们的勇敢。艾萨克变为出色的猎手之前需要勇敢地独自闯出去。“山姆曾说：‘要感到惊吓。这你是不可避免的。可是千万不要畏惧。’”[1]尤其是在面对森林的“掌控者”“老班”时，更需要勇敢的品质。此外，艾萨克在山姆的指导下独自走进森林，在迷路的时候也没有慌乱，而是镇定地回忆山姆教他的步骤，借助现代工具走出了森林。森林的环境、森林里的动物练就了人们勇敢、坚毅、不畏艰险的品质。同时，在山姆和艾萨克身上还有崇敬自然的影子，他们代表了福克纳的愿望，即与自然和谐相处。在与老班这个不倒的森林英雄的对峙下，山姆和艾萨克完全有机会战胜老班，但是他们没有这样做，因为老班象征着原始生态的生灵，他们狩猎的目的其实就是会会老班，想证明谁更“技高一筹”，而非致对方于死地。而当老班被布恩杀死后，猎狗“狮子”也倒下了，崇尚自然的山姆也倒下了，后来整个麦卡斯林家族衰亡，福克纳借此表明原始生态的毁灭会影响人类，呼吁人类应当尊重自然，原始生态环境才是人类赖以生存的“根”。

在沈从文的《边城》中，看不到诸如《去吧，摩西》里面勇猛、激烈的场景，全书的故事如水般娓娓道来，没有惊心动魄的情节，读者在细细品味中就能够看完整个故事。“茶峒”小城里的人善良、淳朴，如水一样温柔、和顺。沈从文笔下的少女形象是美丽、善良、忠贞不渝的。[2]比如，翠翠与爷爷平日撑渡

1　福克纳：《去吧，摩西》，李文俊译，上海译文出版社，2010，第179-180页。

2　魏李梅、李萌羽：《沈从文、福克纳小说的神话——原型阐释》，《齐鲁学刊》2009年第5期。

船，有人看爷孙俩辛苦，心里过意不去给他们钱，他们不要。再如，端午节来临之时，翠翠想去城里看赛龙舟，爷爷都会找人帮忙看渡船，将手头的工作委托他人才放心，充满责任感。《边城》中的“水”主要是小溪，缓缓流淌，塑造了当地人民温柔的个性。天保、傩送两兄弟即使都爱上了翠翠，也没有发生争执，而是相互心平气和地把自己内心的想法向对方吐露。与福克纳笔下深受森林环境影响的人们不同，沈从文作品中的人物没有粗犷之气，每个人都是那样娴静，好似在“水”意象的影响下，湘西小城永远没有纷争，永远都是那么和气。小城里民风淳朴，如“水”一般洁净，大家都以友谊为重。翠翠的爷爷到城中购置节日货品，人们乐呵呵地向他问好，同时执意免费赠予他食物，在当地人心中，人情是最可贵的，而翠翠的爷爷也不白拿人家的东西，执意给钱。沈从文笔下的人们永远是乐于助人的，生活在安静、祥和的氛围中。湘西小镇的人们生活节奏缓慢，大家是在真正品味着“日子”，感受着自然带给他们的美好。此外，人与动物也和谐相处，在翠翠和爷爷眼中，黄狗是家人，翠翠看赛龙舟，黄狗不知所踪，待回来时，翠翠与黄狗的对话显示出她对黄狗的爱，而黄狗在任何时候都用自己的方式保护主人，在人与动物的相处中，人变得善良。在沈从文眼中，人与自然环境、与自然中的生物和谐相处就是最美好的愿景，尊重原始自然，方能给人类带来一方宁静、祥和的天地。

4. 结语

福克纳与沈从文两位“乡土作家”对家乡都有很深的情怀，福克纳以密西西比河为原型构造出约克纳帕塔法郡，沈从文则把故事建立在其家乡湘西小镇上。《去吧，摩西》主要讲述的是在原始森林环境中发生的故事，人们在森林中打猎，广袤的森林塑造了人们勇敢、崇敬自然的品质；《边城》的故事背景即为“茶峒”湘西小城，依山傍水，尤其“水”是人们生活所需，同时为人们带来了快乐，水的灵动塑造了当地淳朴的民风，温柔的性格。一方水土养一方人，生态环境对于人们性格品质的影响深远，人与自然、与动植物的关系影响他们日后的发展。两位作家的作品虽然建立在不同的生态环境基础上，但他们的生态观有相似之处，即自然塑造人的性格，人应当尊重自然，与自然和谐相处，这样更有利于人类的生存和发展，原始自然才是人类寻找心灵安宁的所在地。

【拓展阅读】

［1］ 福克纳. 密西西比:福克纳散文随笔精选[M]. 李文俊,译. 广州:花城出版社，2014.
［2］ 沈从文. 湘行散记[M]. 武汉:长江文艺出版社,2015.

【原文选摘】

The Bear[1]

William Faulkner

There was a man and a dog too this time. Two beasts，counting Old Ben，the bear，and two men，counting Boon Hogganbeck，in whom some of the same blood ran which ran in Sam Fathers，even though Boon's was a plebeian strain of it and only Sam and Old Ben and the mongrel Lion were taintless and incorruptible.

He was sixteen. For six years now he had been a man's hunter. For six years now he had heard the best of all talking. It was of the wilderness，the big woods，bigger and older than any recorded document：—of white man fatuous enough to believe he had bought any fragment of it，of Indian ruthless enough to pretend that any fragment of it had been his to convey；bigger than Major de Spain and the scrap he pretended to，knowing better；older than old Thomas Sutpen of whom Major de Spain had had it and who knew better；older even than old Ikkemotubbe，the Chickasaw chief，of whom old Sutpen had had it and who knew better in his turn. It was of the men，not white nor black nor red but men，hunters，with the will and hardihood to endure and the humility and skill to survive，and the dogs and the bear and deer juxtaposed and

1 摘自：William Faulkner,*Go Down,Moses*(New York:A Division of Random House,1942).

reliefed against it, ordered and compelled by and within the wilderness in the ancient and unremitting contest according to the ancient and immitigable rules which voided all regrets and brooked no quarter; —the best game of all, the best of all breathing and forever the best of all listening, the voices quiet and weighty and deliberate for retrospection and recollection and exactitude among the concrete trophies—the racked guns and the heads and skins—in the libraries of town houses or the offices of plantation houses or （and best of all） in the camps themselves where the intact and still-warm meat yet hung, the men who had slain it sitting before the burning logs on hearths when there were houses and hearths or about the smoky blazing of piled wood in front of stretched tarpaulins when there were not. There was always a bottle present, so that it would seem to him that those fine fierce instants of heart and brain and courage and wiliness and speed were concentrated and distilled into that brown liquor which not women, not boys and children, but only hunters drank, drinking not of the blood they spilled but some condensation of the wild immortal spirit, drinking it moderately, humbly even, not with the pagan's base and baseless hope of acquiring thereby the virtues of cunning and strength and speed but in salute to them. Thus it seemed to him on this December morning not only natural but actually fitting that this should have begun with whisky.

He realised later that it had begun long before that. It had already begun on that day when he first wrote his age in two ciphers and his cousin McCaslin brought him for the first time to the camp, the big woods, to earn for himself from the wilderness the name and state of hunter provided he in his turn were humble and enduring enough. He had already inherited then, without ever having seen it, the big old bear with one trap- ruined foot that in an area almost a hundred miles square had earned for himself a name, a definite designation like a living man: —the long legend of corn-cribs broken down and rifled, of shoats and grown pigs and even calves carried bodily into the woods and devoured and traps and deadfalls overthrown and dogs mangled and slain andshotgun and even rifle shots delivered at point-blank range yet with no more effect than so many peas blown through a tube by a child—a corridor of wreckage and destruction beginning back before the boy was born, through which sped, not fast but rather with the ruthless and irresistible deliberation of a locomotive, the shaggy tremendous shape. It ran in his knowledge before he ever saw it. It loomed and towered in his dreams before he even saw the unaxed woods where it left its crooked print, shaggy, tremendous, red-eyed, not malevolent but just big, too big for the dogs which tried to bay it, for the horses which tried to ride it down, for the men and the bullets they fired into it; too big for the very country which was its constricting scope. It was as if the boy had already divined what his senses and intellect had not encompassed yet: that doomed wilderness whose edges were being constantly and punily gnawed at by men with plows and axes who feared it because it was wilderness, men myriad and nameless even to one another in the land where the old bear had earned a name, and through which ran not even a mortal beast but an anachronism indomitable and invincible out of an old dead time, a phantom, epitome and apotheosis of the old wild life which the little puny humans swarmed and hacked at in a fury of abhorrence and fear like pygmies about the ankles of a drowsing elephant; —the old bear, solitary, indomitable, and alone; widowered childless and absolved of mortality—old Priam reft of his old wife and outlived all his sons.

Still a child, with three years then two years then one year yet before he too could make one of them, each November he would watch the wagon containing the dogs and the bedding and food and guns and his cousin McCaslin and Tennie's Jim and Sam Fathers too until Sam moved to the camp to live, depart for the Big Bottom, the big woods. To him, they were going not to hunt bear and deer but to keep yearly rendezvous with the bear which they did not even intend to kill. Two weeks later they would return, with no trophy, no skin. He had not expected it. He had not even feared that it might be in the wagon this time with the other skins and heads. He did not even tell himself that in three years or two years or one year more he would be present and that it might even be his gun. He believed that only after he had served his apprenticeship in the woods which would prove him worthy to be a hunter, would he even be permitted to distinguish the crooked print, and that even then for two November weeks he would merely make another minor one, along with his cousin and Major de Spain and General Compson and Walter Ewell and Boon and the dogs which feared to bay it and the shotguns and rifles which failed even to bleed it, in the yearly pageant-rite of the old bear's furious immortality.

His day came at last. In the surrey with his cousin and Major de Spain and General Compson he saw the wilderness through a slow drizzle of November rain just above the ice point as it seemed to him later he always saw it or at least always remembered it—the tall and endless wall of dense November woods under the dissolving afternoon and the year's death, sombre, impenetrable (he could not even discern yet how, at what point they could possibly hope to enter it even though he knew that Sam Fathers was waiting there with the wagon), the surrey moving through the skeleton stalks of cotton and corn in the last of open country, the last trace of man's puny gnawing at theimmemorial flank, until, dwarfed by that perspective into an almost ridiculous diminishment, the surrey itself seemed to have ceased to move (this too to be completed later, years later, after he had grown to a man and had seen the sea) as a solitary small boat hangs in lonely immobility, merely tossing up and down, in the infinite waste of the ocean while the water and then the apparently impenetrable land which it nears without appreciable progress, swings slowly and opens the widening inlet which is the anchorage. He entered it. Sam was waiting, wrapped in a quilt on the wagon seat behind the patient and steaming mules. He entered his novitiate to the true wilderness with Sam beside him as he had begun his apprenticeship in miniature to manhood after the rabbits and such with Sam beside him, the two of them wrapped in the damp, warm, negro-rank quilt while the wilderness closed behind his entrance as it had opened momentarily to accept him, opening before his advancement as it closed behind his progress, no fixed path the wagon followed but a channel nonexistent ten yards ahead of it and ceasing to exist ten yards after it had passed, the wagon progressing not by its own volition but by attrition of their intact yet fluid circumambience, drowsing, earless, almost lightless.

It seemed to him that at the age of ten he was witnessing his own birth. It was not even strange to him. He had experienced it all before, and not merely in dreams. He saw the camp—a paintless six-room bungalow set on piles above the spring high-water —and he knew already how it was going to look. He helped in the rapid orderly disorder of their establishment in it and even his motions were familiar to him, foreknown. Then for two weeks he ate the coarse rapid food—the shapeless sour bread, the wild strange meat, venison and bear and turkey and coon which he had never tasted before—which men ate, cooked by men who were hunters first and cooks afterward; he slept in harsh sheetless blankets as hunters slept. Each morning the gray of dawn found him and Sam Fathers on the stand, the crossing, which had been allotted him. It was the poorest one, the most barren. He had expected that; he had not dared yet to hope even to himself that he would even hear the running dogs this first time. But he did hear them. It was on the third morning—a murmur, sourceless, almost indistinguishable, yet he knew what it was although he had never before heard that many dogs running at once, the murmur swelling into separate and distinct voices until he could call the five dogs which his cousin owned from among the others. "Now, "Sam said, "slant your gun up a little and draw back the hammers and then stand still."

But it was not for him, not yet. The humility was there; he had learned that. And he could learn the patience. He was only ten, only one week. The instant had passed. It seemed to him that he could actually see the deer, the buck, smoke-colored, elongated with speed, vanished, the woods, the gray solitude still ringing even when the voices of the dogs had died away; from far away across the sombre woods and the gray half-liquid morning there came two shots. "Now let your hammers down, "Sam said.

He did so. "You knew it too, "he said.

"Yes, "Sam said. "I want you to learn how to do when you didn't shoot. It's after the chance for the bear or the deer has done already come and gone that men and dogs get killed. ”

“Anyway，it wasn’t him，”the boy said. “It wasn’t even a bear. It was just a deer. ”

“Yes，”Sam said，“it was just a deer. ”

Then one morning，it was in the second week，he heard the dogs again. This time before Sam even spoke he readied the too-long，too-heavy，man-size gun as Sam had taught him，even though this time he knew the dogs and the deer were coming less close than ever，hardly within hearing even. They didn’t sound like any running dogs he had ever heard before even. Then he found that Sam，who had taught him first of all to cock the gun and take position where he could see best in all directions and then never to move again，had himself moved up beside him. “There，”he said. “Listen. ”The boy listened，to no ringing chorus strong and fast on a free scent but a moiling yapping an octave too high and with something more than indecision and even abjectness in it which he could not yet recognise，reluctant，not even moving very fast，taking a long time to pass out of hearing，leaving even then in the air that echo of thin and almost human hysteria，abject，almost humanly grieving，with this time nothing ahead of it，no sense of a fleeing unseen smoke-colored shape. He could hear Sam breathing at his shoulder. He saw the arched curve of the old man’s inhaling nostrils.

“It’s Old Ben!”he cried，whispering.

Sam didn’t move save for the slow gradual turning of his head as the voices faded on and the faint steady rapid arch and collapse of his nostrils. “Hah，”he said. “Not even running. Walking. ”

“But up here!”the boy cried. “Way up here!”

“He do it every year，”Sam said. “Once. Ash and Boon say he comes up here to run the other little bears away. Tell them to get to hell out of here and stay out until the hunters are gone. Maybe. ”The boy no longer heard anything at all，yet still Sam’s head continued to turn gradually and steadily until the back of it was toward him. Then it turned back and looked down at him—the same face, grave, familiar, expressionless until it smiled, the same old man's eyes from which as he watched there faded slowly a quality darkly and fiercely lambent, passionate and proud. "He don't care no more for bears than he does for dogs or men neither. He come to see who's here, who's new in camp this year, whether he can shoot or not, can stay or not. Whether we got the dog yet that can bay and hold him until a man gets there with a gun. Because he's the head bear. He's the man. "It faded, was gone; again they were the eyes as he had known them all his life. "He'll let them follow him to the river. Then he'll send them home. We might as well go too; see how they look when they get back to camp. "

The dogs were there first, ten of them huddled back under the kitchen, himself and Sam squatting to peer back into the obscurity where they crouched, quiet, the eyes rolling and luminous, vanishing, and no sound, only that effluvium which the boy could not quite place yet, of something more than dog, stronger than dog and not just animal, just beast even. Because there had been nothing in front of the abject and painful yapping except the solitude, the wilderness, so that when the eleventh hound got back about mid-afternoon and he and Tennie's Jim held the passive and still trembling bitch while Sam daubed her tattered ear and raked shoulder with turpentine and axle-grease, it was still no living creature but only the wilderness which, leaning for a moment, hadpatted lightly once her temerity. "Just like a man, "Sam said. "Just like folks. Put off as long as she could having to be brave, knowing all the time that sooner or later she would have to be brave once so she could keep on calling herself a dog, and knowing beforehand what was going to happen when she done it. "

He did not know just when Sam left. He only knew that he was gone. For the next three mornings he rose and ate breakfast and Sam was not waiting for him. He went to his stand alone; he found it without help now and stood on it as Sam had taught him. On the third morning he heard the dogs again, running strong and free on a true scent again, and he readied the gun as he had learned to do and heard the hunt sweep past on since he was not ready yet, had not deserved other yet in just one short period of two weeks as compared to all the long life which he had already dedicated to the wilderness with patience and humility; he heard the shot again, one shot, the single clapping report of Walter Ewell's rifle. By now he could not only find his stand and then return to camp without guidance, by using the compass his cousin had given him he reached Walter waiting beside the buck and the moiling of dogs over the cast entrails before any of the others except Major de Spain and Tennie's Jim on the horses, even before Uncle Ash arrived with the one-eyed wagon-mule which did not mind the smell of blood or even, so they said, of bear.

It was not Uncle Ash on the mule. It was Sam, returned. And Sam was waiting when he finished his dinner and, himself on the one-eyed mule and Sam on the other one of the wagon team, they rode for more than three hours through the rapid shortening sunless afternoon, following no path, no trail even that he could discern, into a section of country he had never seen before. Then he understood why Sam had made him ride the one-eyed mule which would not spook at the smell of blood, of wild animals. The other one, the sound one, stopped short and tried to whirl and bolt even as Sam got down, jerking and wrenching at the rein while Sam held it, coaxing it forward with his voice since he did not dare risk hitching it, drawing it forward while the boy dismounted from the marred one which would stand. Then, standing beside Sam in the thick great gloom of ancient woods and the winter's dying afternoon, he looked quietly down at the rotted log scored and gutted with claw-marks and, in the wet earth beside it, the print of the enormous warped two-toed foot. Now he knew what he had heard in the hounds' voices in the woods that morning and what he had smelled when he peered under the kitchen where they huddled. It was in him too, a little different because they were brute beasts and he was not, but only a little different—an eagerness, passive; an abjectness, a sense of his own fragility and impotence against the timeless woods, yet without doubt or dread; a flavor like brass in the sudden run of saliva in his mouth, a hard sharp constriction either in his brain or his stomach, he could not tell which and it did not matter; he knew only that for the first time he realised that the bear which had run in his listening and loomed in his dreams since before he could remember and which therefore must have existed in the listening and the dreams of his cousin and Major de Spain and even old General Compson before they began to remember in their turn, was a mortal animal and that they had departed for the camp each November with no actual intention of slaying it, not because it could not be slain but because so far they had noactual hope of being able to. "It will be tomorrow, "he said.

"You mean we will try tomorrow, "Sam said. "We aint got the dog yet."

"We've got eleven, "he said. "They ran him Monday."

"And you heard them, "Sam said. "Saw them too. We aint got the dog yet. It wont take but one. But he aint there. Maybe he aint nowhere. The only other way will be for him to run by accident over somebody that had a gun and knowed how to shoot it."

"That wouldn't be me, "the boy said. "It would be Walter or Major or..."

"It might, "Sam said. "You watch close tomorrow. Because he's smart. That's how come he has lived this long. If he gets hemmed up and has got to pick out somebody to run over, he will pick out you."

"How?"he said. "How will he know... "He ceased. "You mean he already knows me, that I aint never been to the big bottom before, aint had time to find out yet whether I... "He ceased again, staring at Sam; he said humbly, not even amazed: "It was me he was watching. I don't reckon he did need to come but once."

"You watch tomorrow, "Sam said. "I reckon we better start back. It'll be long after dark now before we get to camp."

The next morning they started three hours earlier than they had ever done. Even Uncle Ash went, the cook, who called himself by profession a camp cook and who did little else save cook for Major de Spain's hunting and camping parties, yet who had been marked by the wilderness from simple juxtaposition to it until he responded as they all did, even the boy who until two weeks ago had never even seen the wilderness, to a hound's ripped ear and shoulder and the print of a crooked foot in a patch of wet earth. They rode. It was too far to walk: the boy and Sam and Uncle Ash in the wagon with the dogs, his cousin and Major de Spain and General Compson and Boon and Walter and Tennie's Jim riding double on the horses; again the first gray light found him, as on that first morning two weeks ago, on the stand where Sam had placed and left him. With the gun which was too big for him, the breech-loader which did not even belong to him but to Major de Spain and which he had fired only once, at a stump on the first day to learn the recoil and how to reload it with the paper shells, he stood against a big gum tree beside a little bayou whose black still water crept without motion out of a cane-brake, across a small clearing and into the cane again, where, invisible, a bird, the big woodpecker called Lord-to-God by negroes, clattered at a dead trunk. It was a stand like any other stand, dissimilar only in incidentals to the one where he had stood each morning for two weeks; a territory new to him yet no less familiar than that other one which after two weeks he had come to believe he knew a little—the same solitude, the same loneliness through which frail and timorous man had merely passed without altering it, leaving no mark nor scar, which looked exactly as it must have looked when the first ancestor of Sam Fathers' Chickasaw predecessors crept into it and looked about him, club or stone axe or bone arrow drawn and ready, different only because, squatting at the edge of the kitchen, he had smelled the dogs huddled and cringing beneath it and saw the raked ear and side of the bitch that, as Sam had said, had to be brave once in order to keep on calling herself a dog, and saw yesterday in the earth beside the gutted log, the print of the living foot. He heard no dogs at all. Henever did certainly hear them. He only heard the drumming of the woodpecker stop short of, and knew that the bear was looking at him. He never saw it. He did not know whether it was facing him from the cane or behind him. He did not move, holding the useless gun which he knew now he would never fire at it, now or ever, tasting in his saliva that taint of brass which he had smelled in the huddled dogs when he peered under the kitchen.

Then it was gone. As abruptly as it had stopped, the woodpecker's dry hammering set up again, and after a while he believed he even heard the dogs—a murmur, scarce a sound even, which he had probably been hearing for a time, perhaps a minute or two, before he remarked it, drifting into hearing and then out again, dying away. They came nowhere near him. If it was dogs he heard, he could not have sworn to it; if it was a bear they ran, it was another bear. It was Sam himself who emerged from the cane and crossed the bayou, the injured bitch following at heel as a bird dog is taught to walk. She came and crouched against his leg, trembling. "I didn't see him," he said. "I didn't, Sam."

"I know it," Sam said. "He done the looking. You didn't hear him neither, did you?"

"No," the boy said. "I..."

"He's smart," Sam said. "Too smart." Again the boy saw in his eyes that quality of dark and brooding lambence as Sam looked down at the bitch trembling faintly and steadily against the boy's leg. From her raked shoulder a few drops of fresh blood clung like bright berries. "Too big. We aint got the dog yet. But maybe some day."

Because there would be a next time, after and after. He was only ten. It seemed to him that he could see them, the two of them, shadowy in the limbo from which time emerged and became time: the old bear absolved of mortality and himself who shared a little of it. Because he recognised now what he had smelled in the huddled dogs and tasted in his own saliva, recognised fear as a boy, a youth, recognises the existence of love and passion and experience which is his heritage but not yet his patrimony, from entering by chance the presence or perhaps even merely the bedroom of a woman who has loved and been loved by many men. So I will have to see him, he thought, without dread or even hope. I will have to look at him. So it was in June of the next summer. They were at the camp again, celebrating Major de Spain's and General Compson's birthdays. Although the one had been born in September and the other in the depth of winter and almost thirty years earlier, each June the two of them and McCaslin and Boon and Walter Ewell （and the boy too from now on） spent two weeks at the camp, fishing and shooting squirrels and turkey and running coons and wildcats with the dogs at night. That is, Boon and the negroes （and the boy too now） fished and shot squirrels and ran the coons and cats, because the proven hunters, not only Major de Spain and old General Compson (who spent those two weeks sitting in a rocking chair before a tremendous iron pot of Brunswick stew, stirring and tasting, with Uncle Ash to quarrel with about how he was making it and Tennie's Jim to pour whisky into the tin dipper from which he drank it) but even McCaslin and Walter Ewell who were still young enough, scorned such other than shooting the wild gobblers with pistols for wagers or to test their marksmanship.

That is, his cousin McCaslin and the others thought he was hunting squirrels. Until the third evening he believed that Sam Fathers thought so too. Each morning he would leave the camp right after breakfast. He had his own gun now, a new breech-loader, a Christmas gift; he would own and shoot it for almost seventy years, through two new pairs of barrels and locks and one new stock, until all that remained of the original gun was the silver-inlaid trigger-guard with his and McCaslin's engraved names and the date in 1878. He found the tree beside the little bayou where he had stood that morning. Using the compass he ranged from that point; he was teaching himself to be better than a fair woodsman without even knowing he was doing it. On the third day he even found the gutted log where he had first seen the print. It was almost completely crumbled now, healing with unbelievable speed, a passionate and almost visible relinquishment, back into the earth from which the tree had grown. He ranged the summer woods now, green with gloom, if anything actually dimmer than they had been in November's gray dissolution, where even at noon the sun fell only in windless dappling upon the earth which never completely dried and which crawled with snakes—moccasins and water-snakes and rattlers, themselves the color of the dappled gloom so that he would not always see them until they moved; returning to camp later and later and later, first day, second day, passing in the twilight of the third evening the little log pen enclosing the log barn where Sam was putting up the stock for the night. "You aint looked right yet, "Sam said.

He stopped. For a moment he didn't answer. Then he said peacefully, in a peaceful rushing burst, as when a boy's miniature dam in a little brook gives way: "All right. Yes. But how? I went to the bayou. I even found that log again. I... "

"I reckon that was all right. Likely he's been watching you. You never saw his foot?"

"I... "the boy said. "I didn't... I never thought..."

"It's the gun, "Sam said. He stood beside the fence, motionless, the old man, son of a negro slave and a Chickasaw chief, in the battered and faded overalls and the frayed five-cent straw hat which had been the badge of the negro's slavery and was now the regalia of his freedom. The camp—the clearing, the house, the barn and its tiny lot with which Major de Spain in his turn had scratched punily and evanescently at the wilderness—faded in the dusk, back into the immemorial darkness of the woods. The gun, the boy thought. The gun. "You will have to choose, "Sam said.

He left the next morning before light, without breakfast, long before Uncle Ash would wake in his quilts on the kitchen floor and start the fire. He had only the compass and a stick for the snakes. He could go almost a mile before he would need to see the compass. He sat on a log, the invisible compass in his hand, while the secret night-sounds which had ceased at his movements, scurried again and then fell still for good and the owls ceased and gave over to the waking day birds and there was light in the gray wet woods and he could see the compass. He went fast yet still quietly, becoming steadily better and better as a woodsman without yet having time to realise it; he jumped a doe and a fawn, walked them out of the bed, close enough to see them—the crash of undergrowth, the white scut, the fawn scudding along behind her, faster than he had known it could have run. He was hunting right, upwind, as Sam had taught him, but that didn't matter now. He had left the gun; by his own will and relinquishment he had accepted not a gambit, not a choice, but a condition in which not only the bear's heretofore inviolable anonymity but all the ancient rules and balances of hunter and hunted had been abrogated. He would not even be afraid, not even in the moment when the fear would take him completely: blood, skin, bowels, bones, memory from the long time before it even became his memory—all save that thin clear quenchless lucidity which alone differed him from this bear and from all the other bears and bucks he would follow during almost seventy years, to which Sam had said: "Be scared. You cant help that. But don't be afraid. Aint nothing in the woods going to hurt you if you don't corner it or it don't smell that you are afraid. A bear or a deer has got to be scared of a coward the same as a brave man has got to be."

By noon he was far beyond the crossing on the little bayou, farther into the new and alien country than he had ever been, travelling now not only by the compass but by the old, heavy, biscuit-thick silver watch which had been his father's. He had left the camp nine hours ago; nine hours from now, dark would already have been an hour old. He stopped, for the first time since he had risen from the log when he could see the compass face at last, and looked about, mopping his sweating face on his sleeve. He had already relinquished, of his will, because of his need, in humility and peace and without regret, yet apparently that had not been enough, the leaving of the gun was not enough. He stood for a moment—a child, alien and lost in the green and soaring gloom of the markless wilderness. Then he relinquished completely to it. It was the watch and the compass. He was still tainted. He removed the linked chain of the one and the looped thong of the other from his overalls and hung them on a bush and leaned the stick beside them and entered it.

When he realised he was lost, he did as Sam had coached and drilled him□made a cast to cross his backtrack. He had not been going very fast for the last two or three hours, and he had gone even less fast since he left the compass and watch on the bush. So he went slower still now, since the tree could not be very far; in fact, he found it before he really expected to and turned and went to it. But there was no bush beneath it, no compass nor watch, so he did next as Sam had coached and drilled him: made this next circle in the opposite direction and much larger, so that the pattern of the two of them would bisect his track somewhere, but crossing no trace nor mark anywhere of his feet or any feet, and now he was going faster though still not panicked, his heart beating a little more rapidly but strong and steady enough, and this time it was not even the tree because there was a down log beside it which he had never seen before and beyond the log a little swamp, a seepage of moisture somewhere between earth and water, and he did what Sam had coached and drilled him as the next and the last, seeing as he sat down on the log the crooked print, the warped indentation in the wet ground which while he looked at it continued to fill with water until it was level full and the water began to overflow and the sides of the print began to dissolve away. Even as he looked up he saw the next one, and, moving, the one beyond it; moving, not hurrying, running, but merely keeping pace with them as they appeared before him as though they were being shaped out of thin air just one constant pace short of where he would lose them forever and be lost forever himself, tireless, eager, without doubt or dread, panting a little above the strong rapid little hammer of his heart, emerging suddenly into a little glade and the wilderness coalesced. It rushed, soundless, and solidified—the tree, the bush, the compass and the watch glinting where a ray of sunlight touched them. Then he saw the bear. It did not emerge, appear: it was just there, immobile, fixed in the green and windless noon's hot dappling, not as big as he had dreamed it but as big as he had expected, bigger, dimensionless against the dappled obscurity, looking at him. Then it moved. It crossed the glade without haste, walking for an instant into the sun's full glare and out of it, and stopped again and looked back at him across one shoulder. Then it was gone. It didn't walk into the woods. It faded, sank back into the wilderness without motion as he had watched a fish, a huge old bass, sink back into the dark depths of its pool and vanish without even any movement of its fins.

边　城[1]

沈从文

第一章

一

由四川过湖南去，靠东有一条官路。这官路将近湘西边境到了一个地方名为“茶峒”的小山城时，有一小溪，溪边有座白色小塔，塔下住了一户单独的人家。这人家只一个老人，一个女孩子，一只黄狗。

小溪流下去，绕山岨流，约三里便汇入茶峒的大河。人若过溪越小山走去，则只一里路就到了茶峒城边。溪流如弓背，山路如弓弦，故远近有了小小差异。小溪宽约二十丈，河床为大片石头作成。静静的水即或深到一篙不能落底，却依然清澈透明，河中游鱼来去皆可以计数。小溪即为川湘来往孔道，水常有涨落，限于财力不能搭桥，就安排了一只方头渡船。这渡船一次连人带马，约可以载二十位搭客过河，人数多时则反复来去。渡船头竖了一枝小小竹竿，挂着一个可以活动的铁环，溪岸两端水槽牵了一段废缆，有人过渡时，把铁环挂在废缆上，船上人就引手攀缘那条缆索，慢慢地牵船过对岸去。船将拢岸了，管理这渡船的，一面口中嚷着“慢点慢点”，自己霍地跃上了岸，拉着铁环，于是人货牛马全上了岸，翻过小山不见了。渡头为公家所有，故过渡人不必出钱。有人心中不安，抓了一把钱掷到船板上时，管渡船的必为一一拾起，依然塞到那人手心里去，俨然吵嘴时的认真神气：“我有了口粮，三斗米，七百钱，够了。谁要这个！”

但不成，凡事求个心安理得，出气力不受酬谁好意思，不管如何还是有人把钱的。管船人却情不过，也为了心安起见，便把这些钱托人到茶峒去买茶叶和草烟，将茶峒出产的上等草烟，一扎一扎挂在自己腰带边，过渡的谁需要这东西必慷慨奉赠。有时从神气上估计那远路人对于身边草烟引起了相当的注意时，便把一小束草烟扎到那人包袱上去，一面说，“不吸这个吗，这好的，这

1　摘自：沈从文：《边城》，北京十月文艺出版社，2018。

妙的，味道蛮好，送人也合适！”茶叶则在六月里放进大缸里去，用开水泡好，给过路人解渴。

管理这渡船的，就是住在塔下的那个老人。活了七十年，从二十岁起便守在这小溪边，五十年来不知把船来去渡了若干人。年纪虽那么老了。本来应当休息了，但天不许他休息，他仿佛便不能够同这一分生活离开。他从不思索自己的职务对于本人的意义，只是静静地很忠实地在那里活下去。代替了天，使他在日头升起时，感到生活的力量，当日头落下时，又不至于思量与日头同时死去的，是那个伴在他身旁的女孩子。他唯一的朋友为一只渡船与一只黄狗，唯一的亲人便只那个女孩子。

女孩子的母亲，老船夫的独生女，十五年前同一个茶峒军人，很秘密的话背着那忠厚爸爸发生了暧昧关系。有了小孩子后，这屯戍军士便想约了她一同向下游逃去。但从逃走的行为上看来，一个违背了军人的责任，一个却必得离开孤独的父亲。经过一番考虑后，军人见她无远走勇气自己也不便毁去作军人的名誉，就心想：一同去生既无法聚首，一同去死当无人可以阻拦，首先服了毒。女的却关心腹中的一块肉，不忍心，拿不出主张。事情业已为作渡船夫的父亲知道，父亲却不加上一个有分量的字眼儿，只作为并不听到过这事情一样，仍然把日子很平静地过下去。女儿一面怀了羞惭一面却怀了怜悯，仍守在父亲身边，待到腹中小孩生下后，却到溪边吃了许多冷水死去了。在一种近于奇迹中，这遗孤居然已长大成人，一转眼间便十三岁了。为了住处两山多篁竹，翠色逼人而来，老船夫随便为这可怜的孤雏拾取了一个近身的名字，叫作“翠翠”。

翠翠在风日里长养着，把皮肤变得黑黑的，触目为青山绿水，一对眸子清明如水晶。自然既长养她且教育她，为人天真活泼，处处俨然如一只小兽物。人又那么乖，如山头黄麂一样，从不想到残忍事情，从不发愁，从不动气。平时在渡船上遇陌生人对她有所注意时，便把光光的眼睛瞅着那陌生人，作成随时皆可举步逃入深山的神气，但明白了人无机心后，就又从从容容地在水边玩耍了。

老船夫不论晴雨，必守在船头。有人过渡时，便略弯着腰，两手缘引了竹缆，把船横渡过小溪。有时疲倦了，躺在临溪大石上睡着了，人在隔岸招手喊过渡，翠翠不让祖父起身，就跳下船去，很敏捷地替祖父把路人渡过溪，一切皆溜刷在行，从不误事。有时又和祖父黄狗一同在船上，过渡时和祖父一同动手，船将近岸边，祖父正向客人招呼“慢点，慢点”时，那只黄狗便口衔绳子，最先一跃而上，且俨然懂得如何方为尽职似的，把船绳紧衔着拖船拢岸。

风日清和的天气，无人过渡，镇日长闲，祖父同翠翠便坐在门前大岩石上晒太阳。或把一段木头从高处向水中抛去，嗾使身边黄狗自岩石高处跃下，把木头衔回来。或翠翠与黄狗皆张着耳朵，听祖父说些城中多年以前的战争故事。或祖父同翠翠两人，各把小竹作成竖笛，逗在嘴边吹着迎亲送女的曲子。过渡人来了，老船夫放下了竹管，独自跟到船边去，横溪渡人，在岩上的一个，见船开动时，于是锐声喊着：

“爷爷，爷爷，你听我吹，你唱！”

爷爷到溪中央便很快乐地唱起来，哑哑的声音同竹管声振荡在寂静空气里，溪中仿佛也热闹了一些。（实则歌声的来复，反而使一切更寂静一些了。）

有时过渡的是从川东过茶峒的小牛，是羊群，是新娘子的花轿，翠翠必争看作渡船夫，站在船头，懒懒地攀引缆索，让船缓缓地过去。牛羊花轿上岸后，翠翠必跟着走，站到小山头，目送这些东西走去很远了，方回转船上，把船牵靠近家的岸边。且独自低低地学小羊叫着，学母牛叫着，或采一把野花缚在头上，独自装扮新娘子。

茶峒山城只隔渡头一里路，买油买盐时，逢年过节祖父得喝一杯酒时，祖父不上城，黄狗就伴同翠翠入城里去备办东西。到了卖杂货的铺子里，有大把的粉条，大缸的白糖，有炮仗，有红蜡烛，莫不给翠翠很深的印象，回到祖父身边，总把这些东西说个半天。那里河边还有许多上行船，百十船夫忙着起卸百货。这种船只比起渡船来全大得多，有趣味得多，翠翠也不容易忘记。

二

茶峒地方凭水依山筑城，近山的一面，城墙如一条长蛇，缘山爬去。临水一面则在城外河边留出余地设码头，湾泊小小篷船。船下行时运桐油青盐，染色的棓子。上行则运棉花棉纱以及布匹杂货同海味。贯串各个码头有一条河街，人家房子多一半着陆，一半在水，因为余地有限，那些房子莫不设有吊脚楼。河中涨了春水，到水逐渐进街后，河街上人家，便各用长长的梯子，一端搭在屋檐口，一端搭在城墙上，人人皆骂着嚷着，带了包袱、铺盖、米缸，从梯子上进城里去，水退时方又从城门口出城。某一年水若来得特别猛一些，沿河吊脚楼必有一处两处为大水冲去，大家皆在城上头呆望。受损失的也同样呆望着，对于所受的损失仿佛无话可说，与在自然安排下，眼见其他无可挽救的不幸来时相似。涨水时在城上还可望着骤然展宽的河面，流水浩浩荡荡，随同山水从上流浮沉而来的有房子、牛、羊、大树。于是在水势较缓处，税关趸船前面，便常常有人驾了小舢板，一见河心浮沉而来的是一匹牲畜，一段小木，或一只空船，船上有一个妇人或一个小孩哭喊的声音，便急急地把船桨去，在下游一些迎着了那个目的物，把它用长绳系定，再向岸边桨去。这些诚实勇敢的人，也爱利，也仗义，同一般当地人相似。不拘救人救物，却同样在一种愉快冒险行为中，做得十分敏捷勇敢，使人见及不能不为之喝彩。

那条河水便是历史上知名的酉水，新名字叫作白河。白河下游到辰州与沅水汇流后，便略显浑浊，有出山泉水的意思。若溯流而上，则三丈五丈的深潭皆清澈见底。深潭为白日所映照，河底小小白石子，有花纹的玛瑙石子，全看得明明白白。水中游鱼来去，全如浮在空气里。两岸多高山，山中多可以造纸的细竹，长年作深翠颜色，逼人眼目。近水人家多在桃杏花里，春天时只需注意，凡有桃花处必有人家，凡有人家处必可沽酒。夏天则晒晾在日光下耀目的紫花布衣裤，可以作为人家所在的旗帜。秋冬来时，房屋在悬崖上的，滨水的，无不朗然入目。黄泥的墙，乌黑的瓦，位置则永远那么妥帖，且与四围环境极其调和，使人迎面得到的印象，实在非常愉快。一个对于诗歌图画稍有兴味的旅客，在这小河中，蜷伏于一只小船上，作三十天的旅行，必不至于感到厌烦，正因为处处有奇迹，自然的大胆处与精巧处，无一处不使人神往倾心。

白河的源流，从四川边境而来，从白河上行的小船，春水发时可以直达川属的秀山。但属于湖南境界的，则茶峒为最后一个水码头。这条河水的河面，在茶峒时虽宽约半里，当秋冬之际水落时，河床流水处还不到二十丈，其余只是一滩青石。小船到此后，即无从上行，故凡川东的进出口货物，皆由这地方落水起岸。出口货物俱由脚夫用杉木扁担压在肩膊上挑抬而来，入口货物也莫不从这地方成束成担地用人力搬去。

这地方城中只驻扎一营由昔年绿营屯丁改编而成的戍兵，及五百家左右的住户。（这些住户中，除了一部分拥有了些山田同油坊，或放账屯油、屯米、屯棉纱的小资本家外，其余多数皆为当年屯戍来此有军籍的人家。）地方还有个厘金局，办事机关在城外河街下面小庙里，经常挂着一面长长的幡信。局长则住在城中。一营兵士驻扎老参将衙门，除了号兵每天上城吹号玩，使人知道这里还驻有军队以外，其余兵士皆仿佛并不存在。冬天的白日里，到城里去，便只见各处人家门前皆晾晒有衣服同青菜。红薯多带藤悬挂在屋檐下。用棕衣作成的口袋，装满了栗子、榛子和其他硬壳果，也多悬挂在屋檐下。屋角隅各处有大小鸡叫着玩着。间或有什么男子，占据在自己屋前门限上锯木，或用斧头劈树，把劈好的柴堆到敞坪里去一座一座如宝塔。又或可以见到几个中年妇人，穿了浆洗得极硬的蓝布衣裳，胸前挂有白布扣花围裙，躬着腰在日光下一面说话一面作事。一切总永远那么静寂，所有人民每个日子皆在这种单纯寂寞里过去。一分安静增加了人对于“人事”的思索力，增加了梦。在这小城中生存的，各人也一定皆各在分定一份日子里，怀了对于人事爱憎必然的期待。但这些人想些什么？谁知道。住在城中较高处，门前一站便可以眺望对河以及河中的景致，船来时，远远地就从对河滩上看着无数纤夫。那些纤夫也有从下游地方，带了细点心洋糖之类，拢岸时却拿进城中来换钱的。船来时，小孩子的想象，当在那些拉船人一方面。大人呢，孵一巢小鸡，养两只猪，托下行船夫打副金耳环，带两丈官青布或一坛好酱油、一个双料的美孚灯罩回来，便占去了大部分作主妇的心了。

这小城里虽那么安静和平但地方既为川东商业交易接头处，因此城外小小河街，情形却不同了一点。也有商人落脚的客店，坐镇不动的理发馆。此外饭店、杂货铺、油行、盐栈、花衣庄，莫不各有一种地位，装点了这条河街。还有卖船上用的檀木活车、竹缆与罐锅铺子，介绍水手职业吃码头饭的人家。小饭店门前长案上，常有煎得焦黄的鲤鱼豆腐，身上装饰了红辣椒丝，卧在浅口钵头里，钵旁大竹筒中插着大把红筷子，不拘谁个愿意花点钱，这人就可以傍了门前长案坐下来，抽出一双筷子到手上，那边一个眉毛扯得极细脸上擦了白粉的妇人就走过来问：“大哥，副爷，要甜酒？要烧酒？”男子火焰高一点的，谐趣的，对内掌柜有点意思的，必装成生气似的说："吃甜酒？又不是小孩，还问人吃甜酒！"那么，酽冽的烧酒，从大瓮里用竹筒舀出，倒进土碗里，即刻就来到身边案桌上了。杂货铺卖美孚油及点美孚油的洋灯，与香烛纸张。油行屯桐油。盐栈堆火井出的青盐。花衣庄则有白棉纱、大布、棉花以及包头的黑绉绸出卖。卖船上用物的，百物罗列，无所不备，且间或有重至百斤以外的铁锚搁在门外路旁，等候主顾问价的。专以介绍水手为事业，吃水码头饭的，则在河街的家中，终日大门敞开着，常有穿青羽缎马褂的船主与毛手毛脚的水手进出，地方像茶馆却不卖茶，不是烟馆又可以抽烟。来到这里的，虽说所谈的是船上生意经，然而船只的上下，划船拉纤人大都有一定规矩，不必作数目上的讨论。他们来到这里大多数倒是在"联欢"。以"龙头管事"作中心，谈论点本地时事，两省商务上情形，以及下游的"新事"。邀会的，集款时大多数皆在此地，扒骰子看点数多少轮作会首时，也常常在此举行。常常成为他们生意经的，有两件事：买卖船只，买卖媳妇。

大都市随了商务发达而产生的某种寄食者，因为商人的需要，水手的需要，这小小边城的河街，也居然有那么一群人，聚集在一些有吊脚楼的人家。这种妇人不是从附近乡下弄来，便是随同川军来湘流落后的妇人，穿了假洋绸的衣服，印花标布的裤子，把眉毛扯得成一条细线，大大的发髻上敷了香味极浓俗的油类。白日里无事，就坐在门口做鞋子，在鞋尖上用红绿丝线挑绣双凤，或为情人水手挑绣花抱兜，一面看过往行人，消磨长日。或靠在临河窗口上看水手铺货，听水手爬桅子唱歌。到了晚间，则轮流地接待商人同水手，切切实实尽一个妓女应尽的义务。

由于边地的风俗淳朴，便是作妓女，也永远那么浑厚，遇不相熟的人，做生意时得先交钱，再关门撒野，人既相熟后，钱便在可有可无之间了。妓女多靠四川商人维持生活，但恩情所结，则多在水手方面。感情好的，互相咬着嘴唇咬着颈脖发了誓，约好了"分手后各人皆不许胡闹"，四十天或五十天，在船上浮着的那一个，同留在岸上的这一个，便皆待着打发这一堆日子，尽把自己的心紧紧缚定远远的一个人。尤其是妇人感情真挚，痴到无可形容，男子过了约定时间不回来，做梦时，就总常常梦船拢了岸，一个人摇摇荡荡地从船跳板到了岸上，直向身边跑来。或日中有了疑心，则梦里必见男子在桅上向另一方面唱歌，却不理会自己。性格弱一点儿的，接着就在梦里投河吞鸦片烟，性格强一点儿的便手执菜刀，直向那水手奔去。他们生活虽那么同一般社会疏远，但是眼泪与欢乐，在一种爱憎得失间，揉进了这些人生活里时，也便同另外一片土地另外一些年轻生命相似，全个身心为那点爱憎所浸透，见寒作热，忘了一切。若有多少不同处，不过是这些人更真切一点，也更近于糊涂一点罢了。短期的包定，长期的嫁娶，一时间的关门，这些关于一个女人身体上的交易，由于民情的淳朴，身当其事的不觉得如何下流可耻，旁观者也就从不用读书人的观念，加以指摘与轻视。这些人既重义轻利，又能守信自约，即便是娼妓，也常常较之讲道德知羞耻的城市中人还更可信任。

掌水码头的名叫顺顺，一个前清时便在营伍中混过日子来的人物，革命时在著名的陆军四十九标做个什长。同样做什长的，有因革命成了伟人名人的，有杀头碎尸的，他却带少年喜事得来的脚疯痛，回到了家乡，把所积蓄的一点钱，买了一条六桨白木船，租给一个穷船主，代人装货在茶峒与辰州之间来往。气运好，半年之内船不坏事，于是他从所赚的钱上，又讨了一个略有产业的白脸黑发小寡妇。数年后，在这条河上，他就有了大小四只船，一个铺子，两个儿子了。

但这个大方洒脱的人，事业虽十分顺手，却因欢喜交朋结友，慷慨而又能济人之急，便不能同贩油商人一样大大发作起来。自己既在粮子里混过日子，明白出门人的甘苦，理解失意人的心情，故凡因船只失事破产的船家，过路的退伍兵士，游学文墨人，凡到了这个地方闻名求助的，莫不尽力帮助。一面从水上赚来钱，一面就这样洒脱散去。这人虽然脚上有点小毛病，还能泅水；走路难得其平，为人却那么公正无私。水面上各事原本极其简单，一切皆为一个习惯所支配，谁个船碰了头，谁个船妨害了别一个人别一只船的利益，皆照例有习惯方法来解决。惟运用这种习惯规矩排调一切的，必需一个高年硕德的中心人物。某年秋天，那原来执事人死去了，顺顺作了这样一个代替者。那时他还只五十岁，为人既明事明理，正直和平又不爱财，故无人对他年龄怀疑。

到如今，他的儿子大的已十八岁，小的已十六岁。两个年轻人皆结实如小公牛，能驾船，能泅水，能走长路。凡从小乡城里出身的年轻人所能够作的事，他们无一不作，作去无一不精。年纪较长的，如他们爸爸一样，豪放豁达，不拘常套小节。年幼的则气质近于那个白脸黑发的母亲，不爱说话，眼眉却秀拔出群，一望即知其为人聪明而又富于感情。

两兄弟既年已长大，必须在各种生活上来训练他们，作父亲的就轮流派遣两个小孩子各处旅行。向下行船时，多随了自己的船只充伙计，甘苦与人相共。荡桨时选最重的一把，背纤时拉头纤二纤，吃的是干鱼、辣子、臭酸菜，睡的是硬邦邦的舱板。向上行从旱路走去，则跟了川东客货，过秀山、龙潭，酉阳作生意，不论寒暑雨雪，必穿了草鞋按站赶路。且佩了短刀，遇不得已必须动手，便霍地把刀抽出，站到空阔处去，等候对面的一个，接着就同这个人用肉搏来解决。帮里的风气，即为“对付仇敌必须用刀，联结朋友也必须用刀”，故需要刀时，他们也就从不让它失去那点机会。学贸易，学应酬，学习到一个新地方去生活，且学习用刀保护身体同名誉，教育的目的，似乎在使两个孩子学得做人的勇气与义气。一分教育的结果，弄得两个人皆结实如老虎，却又和气亲人，不骄惰，不浮华，不倚势凌人，故父子三人在茶峒边境上为人所提及时，人人对这个名姓无不加以一种尊敬。

作父亲的当两个儿子很小时，就明白大儿子一切与自己相似，却稍稍见得溺爱那第二个儿子。由于这点不自觉的私心，他把长子取名天保，次子取名傩送。意思是天保佑的在人事上或不免有龃龉处，至于傩神所送来的，照当地习气，人便不能稍加轻视了。傩送美丽得很，茶峒船家人拙于赞扬这种美丽，只知道为他取出一个诨名为“岳云”。虽无什么人亲眼看到过岳云，一般的印象，却从戏台上小生岳云，得来一个相近的神气。

后　记

卡尔维诺曾说，经典可能会被暂时遗忘，却把种子留在我们身上。我的博士学位论文是关于当代欧陆理论的研究，攻读博士后期间取得的中国博士后科学基金面上项目也是关于欧陆理论家伊丽格瑞（Irigaray）女性主义理论的研究。我本可以沿着该方向继续深入研究，但是，由于“福克纳研究”在国际学术会议中依旧是重要议题，“福克纳研究”这颗种子已经在我心中发芽了，因此我虽担心“不务正业”会被导师批评，也还是“脚踏两只船”把“福克纳研究”继续做下去。对福克纳的研究始于跟随欧阳铨老师就读硕士研究生时期。欧阳铨老师在海外学习后带回了“福克纳研究”的种子，我以*As I Lay Dying*一书开启了“福克纳研究”的探索之旅。之后，我的硕士学位论文《在煎熬——<在我弥留之际>中女主人公艾迪的女权主义解读》被评为哈尔滨工程大学校级优秀毕业论文，这鼓励了我日后继续开展“福克纳研究”。在我主持过的9个项目里，与“福克纳研究”有关的项目有5个，其中一个项目入选“黑龙江省哲学社会科学研究规划项目”，且验收结果为“优秀”。这从侧面说明福克纳作为美国20世纪的作家仍具有重要地位，说明当下“福克纳研究”仍有一定的重要性。当然，我们这个年轻团队的粗浅研究还存在诸多局限性和不足，有待日后不断完善，恳请各位专家和读者指正。

此书的出版要感谢很多人。首先，感谢本书的合作者们，他们是近几年与我共同参与各级“福克纳研究”项目的主要成员。他们都来自哈尔滨工程大学外语系，分别是王丽丽（副教授）、岳铁艳（讲师）、崔中原（讲师）、逄玥（讲师）、李宝峰（副教授）、张俊南（讲师）、吴旋（讲师）、涂鑫（硕士研究生）。他们发挥各自的研究专长，赋予本书更多的研究视角，形成多元的“福克纳研究”。感谢他们对“福克纳研究”的信任，以及对本书的支持。其次，衷心感谢哈尔滨工程大学对自由探索项目的资助，感谢哈尔滨工程大学出版社的编辑对本书的出版给予的宝贵意见，感谢雷萍老师对本书进行详细的全文校对，还要感谢我所在的北京外国语大学博士后流动站对我的培养。最后，感谢我的家人一直以来给予我的无条件的支持。开始编著本书时，母亲仙逝不过百日，父母的淳朴和勇敢成为我的精神宝藏，感恩父母给予我超出他们能力的一切。

康　毅